小説 岸信介常在戦場

著 池田太郎
TAROU Ikeda

社会評論社

目次

第一章　2007年秋・生涯一記者の受苦

(一) 沖縄返還における密約

2007年9月12日の夕――

半年後に定年退職を控えた首都新聞政治部記者清水武三(60)は、この日突然に表明された安倍晋三首相の辞任について、論説の執筆に忙しかった。

例によって同期入社の編集局長神山一郎から頼まれた代筆だったが、これまでにもよくあったことで別に苦にはならない。清水武三は自らを記者の虫と称し、現場で記事が書ければそれで満足という男で、例え神山の腰巾着などと的外れな陰口を叩かれようと、そんなことはどうでもよかった。

『安倍首相の辞任は表向きは体調不良を理由としているが、その裏にある本当の理由は、党主として臨んだ7月の参院選で民主党に惨敗し、11月1日に期限切れとなる対テロ特措法の延長が国会を通過するメドが立たなくなった事態に深く関係している。インド洋に於ける自衛隊による米軍への給油活動を停止しなければならない。したがって祖父岸信介が戦後世論最大の反対を押し切ってまで強行した安保条約改定、日米双務規定の現実化を孫の安倍が総理になりながら担えないわけで、その屈辱が彼の大腸を溶かした可能性は十分に考えられる』

安倍は「対テロ特措法の延長に職を賭す覚悟」をすでに表明していた。そこで窮地に立った挙句、甘いといえば甘すぎるが、参院選で惨敗した相手、民主党小沢一郎代表に党首会談を申し入れ、アッサリと袖にされたのだった。

『安倍首相は、自分が首相の地位にある間に憲法九条を改正し、自らの手で「美しい国日本」を作る、と断言した。にもかかわらず、祖父岸信介首相が結んだ日米安保条約第五条「日米は共通の危険に対処するよう行動する」という、これまた条約としては非常に問題のある文言であることが識者からも既に指摘されてはいるが、これをテロ特措法の延長の失敗によって自らの手で反古にする破目になった。

問題があるというのは、日本国憲法第九条の存在によって日本が戦わないというだけでなく、アメリカ側も、かつて真珠湾を奇襲した日本のために軍を出すこと自体が米国の国内法によって一体可能かどうか。従って安保第五条には双方が軍を出動させるとは書かれていないのだった。あくまでも「共通の危険に対処するよう行動する」だけである。したがって日本においてさえ国外へ軍を出すことは安倍首相の強烈な「一願望」にすぎない。まさに自縄自縛である』

編集局長の神山から「さすが。キレがいい」と賞賛された。

その夜武三が上機嫌で家へ帰ると、妻直子の明るい声がした。一人息子の淳（28）が珍しく家に来ていた。

左翼傾向のある父親への反抗から防衛大学へ入ったらしかった。だが大学四年の終わりになって自衛隊幹部を目指していた当初の志望を変えた。そして外務省の専門職試験、俗にいうノンキャリ組に合格した。

それは外務省の要職を経て防衛大学へきた変わり者の教授の影響らしかった。彼が卒業の年に行なった「日米同盟」に関する連続講義が、淳の方向を変えたのである。

「日米同盟は果たして日本の利益か」と題し、戦後六十年間の日米関係に根本的疑問を投げかけた講義だった。いずれかと言えば保守側の教授が、外務省要職の体験から戦後日米関係を日本にとって利益よりも決定的な不利益と捉え、詳細に検証を行なった授業が淳の心を震えさせたらしい。

教授はのち、その授業をもとに一冊の本を書き、それはベストセラーにもなった。

22歳の淳は外務省専門職試験の面接で、わたしの願いはこれからの日本が二度と戦争しない国家として生きることです、だから外務省に入りたい、と答えたそうだ。

初めの2年間の語学研修は志望のアメリカでなく、韓国だった。しかし帰国後は北米局に勤務でき、家を出て一人暮らしを始めた。ノンキャリアがハンデだとは言っていたが、英会話教室にも通い、実際、仕事の虫らしい。

淳はその日、武三の大好きな銘酒の一升瓶を下げてきていて、その夜父子は久しぶりに直子の手料理で呑んだ。たしか大リーガーになったマツイやイチローの話が中心だったような気がする。

その夜、淳は家に泊まった。

翌朝、武三が居間に顔を出すと、もう淳は身支度を済ましていて、首都新聞の神山編集長の論説『安倍辞任に思う』を読んでいた。「これ、父さんが書いたんだろ？」

判るのか？　と言うと「判るさ」と答えた。息子にそう言われて嬉しかった。

「1971年の佐藤栄作沖縄返還協定で一部の基地が沖縄に返ったとき、米軍が支出すべき復興予算を日本政府が密約で肩代わりしてたでしょ。去年、外務省の元アメリカ局長が、密約があった事実を新聞記者に証言した時、安倍は小泉内閣の官房長官だったのに、そのような密約は一切ございませんと平然と予算委員会で答えた。厚顔無恥な男さ！」

淳が安倍晋三の顔写真を叩いた。異様な激しさだ。

「あれは北海道新聞のスクープだったよな、ウチは後追いしたんだ…」

武三が少し恥ずかしそうに頷いた。

昨2006年3月、元外務省アメリカ局長吉野文六が、沖縄返還には密約があったと北海道新聞の記者に語った。吉野は現職時代に国会の予算委員会へ呼ばれたことがあったが、その時は密約はございませんと答弁していた。外交官として、ウソのまま生涯を終わりたくないと思ったのかもしれない。

当初、沖縄返還の際に日米間に密約があったという事実は、「外務省秘密漏洩事件」として毎日新聞の西山太一記者がスッパ抜き、1972年の国会予算委員会で社会党の爆弾男楢崎弥之助と横路孝弘が追及した。

だが密約の当事者である佐藤栄作首相も、官房長官の福田赳夫も、知らぬ存ぜぬで押し通した。

2年後、澤地久枝の労作「密約―外務省機密漏洩事件」（岩波書店）が出て、これを原作とした劇映画「密約・外務省機密漏洩事件」（制作福富哲・脚本長谷川公之・監督千野皓司）によっても多くの人々がこの事実を知り、西山太一のスクープが立証されるきっかけとなった。

しかしこの間、政府・外務省・警察による虚偽を隠すための立件訴訟が西山に対してなされ、西山のニュースソースとなった外務省事務官の女性など深刻な犠牲者が出た。自民党政府・外務省と警察は結託して西山の男女関係にすり替える戦術を取り、世間の目から密約の事実を隠した。

「沖縄密約事件は結局氷山の一角さ。新聞テレビもそれ以上踏み込んでは追及しない！」

淳が吐き捨てるように言った。

その言葉に武三は、思わず息子の顔を見た。自分の父親もそんなジャーナリストの一員だと見ているのか…？　氷山の一角とは他にもあるという意味だ。米軍が公然と核持ち込みしている問題もある。だが、武三はあえてそれ以上聴かなかった。淳の言葉に父親の介入も許さない、厳しい意思のようなものを感じたからだ。

武三の学生時代は七十年安保への過渡期だった。岸首相の六十年安保改定への敗北の余韻が色濃く残った時代である。しかしベトナム戦争という現実の戦争がアジアで起き、アメリカが新たな世界戦略に日本を組み込もうとしたのに対して戦った時代でもあった。日本政府がアメリカの戦争を支え、多くの国民がそれに知らぬ顔を決めた。そこから小田実らのべ平連が生まれ、学生たちの中に「過激派」も生まれた。

一方、淳にとって北米局に入った2000年の春からは朝日新聞が「米国公文書」を入手したり、沖縄返還の密約問題が公になりつつあった。世代によって受取り方に違いはあっても、父と子の根っこには通ずるものがある。武三は笑顔で淳に言った。

「安倍より佐藤栄作だろ？　何しろ密約を隠してノーベル平和賞をもらった、これは悪運が強い」

「悪運だったらA級戦犯から首相になった兄貴の方が上さ」

「ああそうか。悪運が一番強いのは岸か」

「巣鴨プリズンの死刑候補から首相にのしあがったんだ。安倍はその昭和の妖怪の孫だ」

淳が吐き捨てるように言った。

「じゃ悪運も安倍で絶える」

その時だ、突然淳が怒りだした。

「父さん、何言ってんだ！　妖怪の孫だよ？　いま辞めたってきっと復活するよ！」

「復活…？」

武三は笑おうとして、ムッとした。仮にも首都圏の中堅新聞政治部生涯一記者である父親の見通しを、完全に否定したからだ。

「そんなことはあり得ん」

思わず言った。

「父さんなんか戦後左翼はスグそういう事を言う！　でも安保じゃ岸に負けたんだろ？　左翼が

こんな世の中を作ったんだ」

何を言う…。一瞬、武三の頭にあの光景がフラッシュした。

１９６０年6月18日の深夜、国会議事堂をビッシリと囲んで座り込んだ学生たちの中に高校生反戦の武三もいた。白いワイシャツは砂と汗で汚れ果てていたが、眼は議事堂の尖塔に光る赤いランプを睨んでいた。午前零時安保自然承認。絶望的な声が夜空に突き上げた。あれから半世紀に近い…。

しかし、左翼がこんな世の中を作ったとは、いかにも乱暴なモノ言いだ。淳らしくもない。

「オレは左翼じゃない」

「じゃ戦後リベラルだ。戦後リベラルには受苦の経験が無い！」

「ジュク…？　何だそりゃ」

聞きなれない言葉だ。聞き返した。

「パッション、苦を受ける。引き受ける。十字架のキリストは、民衆を救けようという情熱で死の苦しみに耐えた。日本の戦後は、経済成長のぬるま湯で、結構気持ちのいいデモクラシーの時代だった。戦後リベラルが結局、安倍みたいな右翼のお坊っちゃんを産んだんだ。だからコイツはまたそのうち出てくる。安倍がダメなのは、日本が常在戦場だった時代の政治家岸信介ってモデルを身近にしながら、何一つ批判的学習をする力がねえ政治家だってことだ！　だから日本は変わらない」

吐き捨てるように、一気に言った。

常在戦場？　安倍が復活する…？　何を言う、日本人はそれほどのバカじゃない！　そう言おうとして、武三は言葉を呑んだ。淳の眼がゾッとするほど暗かった。

そのとき直子が朝食の盆を運んできて、話は打ち切られた。淳がスッと立って味噌汁を運んでくる。淳は昔からよく気のつく優しい子だ。

親子は黙って朝食を食べた。武三の胸に、まだ議論の余韻が残っていた。

「お父さんお母さん、ご馳走さまでした。じゃ、出かけます」

お茶を飲むと、淳がどこか改まったような口調で座ったまま手を膝に置き、頭を下げた。

武三がいつものように、駅まで車で送ろう、と立ち上った。


駅近くで淳を下ろし、「また近いうち、一杯やろうや」と武三は息子に声をかけた。

淳は頷き、じゃ…と背を見せて去っていく。武三は何故か突然、ひどく名残惜しい気が胸に込み上げてきて、人混みに消えるまで車の中から見送っていた。淳がふり返り、小さく手を振ったようだった。


その日の夕、武三が社で忙しくしていると、警察からの電話だと言われた。家の最寄りの警察からで、怪訝に思って尋ねると、

「清水武三さんでいらっしゃいますか?息子さんのお名前は清水淳さんでまちがいないでしょうか?」

と聞いて来た。武三は、そうだと答えた。

「すぐ虎ノ門病院へいらしてください」と、と切迫した声で電話は切れた。淳に何か異変が…？　社からそう遠くない虎ノ門病院の玄関へ着くと、制服の警官が待ち構えていた。そこへ直子もタクシーで駆けつけて来た。ご子息が午後5時過ぎ、地下鉄霞が関駅で飛び込み自殺されまして、と言う。導かれたのは地下霊安室で、その入り口で崩折れた直子を廊下の長椅子に残し、武三は変わり果てた淳の遺体と二人で対面した。

警察官から渡された淳の遺品のバッグの中に、北海道新聞の記者への証言の7年前、１９９９年に吉野文六元外務省アメリカ局長が政策研究大学院大学で行なった7回にわたるオーラルヒストリーの分厚いコピーがあった。それはボロボロで、手垢が付いていた。

武三は検死を終えた遺体を、病院専属の葬儀会社に頼みこんで自宅へ引き取った。霊安室で一夜を明けさせる気は無かった。自宅への安置が終わったのはもう深夜だった。直子を休ませ、それから遺品の分厚いコピーを目を皿のようにして読んだ。

１９９９年だが、そこに既に「沖縄返還時には密約があった」と書かかれていた。

この授業を聴講した人たちは、7年間もこの内容を外へ洩らさなかったのだろうか？　吉野自身はそこで話した以上、漏れることを期待もしたはずだ。ところが外務省関係の聴講生もいたはずなのに、洩れなかった。一体、その者たちはどういう神経の持ち主か。日本の、政治や外交畑に携わる者の大部分が、一般大衆を見降ろして平気、知らなくていい、知らない方がいい、という考えなのだろうか。そこで、吉野自身がシビレを切らして２００６年に北海道新聞の記者にしゃべったのだろうか？

だが、武三が思い出して身を震わせたのは、今朝、朝食前、二人で話した時の淳の声だった。

「父さんなんか戦後左翼は、スグそういうことを言う！　でも安保で岸に負けたんだろ？　左翼がこんな世の中を作ったんだ！」

何より「父さんなんか戦後左翼は」その声が武三の心に突き刺さっていた。

吉野の妻は晩年、アルツハイマーになって、亡くなったそうだ。吉野は妻を看取り、自分自身の死期もそう遠くはないことを悟って、長い外務省生活の中では話せなかったことを最後にしゃべったらしい。その中に外務省沖縄密約問題の真相が含まれていた。

吉野の証言によれば、日本政府はアメリカ政府のために日本国民の税金を不正に使った。アメリカ政府の支払うべきものを、日本国民に隠して肩代わりした。その全体の金額は、西山記者が不正を指摘した400万ドルの八倍に近い総額3000万ドル（当時の百十四億円）に昇った、とある。

アメリカが支払うべきものを日本政府が、日本のタクスペイヤー（納税者）から吸い上げた金で沖縄の地主たちに支払った。

アメリカ軍は1965年以来、その沖縄基地からベトナムへ、インド洋へ、アフガンへ、連続して出撃していった。従って当時の日本は「戦争国家アメリカ」を日本人の血税で支えたことになる。最大の犠牲者であり、日本政府に騙されたのはタクスペイヤーである日本国民だった。

聴講生の誰かから、淳は吉野オーラルヒストリーをコピーしたのだろうか。2006年の北海道新聞の報道まで、吉野の告白は知られなかったが、それを読んで以来、淳が外務省内でこのコピーの内容による内部告発に動いただろうことは、今朝のやりとりからも想像に難くない。

吉野オーラルヒストリーを読んで、武三は沖縄密約問題が淳の自死の理由だったのではないかと考えるようになった。だが証拠はない。

外務省が伏魔殿である事は、武三もすでに最後に駐レバノン大使を務めた天木直人の著書「さらば外務省！」などで知っていた。天木は、国連決議なしの米国のイラク攻撃に、イラクからシリアを隔てて500キロの地にあるレバノンから、「日本はこの攻撃に反対すべきだ」と小泉純一郎首相と川口順子《よりこ》外相に至急電を送った。そのため彼はレバノン大使職だけでなく外務省そのものから排除された。

海外駐在大使は、世界中の「現地」から、その国を最もよく知る外交責任者として首相、外相に情報を送る責任と義務を負っている。天木はその職務を忠実に果したが、川口順子はそれに対する返電すらしなかった。

吉野文六氏自身による北海道新聞へのカミングアウトが2006年3月だ。それから現在まで、約1年半の間に外務省内で淳に何があったのか。

淳が北米局内部で内部告発のような動きをした。それに対して何かが起きた…。

淳の事件は、「沖縄密約に関する文書資料を持ったまま、若い外交官が自殺した」と、他社一社の新聞にベタ記事が出ただけで、自殺の理由などは不問に付された。清水武三が休暇中の首都新聞などは報道もしなかったし、テレビもどこも取り上げなかった。

武三はダメモトで外務省北米局の淳の上席に電話をかけた。「最近、外務省内で私どもの清水淳の身に何か変わった事はなかったでしょうか？」

すると相手はエッ…と小声で絶句し、当惑したようにそのような事実はないと答えた。

「では、遺品となった吉野オーラルヒストリーに関して、何か淳が部内で問題を提起したり、波紋を起こしたようなことはありませんか？」

相手の声が平板になった。

「記憶にありません。ただ若い外交官にはできるだけ広い視野を持つことが求められる、とは常日頃指導はしておりますが…」

武三は漠然と、巧妙な言い逃れを感じた。

上席は逆に、まだお知らせいただいていないのですがご葬儀のご予定はいつになりますか、と慎重に武三に尋ねてきた。

武三は、葬式はするが身内で行うのでお知らせする心算《つもり》はありません、と答え、電話を切った。

神山からも問い合わせがあったが、同じように答えた。

葬儀は出来るだけ簡素にと、一番近い親戚に知らせただけで、遺体を荼毘に付した焼却場に関係する僧に経を詠んでもらった。染井墓地にある清水家の墓に夫婦だけで埋葬した。

明日で慶弔休暇の7日が終わるという日、一人の若い女性が、お線香を挙げさせて下さい、と言って訪ねてきた。直子はあれから寝込んだまま、起き上がれない。

武三は、淳を訪ねてくれた若い女性がいたことに、それだけで何かホッとする思いがした。彼女の首には小さな銀色の十字架が吊るされていた。それを見て、武三はハッとした。亡くなる直前の淳の言葉を思い出したからである。

「戦後リベラルには受苦の経験が無い！」

あの「受苦」という言葉には、キリスト教の影響、或いはこの人の影響があったのではないか…？

仏壇はないが、淳の遺影の前に花と線香だけは供えていた。

淳さんと同じ北米局の文書課に所属する下級事務官です、と名乗った神部智子は、線香を手向け、遺影を拝んでから、武三に小声で、一つお話があるのですが、よろしいでしょうか、と言った。

武三は少し驚いたが、飛び付くような思いで、どうぞ、と肯いた。

田中真紀子外務大臣と外務省高級官僚との一連のトラブルとも絡んで、外務省には根強い米国従属外交の流れがある。淳は北米局内の数少ない従属見直し派で、守旧派から目の敵にされていた、と彼女は言った。

外務省は上級職試験を通った殆どのキャリアが米国追随組で、とくに安倍政権になってからはそれが著しく、ノンキャリアの淳は完全に仕事を干された、というのだ。

それは武三がもしや、と感じていたことである。淳の苦境とも符合する。

淳が吉野文六オーラルストーリーを入手したのはその最中だったらしい。

淳は、それを持って話し合いをしたいと言い、上下をわきまえずに次官室を訪ねたりしたという。北米局内でも大きな話題になったという。

面会を断られると淳は、吉野文六オーラルストーリーを、米国追随を断ち切る切り札として上申書を添えて次官に提出した、と神部智子は言った。無視されると、外務省の玄関でビラを配って警備員に取り押さえられたりした。

この内部告発に対して北米局上層部の何処かから指令があり、昨年暮れからは淳に従来のデスクでの勤務を認めず、文書裁断の雑用だけを淳にあてがうようになった。北米局最上階の隅の、窓一つない、以前は物置だった畳3畳ほどの狭い部屋で独りで過ごさせられた。出勤してから一日中をシュレッダーを相手に誰とも口をきかない生活は、精神的にも肉体的にも恐らく極限に追いつめられた筈だ、という。これに対し、淳は「不当業務」として北米局長にシュレッダー室からの「配転」を要求した。

「実はこんなことを申し上げるのはあるいは適当なことではないのかもしれませんが、わたくし文書課で局の部内メールの発信名と宛先をチェックし、中継する係を命じられております」

「えっ、部内でやり取りするメールを?」

武三は驚いた。

「ハイ。そのような事がいつ始まったかは判りませんが、一旦文書課へ発信し、文書課から宛先に、というシステムなんです。但し内容は読んではならない、と。一年ほど前から発信者と宛先、日時の一覧を作る係りになりました。わたし、その日、発信者が清水淳さんだったので思わず、局長宛の『不当業務配転に抗議します』というタイトルを見てしまったんです。許されない事なのですが、添付された抗議文も見ました。そこに確か『…までに納得のいく返答なき場合、重大な決意をもって…』というような事が…」

「重大な決意？」

武三は思わず大声で聞いた。

「ハイ。アッと思ったら、いつの間にか後ろから文書係長が覗き込んでいて」

武三は息を呑んだ。

「それ清水君だね？　発信しないでいい。コピーして僕が第一課長経由で直接局長に持って行くから、と持って行っちゃったんです」

武三は驚愕した。淳は、北米局長の無視に対し、自殺予告していたのだ！　しかも淳のその内部文書は係長がコピーした後、削除されたという。もみ消されたのだ。

「淳さんが上級職でなかったこともあると思います。わたしは淳さんよりさらに下の事務官ですが、わたし、どうして一緒に抗議しなかったのか！　味方になってあげることができなかったのか…。抗議しないなら、その時淳さんへ、こんなことが、と話すだけでも…。そうすれば淳さんは少なくとも、次の戦いが出来たかもしれない。でも、私は巻き込まれるのが怖くて…！」

彼女は一気に言って泣き崩れた。

彼女は淳に「話しかけて」はいなかった…。武三はすぐには声も出せなくて、「受苦」という言葉は彼女に学んだものではなかった…自分で学んだ言葉なんだ…ただそう内心に繰り返していた。

これでは、打ち明けてくれた彼女も、これを聞いた武三自身の今後の行動によっては淳と同じような身の上になる…。その悪夢のような思いを武三は慌てて打ち消した。そして彼女に心から頭を下げた。

「何があったか。何の手がかりも無く、これまで毎日を悶々としておりました。でも、今あなたからお聞きできて、そうか、そういうことがあったのか…ほんの少しですが、淳のしたことが判ってきました。こうして打ち明けに来て下さって、わたしがどんなに有難く思っているか、どうか、どうかそうお考えください…」

淳の最後に、こんな思いを持ってくれる女性が同じ職場にいた、それだけでも良かったんだ。淳の傍らに小さな白い花が一輪咲いていたようでもある。これは心にしまっておくしかない…。武三はいま、そう思った。正確に言えば、しまっておこうと強く自分に言い聞かせていた。

帰りがけに、心残りで、送り出しながら彼女に一言聞いてみた。

「あなたはクリスチャンでいらっしゃいますか?」

すると彼女はこう答えた。

「いいえ、無宗教です。この十字架は、ただ好きなだけで…」

そうか…。もし彼女がクリスチャンだったら…彼女は神の前で自分の心を問うはずだ。それなら淳と一緒に北米局と戦っていたかもしれない、いや、今、自分と一緒に外務省と戦うのではないか…そんな妄想が頭をもたげてきて、武三は慌ててそれを打ち消した。

だが、人生には本当に思いがけない人が受苦の人のすぐそばにいることがある。淳は何故その人と、まだ死を思わずに戦っていた頃、話す偶然に恵まれなかったのか。

武三の胸にまた、やり切れない痛みが走った。親である武三にも淳は打ち明けなかった。それこそ俺自身が欠陥親だからじゃないか！

武三は、何日かすると又、ダメと判ってはいたが、彼女に聞いた話を大学時代の友人の弁護士にしてみた。

自分か自分の弁護士が、外務省に出向いて淳の上席、あるいは外務省のもっと上に淳は「不当業務」を申告した筈だとブッけてみたら、そこから何か生まれる可能性は無いか。調査を求めることは可能か。あるいは民事裁判によって、そんな労働環境を強制した責任を追及する事は可能か。

彼の答えは大変気の毒だが意味が無い、だった。淳君が命を賭けた抗議は闇に葬られた。何か一つでも解決するならするべきだが、向こうは全く相手にしないだろう。そのくらい官僚組織というものは内部利益の護持に鉄壁だ。裁判所も絶対に味方しない。日本の裁判官は国民にではなく、国家に仕える。だから民事で裁判に持ち出しても自己満足にすらならない。

「友人として言うが、息子さんは日本の戦後のいい時代に育った。考えてみりゃ、日教組の先生たちもオレたち法律家も、世の中は民主的な言葉をしゃべる人間が増えれば良くなる、と信じてきた。教科書で民主的な理屈を勉強した人間は民主的になるとかね。だけど教育はそんな生易しいモノじゃない。今はそれを逆手に取られて、教科書を権力者が意のままに書き換えている。民主主義を教える先生はクビになる。カネが世の中を支配している。日本の権力は量産される世襲政治家を見ればわかるように、ある層の利益を守るために働く。俺たちが甘かったからこんな世の中が出来たんだ」

友人はそう言って、武三を慰めたようだったが、「俺たちが甘かった」という言葉は、命をかけた淳に比べてなんとユルイ言葉だろう。武三の耳に、又あの言葉が聴こえた。

「戦後リベラルが結局、安倍みたいな右翼のお坊っちゃんを産んだんだ。だからコイツは又そのうち出てくる。安倍がダメなのは、日本の戦争時代の政治家岸信介っていうモデルを身近に持ちながら、何一つ批判的学習をする力がねえってことだ！　だから日本は変わらない！」

淳は、父親の自分にも、批判を投げつけて去った。

そう言えば日本人は、安保の岸信介についても、何かやり残したものを感じながら「昭和の妖怪」と呼び、その何かを封印してきた…。

それでも、弁護士を訪ねたことで武三は気持ちに少しだけ区切りがついた。淳がやろうとしたこと、もしそれが明確になれば、自分が受け継いでやりたい。自分が淳に代わって、何か別のやり方で…。日が経つうちに漠然とだが、時折そんな思いが心を過るようになった。

直子には神部智子の話はしなかった。時折り床を離れるくらいの半病人だが、話せば直子は武三の反対を押し切ってでも遮二無二外務省へ出かけ、さらに深い傷を負うだろう。そんな事になれば、二度と起き上がれなくなる。このリベンジはそんな事で解消させたくない。俺が何かをする。武三は、漠然とそう心に念じ続けた。

もう淳のことで訪ねてくる人もない。直子も身の回りのことぐらい何とかやれそうだ。

武三は出社した。

だが、デスクとして提出される記事を読もうとしても読めなくなっていた。原稿を見ていると不意にボロボロ、ボロボロと涙が落ちた。別に悲しくはない。ただ身体が前と同じ仕事を続ける事に拒否反応をするらしい。

それを見た編集局長の神山が、自社の古い政治記事の収集整理の仕事に武三を回した。

あれほどキレる記事を書き、重役にもハッキリとモノを言った武三が、この左遷に対して文句も言う気がしない。ホッとして、言われた通りにした。以前のような記者やデスクの仕事とは全く無関係な仕事で、退屈極まりない。でも気が楽なのだ。あと半年足らずだ。武三は社の帰りに赤提灯で独り、酒を呑むようになった。

そんなある日、まだ比較的仕事に飽きのこない午前中の時間、1994年10月10日の自社記事に目をとめた。

『冷戦下の50―60年代、CIAが自民党等に数百万ドルの秘密資金を提供／米紙』

何？　CIAが自民党に…？

1950〜60年代と言えば、太平洋戦争開戦の責任を問われてA級戦犯だった岸信介が、

1948年に巣鴨プリズンを釈放されると、53年には政界に復帰し、57年には首相となった時代である。日本は戦後高度成長経済の波に乗った。

驚いた事に、武三はこの自社記事を読んでいなかった。

米紙とはニューヨーク・タイムスだ。

たいへんなものを見落としていた！

この記事が出た1994年、清水武三は4月に誕生したばかりの南アフリカ・マンデラ大統領の動向を現地取材するため、約一年間をヨハネスブルクに滞在していた。

そのころ淳はまだ9歳の小学4年生で、武三は毎週のようにアフリカから絵ハガキを送ったことを覚えている。

何ということだ！　東京にいればむろん気がついた。だが、それにしても不覚、恥ずかしい！無性に腹立たしかった。

記事によれば、米国公文書館の1994年公開国務省資料の中に「1958年に岸内閣の佐藤栄作大蔵大臣がCIAに自民党への選挙資金の提供を要求した」という記録文書が残されていた。それをニューヨークタイムスがスクープした。記者名はない。

ウチの新聞がそれを後追いで転載した。記事の最後に（神山成生）とあった。これは、まだ記者時代の神山現編集局長の署名記事だ。しかし、それきりでこの問題に関する記事はもうなかった。

岸の弟・佐藤栄作は、1958年6月から始まる第二次岸信介内閣（ここからが選挙の洗礼を受けた岸内閣となる）で大蔵大臣だった。

第二次岸内閣誕生の直前、その衆議院選挙の選挙資金を佐藤がアメリカ国家安全保障会議傘下の中央情報局（ＣＩＡ）に要求した。当然ながら兄岸信介の意向である。

武三は神山の局長室へ走った。

「おい、こんな重大な記事がなぜこれ一回で終わったんだ？　なぜ後追いしてない？　オレが留守の間、君は何をしていた？　ニューヨークへ飛んでそのＮＹタイムスの記者に会ったのか？」

神山は一瞬はギョッとしたようだったが、やがて笑って答えた。

「そこまではやらなかった。他だって同じだ」

「これが事実で、自民党が金を受け取ったとしたら、政権党だ、一大スキャンダルだ。最低でも政治資金規正法違反、国会で追及されて岸内閣は空中分解した。60年安保改定もありえない！」

神山が笑った。

「去年、２００６年7月だ、共同の配信でＣＩＡが民社党に献金したってネタが国務省の資料公開で出たじゃないか。でも小額だった。ウチも他もネグった」

「毎日は出した。オレも軽率だった…」

「いや、こういうネタは軽々には動けねえんだヨ。真相解明には時間とカネがかかる。沖縄密約問題だって、暴いた毎日の西山君は最高裁で有罪だ。犠牲者も出た」

「沖縄の密約は去年、吉野文六外務省アメリカ局長の証言で立証されたぞ」

「で、西山サンが国家賠償請求の訴えを起したけど今年3月、東京地裁で棄却された。だから時間がかかると言ってるんだ」

「日米間はあれだけじゃない。嘘っぱちの非核三原則、沖縄核持ち込みやら思いやり予算、それを許してきたのは俺たち新聞とテレビじゃないか！」

神山が冷笑を浮かべた。

「お前もその一人だろ？」

武三は憤然として局長室を出るしかなかった。

神山の言葉が無性に心に引っかかっていた。「お前もその一人だろ？」

俺は違う！　そういう流れと全身で戦ってきた。いや、何かあったか？　そう、やはりＣＩＡ…？

いやもっと前…？　思い出せない…。

その日、武三はウツウツとしたまま帰りの電車に乗った。去年の夏、共同の配信記事を突つかなかったことが悔やまれた。

ふと目を上げた。空ろな目で宙づり広告を見た。武三は我が目を疑った。

『「安倍政権投げ出し」の原点・岸信介は、アメリカのエージェントだった！』

何だって…?!

岸信介がアメリカの利益代理人、スパイだった？　となると、１９９４年10月のＮＹタイムス記事も真実だったことになる。この週刊文春今週号10月４日号は、今、それを追っているのか？

武三は慌てて途中駅で降り、売店へ走った。車中で週刊文春を目を皿にして読み、気が付くと下車駅を通り越していた。慌てて反対電車に飛び乗った。家へ飛んで帰ると、相変わらずフトンを敷いたままの妻に叫んだ。

「直子、これを読んでみろ、大変だ！」

安倍首相がテロ特措法を延長できないだけで、何故あれほど体調を崩し、政権を投げ出さざるを得なかったか。だがこの週刊誌の記事はそんな生易しいものじゃない！

(二) 元祖密約は岸信介

特別取材班がアメリカへ飛び、その根元にある驚くべき歴史的事実を暴いてスクープしていた。

1988年に国防省・CIAの秘密予算を明るみに出してピューリッツア賞を受賞したニューヨークタイムスの現役記者ティム・ウィナーが、今年6月にCIAの歴史「LEGACY of ASYES（灰の遺産）」を出版した。その第十二章で、岸信介がCIA資金を受け取っていた事、彼がCIAエージェント（代理人・スパイ）だった事がスッパ抜かれた。そこで著者ウィナーに単独インタビューを申し込んだのである。

『この本でウィナーは、過去20年間に公開された米公文書館の外交機密文書と200人以上の米外交官のオーラルヒストリー、さらに元CIA長官やCIA職員たちや、駐日米国大使も含む300人以上へのインタビューその他の歴史的一次資料によって、伝聞・推測一切ナシのCIAの歴史を書き上げた』

文春記事は先ず、そう報じていた。

1957年に岸は首相になったが、それ以前からCIAの資金援助の、断続的な授受関係にあった。当時、新任の駐日米国大使ダグラス・マッカーサー2世に対し、岸は「もしわたしの権力基盤固めに米国が永続的な支援財源で協力すれば、新安保条約（双務協定）を可決できるし、左翼の潮流をせき止める事が出来る」と説得したという。マッカーサー2世大使は本国政府を説得し、1958年5月の日本の総選挙前、アイゼンハワー大統領は岸に資金援助する事を決定した。

しかもウイナーは、日本でCIAと岸との間でメッセンジャーボーイを務めたCIA下級職員クライド・マカボイを発見した。そして、特別取材班もその老マカボイ自身とハワイで会ってきていた。事実は立証されたに等しい！

武三に取って岸信介は、1960年の日米安保条約改定を世論に背いて強行した首相である。安保改定は武三たち戦後民主主義世代の青春に共通する外傷体験として、初めての、しかも最大の挫折として己の深処に眠っている。

ところが安保改定に勝利した岸が、その裏でアメリカ合衆国中央情報局（CIA）から長期に渡る極秘の政治資金の提供を受けていたのである！

ウィナーはこの事実を、米国国務省が情報公開した公文書、当事者たちの証言、オーラルヒストリーを駆使してこの本の中で証明した。

明らかにされたのは、岸がアメリカCIA（中央情報局）から政治資金を受け取り、その金で首相となり、戦後日本をアメリカの利益に添えるよう舵を取った経過であり、その事実であるという。

「つまり、淳が告発した佐藤栄作の沖縄密約よりも前に、既に佐藤の兄岸信介が、元祖密約だったたってわけだ！」

直子の眼が珍しく生き生きした。

「あなた、アメリカへ行くのよ！　週刊誌に任せておかないで、新聞が後追いすべき大問題よ。あなたがＮＹタイムスの記者と会ってもっと詳しく聞いて記事にすれば、淳にもせめてもの餞《はなむけ》になる」

淳に…そうか！

「安倍がダメなのは、そういう政治家岸信介ってモデルを身近に持ってるのに…」

あの淳の言葉が鳴り響く。問題は元祖岸信介か！　そこから今の日本は始まった。岸を、俺は淳から託された！

翌日出社すると、武三は生まれ変わったような足取りで局長室へ急いだ。前の事は忘れていた。

「神山、これを読んだか？」

週刊文春を見せた。神山はまだ読んでいないと言う。

一気に説明した。

「と、いうわけだ。俺をアメリカへ出張させてくれ。頼む」

ティム・ウィナーと会って直接取材したい、と神山に願い出た。

だが、その願いはアッサリと退けられた。

「ウチは週刊誌の二番煎じはしない」

その一言で武三は、これまで同期として互いに気を許してきたが、今や片方は管理者、権力者、片方は一介の記者という石の壁が目の前に立ちはだかるのを感じた。

「しかし神山、これは新聞が先に感づくべき問題だった。ところが週刊誌が先だった。これは単にウチが網を張るのを怠っただけだ。一番、二番の問題じゃないぞ！」

だが、神山は武三がいくら説いても権力者としてのスタンスを変えない。じきに同じ60才だというのに！　いや、神山は先を見ているのだ。

「どうしても行くってんなら退職してから行け。ま、そういうネタはその頃にはもう冷めてるだろうけどな」

「おまえ、それでも新聞記者か！」

最後の言葉を投げつけ、局長室を飛び出した。この男とは二度と言葉を交わす気はない。

武三は机に戻ると直ちに退職届を書いた。叩きつけてやる…。

そのときフト、週刊文春の記者に一人だけ知り合いがいることに気がついた。いつか政治家の記者会見で同席し、お互いの質問内容に共通するモノがあったので、帰りがけに一度だけ呑んだことのある溝田進だ。

「首都新聞の清水です。実は10月4日号のことで…」と電話すると、切迫した武三の声に何か感じたのか、忙しいらしいのに、じゃ何処かでコーヒーでもと言ってくれた。

銀座の上島珈琲で溝田に会うと、驚いたことに、10月4日号「岸はＣＩＡエージェント」記事特別取材班のキャップは彼だったという。彼自らアメリカで取材してきた。何という奇遇！　地獄で仏だ。

上島珈琲から並木通りの溝田の行きつけの呑み屋へ移った。

溝田に息子淳の死と遺言めいた言葉、そして編集局長神山との確執まで、全てを打ち明けた。

「元祖密約は岸信介だった。これは新聞がやらなければならなかった！」

興奮した武三の言葉を聞き終え、深く頷いた溝田はこう尋ねてきた。

「本当に、退職してでも行くお積りですか」

そうだ、今すぐでもいい、と武三は答えた。

だが退職すれば首都新聞政治部記者としての肩書はなくなる。

「それで、溝田さんからウィナーへの紹介状を書いて頂けないかと…」

すると暫く考えた彼はこう答えた。

「むろん紹介状は書きます。ですが、その結果をどうなさいます？　首都新聞は記事にしないでしょう」

「そうなれば、ま、本にするとか、何か別の方法を…」

武三が言い淀んだ。

「そうですよね、となれば、こうしては如何でしょう？」

溝田の言った事は、武三の心に寄り添い、しかも本気でそれを実現させる熱意のこもったものだった。

　現在、ティム・ワイナーの著「LEGACY of ASYES（灰の遺産）」は文芸春秋で出版を予定し、「CIA秘録　上下」として元共同通信記者の藤田博司・山田有平・佐藤信行の3人の訳者が膨大な翻訳作業に取りかかっているところだという。出版後は言論界挙げて大騒ぎになるだろう。ただし、上巻第12章に予定されている「岸信介など自民党への献金問題」は、日本での出版が決まってから、書き加えられた。この翻訳版では、週刊文春の「ウィナー」は「ワイナー」に改められることになったそうだ。

「その章の英文をコピーして差し上げますから、少なくともワイナーと会うのは、先ずそれをご自分で読んで、その後でもよいのではないでしょうか。そうなれば、日米関係について安保世代の元政治部記者である清水さん、日本の外交官として日米の密約問題に無念の思いを背負って亡くなられた息子さん、お二人の思いが結晶した本が生まれることは間違いないと思うのです。それを是非、ウチから出版させていただきたい」

　溝田はそう言って心から勧めてくれた。

　なるほど、自分は息子の自死に続いて神山とモロにぶつかったので、頭に血が昇った感無きにしも非ずだ。かつて一年間だが南アフリカにいたお蔭で、ある程度の英語は辞書と首っ引きなら読める。武三はうなづいた。

　溝田は別れ際、

「今後どんなことがあっても、お手伝いしますよ」

と言ってくれた。

翌日から武三は、溝田からすぐにファックスで送られてきたワイナーの「第12章」自訳を開始した。新聞社のどうでもいい仕事などそっちのけだ。

作業は年の暮れまで続き、神山との確執などいつしか忘れた。内容を理解するために、その都度図書館通いしながら翻訳を進めた。同時に岸信介という人物について評伝や研究書、証言録なども読み進むことになった。

実は、武三には十年ほど前、「あぁ満州！」という連載記事で、日本の満州侵略の歴史を人物の列伝の形にしたことがあった。

石原莞爾、東條英機、松岡洋右、岸信介、鮎川義介などが登場し、後に北欧の領事として、ナチスの魔手を逃れて来たユダヤ人難民を大量に救出し、「日本のシンドラー」と呼ばれたセンポ・スギハーラこと杉原千畝も満州国外交部書記生として石原が関東軍参謀だった時代にハルピンにいた。

直子は以前、淳が外交官に方向を転じたのは、この武三の記事から杉原千畝に憧れたんだから、あなたの影響なのよ、と言った事がある。

これらを改めて自分のベースに、武三は日比谷図書館、広尾の都立中央図書館、都立多摩図書館、さらに国会図書館にも出かけ、それらに所属する優秀な相談スタッフたちと接触しながら調べなおすことにした。

こちらにニードがないと判らないが、ライブラリーマンというものは実に凄い！　困って相談すれば、大図書館の書庫の奥深く、どこにあるか全く判らないような資料を、舌を巻くほどの粘り強さで探し当ててくれる！　そのノウハウの蓄積を身につけているのだ。その彼らと交わす会話から武三は、デスクとして時間を追われた新聞社暮らしでは到底味わえなかった、学究生活のような充実感を得た。

同時に彼らから、二度と手に入らない書籍を含めて東京都立多摩図書館で六十万冊の書籍が石原慎太郎の都政下で経費削減のためと称して廃棄処分にされた事も知った。貴重な書物を東京都の書庫から抹殺し、極端に言えば一冊だけ残して、コンピューターの力でこの大都市全体で使い回しするのである。西の外れで必要な一冊の本は、東にあれば2週間以上経たないと申込者の手に入らない場合がほとんどだ。ライブラリーマンたちは怒り心頭に発していた。「あんなのが何んで文学者都知事なんだ！」

その人たちの中に、かつて満州の名ライブラリーマンとして図書館人に慕われた満鉄奉天図書館長の衛藤利夫や大連図書館長柿沼介《かたし》を、古い「図書館雑誌」時代から調べている老ライブラリーマンがいた。

武三は彼の知己を享けて、「図書館雑誌」衛藤利夫追悼号から、衛藤の没年が１９５３年（昭和28）であり、たまたまそれが、岸信介がA級戦犯から釈放されて5年目の、岸が戦後の政界に復帰した年であることに気付いた。

武三は、何か二人の間に満州での関わりが無いかと、衛藤利夫の息子で亜細亜大学学長を終えたばかりの元東大教授衛藤瀋吉を自宅に訪ねた。すると、こはいかに！　衛藤利夫の葬儀委員長こそ岸信介その人だった。

　また、瀋吉の奉天小学校時代、大衆投資会社日産の総裁鮎川義介が奉天図書館の館長室へ、ある夕突然に衛藤利夫を訪ねてきて長い時間話し込んだ事を、瀋吉は中学生の兄の満男から聞いていた！　衛藤、鮎川、岸の三人は同時代を満州に過ごしたのだ。


　武三はワイナーの第12章を自分で翻訳するうち、岸が１９４８年（昭和23年）12月24日に突如スガモプリズンを釈放されて以後、どのようにしてＣＩＡ関係者と出会い、その関係が育って行ったかが、その時と場所と実名を挙げて述べられているのに驚いた。

　ワイナーは書いていた。

「ＣＩＡは１９４８年以降、外国の政治家を金で買収し続けていた。しかし世界の有力国で、将来の指導者をＣＩＡが選んだ最初の国は日本だった」

　ワイナーは、岸が将来の日米関係に備えて「ニューズウイーク」誌の東京支局長から直接の英語レッスンを受け、同誌外信部長のハリー・カーンを通じて駐日アメリカ大使館の情報官ビル・ハッチンスンや国務省関係者と交通して行った、と書いている。ハリー・カーンは少し後でＣＩＡ長官となったアレン・ダレスの親友だった。

　ワイナーはそこに記している。

「岸がアメリカ政府から少なくとも暗黙の支援を求めていたことは明らかだった」

問題は、岸がなぜCIAのエージェントとなったのか。あるいはなぜ自らそこに取り込まれて行ったのか。どのようにしてそこへ至ったのか、である。

その過程について、ほんの一部しかワイナーの著書に書かれていない。何故彼はそれを受け入れたのか？　彼自らが望んだのかどうか？

晩年に至り、死が近づいても、岸はそれらについては一切語らないまま世を去った。謎ばかりだ。

それらを解明するには、あるいは岸とCIAとの関係よりも以前、岸が戦後にA級戦犯として巣鴨に入っていた時代、さらに戦中、日米開戦の頃、それ以前、満州の岸にも遡らなければならないのではないか？　武三はいま、漠とそう感じていた。

それは果たして自分の力で解明できることであろうか？　それこそ、ワイナーと会って、彼がこれらの点についてどう感じ、また知っているのか、是非とも聴いてみたい。


年が明け、溝田が「ご参考までに」と、「CIA秘録」のタイトルで現在翻訳が進行中のティム・ワイナーの本の日本語に翻訳された「序文」を届けてくれた。

『この本は記録に基づいている。匿名の情報源も出所不明の引用も伝聞も一切ない。一次情報と一次資料によって構成された初めてのCIAの歴史である』

一次資料によって構成された初めてのCIAの歴史…

その時、武三はアレッ？　と思った。

CIAによる対日工作…そういう本が前にも何かあったような気がする…。

神山の部屋を飛び出した後、「何かあったか…？」と。そうだ、「ＣＩＡ」…その前…と微かに気づいた。あれだ！　自分はそれを以前読んだことがある。自分と同業のジャーナリストで、それを書いた日本人がいた！　確か共同通信記者で…名は…？

斜め読みだったか、忙しさに紛れてよく読まなかったのか…？　ハッキリはしない…だが確かにそういう本が、ワイナーより前に、日本人の手で書かれていた！

武三は慌てて自分の家のささやかな書庫へ飛び込んだ。

書庫はレールのついた開閉式で、学生時代から溜まった蔵書は、かなりの数に上る。その中から６、７年前辺りを探す。

あった！　怖いような偶然。「秘密のファイル・ＣＩＡの対日工作」上下二巻。

元共同通信ニューヨーク・ワシントン特派員、ワシントン支局長、アメリカンプレスクラブ国際委員長も務めた春名幹夫の著書だ。でも、初めて読むような戦慄！

「目次」と「あとがき」を見ると、それは武三とほぼ同年１９４６年昭和21年生まれの著者が、１９９０年代、十年間にわたる滞米特派員生活時代、米国公文書館に通い詰めて調べあげたものであり、ＣＩＡによる戦後対日秘密工作をテーマにしている貴重な本なのだ！

春名は、秘密を解かれた公文書数万ページをコピーし、多くの人々から話を聞き、これを書いた。２０００年の初版だ。ということはニューヨークタイムスの１９９４年のスッパ抜き記事、自民党へのＣＩＡ資金の記事も春奈は読んでいる。しかも今度のワイナーの本より7年も前にこれを書いた！

何故これを自分は読んで大事にしなかったのか！　忘れていたのか？　局長の神山を笑うどころではない。武三は、自分にも、日本人による著書を軽視する傾向があったことに気づいた。

それから二日かけ、武三は夜を徹して春名の上下二巻を読破した。

武三にとって特に興味深かったのは、巣鴨プリズンで第二次起訴に怯えていた東條開戦内閣のA級戦犯岸信介のもとを、ある日G2の日系2世将校二人が訪れた…というくだりである。

トルーマンが派遣したIPS・東京国際裁判国際検察局には、米軍の軍服を着た検事が多かったが、その中には日系2世のGHQ検事も多数いた。ところが春名は、岸はそれらの検事から尋問を受けたのではなく、G2ウイロビー麾下のCIS（民間情報局）情報将校、それも日系2世の中尉二人による尋問を受けた。しかもそれは1946年3月から5月まで5回に渡って行われた事実を発掘していた。

彼らはジョージ・サカナリ中尉とG・モリウチ中尉であると実名で書かれ、国会図書館に保存されているGHQの電話帳によるとサカナリは1947年まで、モリウチは1950年までG2・CISに在籍したという。

これは巣鴨時代の岸に関する他の類書にはここまでは詳しく書かれていない事実で、この頃からA級戦犯岸信介は既に免罪される方向で起訴対象から除かれていたのではないか、と春名は書いている。

そしてその後の岸が、1948年の暮れ、東條などA級戦犯7名が処刑された翌日に釈放され、やがて安保改定をやる首相にまで昇り詰めて行く過程を、春名は「アメリカCIA資金」との繋がりにおいて掘り起こしていた。今回のワイナーの「岸信介」の章に先立って、その過程が春名によって相当に深く裏付けられていたことになる。

岸信介は、淳が言い残したように安倍どころの騒ぎではなく、現代の日本人がわが身を映す鏡かもしれない。彼こそが、あの戦争でも何ら傷つくことなく、戦後へ生き延びただけでなく、日本を復興させた代表的な権力者・政治家ではないだろうか。キレイはキタナイ、キタナイはキレイ。芯は無傷の両面性、表裏混然一体、しかもそのダークサイドに今なお底知れぬ闇と謎を残す…。

岸は彼自身の回顧録においても、彼を取り上げた伝記においても、語った方がいい部分と、語ってはいけない部分の境界をいつも明確に意識していた。恐らく肝心なことはほとんど語ってはいない。大事な事になると己を語ろうとしなかった。語っても非常に抑制が効いている。

女性関係などはモノの数ではない。そんなものを「わかった」ところで何にもならない。この日本人政治家のやった事はよく言う処の「人間的」な事柄の部類ではない。もしやすると、日本人にもう一度あの戦争をやらせるかもしれない。それがCＩＡとの関わりである。

武三はそこを明らかにしたい。春名とワイナーの助けを借りて、未だに現代史の厚いヴェールに閉ざされている岸信介とアメリカの陰の関係を、さらに暴かずにはおかない、と心に誓った。それが淳へ、せめてもの餞なのだ。

だが、武三にしてからが軽視したように、春名の本は今もそれほどの反響を得ていない。武三を含めて日本人全体がヘンなのだ。何かを隠す。隠した方が現世利益なのだ。

アメリカの国務省筋は２０００年に出た春名の著書を、直ちに熟読しただろう。対日本外交の行方に影響するかもしれないと考え、戦いた筈だ。ところが、日本では何も起こらない。そして今度のワイナーの本である。これは日本人が書いたものではない。面白いノンフィクション、「読み物」で済ます。

問題は、ワィナーが言うＣＩＡの対日工作を解明する努力は、既に日本人ジャーナリスト春名幹夫によって始められていた。ところがワイナーの著作は恥ずかしい事に武三にとっても外来文化としての重みを持ったのである。

「あなた、そのＧＨＱの情報将校を調べられない？　もし二人が生きてたら会えるかも！」

直子には直情的なところがある。そう言い出した。まさにその通り。溝田はクライド・マカボイに会えたのだ。二人の情報将校も生きている可能性が無いとは言えない。

武三は春名の本に書かれた日系2世の将校の実在や尋問内容を確認したいと思った。ならば、国会図書館の憲政資料室が「極東軍事法廷ＧＨＱ資料」を持っていることは政治部記者として当然知っていた。

武三は国会図書館の本館４階にある憲政資料室を訪れた。例によってライブラリーマンの助力は素晴らしく、マイクロフィルムの閲覧によってＡ級戦争犯罪容疑者としてＧ２・ＣＩＣ（対敵防諜部隊）に逮捕された岸の出身履歴、５指の指紋、あらゆる角度からの顔写真までが生々しく保存されているものを見ることができた。岸の一生にそういう時代のあったことを、現在に生々しく伝える証拠物である。

さらに、「IPS文書」のCASE77「KISHI　Nobusuke」の英文尋問調書が67ページ分あった。それを借り出し、一階の国会図書館複写室へ持ち込み、複写工場の手でコピーしてもらった。

1946年3月7日、岸への尋問を担当したのは、ジョージ・サカモトとジョージ・サカナリの二人だ。春名の本にあったのはG2のジョージ・サカナリとG・モリウチだ。一人は同一人物だ。資料室の古参職員に質問した。すると彼は「日系2世の尋問者が三人いたのかもしれないですね」と言い出した。それは有り得ることらしい。しかし、それにしてもGHQ法務局関係或いはIPS（国際検察局）の検事でなく、何故日系2世の情報将校が岸に会いに来たのか？　春名の本では、岸は検事の尋問は受けていないとされている。

2008年夏、溝田が車を運転して武三の家を訪ねて来た。溝田の妻の瑞枝も一緒だった。瑞枝が武三の事を夫から聴いてぜひ一度お会いしてみたい、と言ったのだという。直子が来客にお茶を出したのがキッカケで、珍しく隣りで女同士で話し始めたので、武三はホッとした気持ちがした。あれ以来、直子は買い物にも出たがらなくなっていた。

溝田が言った。取材に明け暮れるティム・ワイナーがこの11月だけニューヨークへ戻ると言ってきた。この機会を外すと、後はいつどうなるか判らない。

「いよいよニューヨークへ飛んで、ワイナーと会いましょう！」

武三が春名の本から調べた二人の（いや、三人の可能性もある）日系二世の話をすると、溝田の目が輝いた。

「それはいい。ワシントンにも行って公文書館で調べましょう。判らなかったらペンタゴンに軍関係の資料があるかもしれない」

武三は奮い立った。


妻直子の日常に異変が起きたのは、その出発準備にかかった矢先だった。

最初は台所の火の始末が怪しくなった。ガスの火を点けたまま二階のベランダへ洗濯物を干しに行く。始まりは、よく主婦にありがちな物忘れのようで、フライパンを何枚黒焦げにし、オシャカにしても「大丈夫よ」と言って恥ずかしそうにもしなかった。

だが武三が出かけたある日、隣りの家の主婦が武三の家の換気扇の小窓から黒煙と炎が屋外へ吹き出しているのを発見した。主婦は隣家へ駆けつける前に110番通報し、自分の家の洗濯物とフトンを屋内に入れることに没頭した。

遠くサイレンが鳴るのを聴いた直子が庭から戻ってフライパンに鳥の唐揚げが黒焦げになっているのを発見した。

悲鳴を上げてガスの火を止め、座布団をフライパンの上に乗せて覆ったところへ、隣家の主婦が駆けつけた。やがて消防車が到着した。消防夫は、ガスコンロの上の壁を鉄板の覆いで囲ってあったのが幸いした、と言った。

武三が帰宅して驚き、隣近所へ謝りに行ったが、どう考えても直子に何か起きているような気がした。

武三は溝田に事情を話し、10月末のNY行きはむりになった、と伝えた。溝田はガッカリしたようだが、それでも「待ちましょう」と言ってくれた。

秋になった。ある夜、武三の部屋の隣りから直子の声がした。独り言にしては誰かに話しかけて、笑い声さえする。不審に思って部屋を覗くと、直子が自分の読書机に向って左の握った拳を耳に当て、まるで電話をかけているかのように喋っている。

咄嗟に、これは冗談なのか？　と思った。武三の家では電話は昔の家のように玄関の片隅にある。瞬間、背筋にゾッとするものが走った。

直子は淳と話していた。しかも、淳が駅に来ている、迎えに行ってくれ、と武三にせがんだ。「オレが迎えに行く」と言っていったん外へ出て、いなかったぞ、と叱るふりをしてごまかしたが、その時はもう、当人はケロッと忘れていた。怖くなった。

武三は地域の保険センターへ出かけ、保健婦にこのところの出来事を相談した。保健婦は家庭訪問に来て直子と面接した上で、手かざし電話については「やや譫妄《せんもう》状態が起きているのではないでしょうか。様子を見て医師に相談しましょう」と言った。息子から電話が来た、と錯覚する、妄想するのだという。

暫らく訪問指導を続けてくれた。しかし直子はやがて、その訪問自体を拒絶するようになった。

「わたしは病気じゃありません」

武三が図書館へ出かけた留守、直子は保健婦が来たのに玄関のチェーンを外さなかった。「もう来ないで下さい」と言い、面会に応じようとせず、裁ちバサミの刃先さえチラつかせたという。


この期に及んで、武三は溝田に事情を述べて正式にニューヨーク行きを断った。

「大変無念ですが、こんなことになりました」

溝田が電話の向こうで絶句するのが判った。

武三は保健婦の勧めで直子を世田谷区八幡山の都立松沢病院精神科の外来へ連れて行った。健康診断と偽って家から連れ出したが、タクシーに乗るために通りへ出ようとしたところ、敏感な直子が異変に気づいた。よく行くパン屋さんの店先に駆け込んで、言った。

「今日、わたしがこの前を通ったこと、覚えていてね」

そう懇願したのである。夫を疑えず、窮余の策に出たのが哀れだった。それでも逃げ出さず、武三に従い、タクシーに乗りこんだのは、多少は病者の自覚があり、直そうという気持ちがあるのかもしれなかった。武三も打ちのめされ、直子とともに車窓から過ぎ去る街をジッとこの世の最後の眺めのように見た。


診断の結果は、まだ軽中度だが脳血管性の認知症で、ＣＴは大脳の萎縮を映し出していた。息子さんの自殺が身心に強いストレスをかけて影響した可能性は否定出来ない。だが原因とまでは断定できない、と精神科医は言った。

「暫く様子を見ましょう、但し日常的に誰かの目が必要だという事をお忘れなく」

進行を遅らせる薬が出され、「経過観察」となった。直子にはウイルス性疾患で内臓が悪いと言い、薬を飲むように言われた、と言った。直子は少しホッとしたようだった。

溝田から短時間でもお会いしたい、と電話があったのはその頃だ。夜、再び瑞枝を伴って訪ねて来た。直子はもう寝ていた。

「ご尽力頂きながら…大変残念なのですが、これぱかりはどうにもなりません…」

武三が平身低頭した。溝田は暫く黙っていたが、やがてこう言った。

「誠に僭越ですが、明日にでもここへわたしたちをもう一度ご招待して頂くことはできませんか。妻がホームパーティのようなことをしたいと言うんです」

唐突な話に武三は驚いた。

溝田夫妻には子どもが無い。妻の瑞枝は5年前まで正看と保健婦の資格で公立の認知症用施設に勤めていたという。その時、食事を作る実習が、女性認知症患者にだけでなく男性にもとても良い効果を持つことを知った。彼女は身体を壊して施設を退職したが、今は元気になっている。瑞枝が言った。

「清水さん、この秋はもう二度とないかもしれませんよ。出発までにはまだ時間がございます。わたしがこちらへ毎日通います。いい本を書くためじゃないですか」

ニューヨーク行きに最短1週間必要として、7日以内なら直子が朝起きる前から夜睡眠薬で就寝するまで瑞枝がヘルパーとして直子につき添えると断言したのだ。

「先ずホームパーティでお会いして、一緒にお食事を作ったり、何回かお近づきになって、もしうまく行けば、その上で清水さんから息子さんのためにニューヨークへ行くこと、留守中の介護をわたしに頼むことを出発迄にユックリ直子さんに説明してあげてほしいんです」

瑞枝には、長年のキャリアだけでなく、回復した体力と、言い出した上は責任を持つという聡明な女性特有の落ち着きがある。それが武三の心に、信頼感をもたらした。

この思いがけない申し出でに乗ってみようという思いが湧いた。


翌日、予め直子に、ワイナーの記事の溝田夫妻を夕食にご招待した、奥さんは料理が大好きでお前と一緒に作ってみたいと言うんだ、と告げた。すると直子が驚きの表情を見せた。イヤとは言わないが、不審な顔だった。

でもその夕、瑞枝がイタリアン・パスタとソーセージ、野菜など食材を買い込んで溝田とともに武三宅を訪れると、直子は前の時のように笑顔で出迎えた。


男二人がダイニングで息を殺してビールを呑んでいると、キッチンから直子の笑い声が上がるのが聞こえる。瑞枝の巧みな関わり方が功を奏したらしい。その日の夕食は珍しく楽しいひと時となった。その夜、遅くなった事を理由に、武三は昔の淳の部屋に二人を泊めた。

数日置いて、武三がわざと外出した折に、今度は瑞枝だけが一人で遊びに来た。その日、予め瑞枝に伝えておいた直子の趣味のバード・カービングに、瑞枝が巧みに合わせて時間を過ごしてくれた。

そういう企てが2回続き、ついに10月末、武三は溝田と一緒に7日間だけニューヨークへ行くことを直子に打ち明けた。ワイナーが会ってくれる、本を書くんだ。

「淳のためだ。直子も頑張ってくれないか」

直子が不安な顔をした。かつては無かったことだ。

「実は溝田さんの奥さんが、朝からお前が夜眠る迄来て一緒に過ごしてくれるというんだ。どうだい？」

ダメと言われればやめよう。すると直子は瑞枝さんならいいわよ、と事も無げに言った。

「でも、絶対に7日？」

「約束は守る。このカレンダーに×をつけて、瑞枝さんと待っていてくれ」

直子が今度は泣きそうな顔で頷いた。本気なのだ。武三は胸を撫で下ろした。

ついに決行の日が来た。武三は瑞枝に直子を託し、鬼になった気持ちで溝田とともに成田を飛び立った。機内でも時折り直子の顔が脳裏をかすめた。しかし、努力して「大丈夫」と心に唱え、振り払って考えないようにした。

翌日午後、二人はテロの警戒で厳しいニューアーク・リバティ空港に到着した。矢は完全に放たれた！

「もうお頼みしたんです。忘れます、7日だけ」

座席から立つ時、武三は溝田に囁いた。溝田も緊張した面持ちで頷いた。

ホテル直行のシャトル・バスでマンハッタンへ向った。そこで旅装を解いた二人は、翌日午前10時、セントラルパークを横切り、8ｔｈアヴェニューにあるニューヨークタイムスビルまで歩いた。

警備が厳重で、二人は日本人の3倍はある、凄い体格の黒人警備員たちに睨まれながらロビーの受付へ向った。

溝田が名刺を出し、受付の年配女性に英語で説明した。武三は、溝田に今さらながら現役の強みを感じた。今の自分には新聞社の社名が入った名刺も何もない。単身ここを訪ねたら、恐らくは追い帰されたろう。

意外なほどスムーズに、ワイナー自身がロビーへ降りてきた。

溝田が「清水武三さんは東京の首都新聞政治部で最後まで現役記者を貫きました」と紹介した。

感動の声を挙げたワイナーが大きな掌を武三に差し出す。

「ぼくも、あと3年ですよ」

二人はニューヨーク・タイムスビル10階のワイナーの個室に通された。ピューリッツア賞受賞記者は全員が個室を与えられ、バスタブ、トイレ、ベッドルームまで付いている。彼我の違いに武三は一驚した。

武三は先ず「CIA秘録」（LEGACY of ASHES）の取材源、及び取材を開始したきっかけについて、拙い英語で質問した。ワイナーは注意深く聞き、時に溝田にも確かめながら、こう答えた。

「あれは1994年のことです。CIAと米国政府の秘密作戦について取材していた私は、毎年米国国務省が発行している『米国の外交』の発行がとても遅れていることに気が付いたんです。CIAの自民党に対する支援についてそこに記述することをCIAが難色を示したことが原因でした。そこでわたしは、対日工作に従事した当事者たちへの取材を始めたのです」

取材対象はアルフレッド・ウルマーCIA元極東部長、アレクシス・ジョンソン元駐日大使、ロジャー・ヒルズマン元極東担当国務次官補、ダグラス・マッカーサー2世元駐日大使などだった。

「すると、彼ら全員が岸に対する政治支援資金を認めたんです！　マッカーサー2世大使はアイゼンハワー大統領が資金援助を承認したことまではわたしに話してくれました」

武三は驚いた。

「それがニューヨーク・タイムスの1994年10月9日の記事になったのですね？」

「その通りです」

ワイナーが肯いた。

「日本では10月10日にそれを後追いした新聞記事が出ました。ただわたしは当時アフリカにいて気づかず、貴重なあなたの記事を見逃してしまった。でもあのかなり前からご努力が始まっていたわけですね？」

「そうです。彼らは岸以外にも児玉誉士夫がＣＩＡのエージェントとして働いたことを証言しました。ところが、アイゼンハワー大統領が日本の主要政治家に資金援助をしたことは、２００６年の７月になってやっと『米国の外交１９６４〜１９６８』に記されたんです。つまり、あのわたしの記事から12年も後に国務省が問題の記述の一部だけ公開したのです。ところが、です。国務省は資金援助には四つの事実があったと一旦は認めていながら、実は三つだけそこで公開し、岸に対する工作を記述した秘密文書一件だけは未だに公開していないんですよ」

「岸に対する工作については春名幹夫という日本の新聞記者も米公文書館の資料に基づいて書いていますが、正式には国務省は今も公開していないのですか？」

「ええ。でもこれは時間の問題です。わたしは『ＣＩＡ秘録』の扉に『どんな秘密も時が明らかにする』と、１６６９年のジャン・ラシーヌ・ブリタニクスの言葉を載せました。その日は必ず来ます」

武三が膝を乗り出した。

「ワイナーさん、それはいつになるでしょう」

「ハハ、日本で何か激動があれば、国務省が判断します、もう岸はいい、とネ」

「そういうことですか！」

「ええ。アメリカ外交史の権威アリゾナ大学のマイケル・シャラー教授は1995年から6年間、国務省歴史外交文書諮問委員会のメンバーでしたが、彼はわたしにこう明らかにしています。『私はCIAから岸信介への資金提供の事実を示す文書をこの目で見ています。そこには何年何月何日何々においてと、場所と金額までが記されていました。何回にもわたってね。金額は一度に20万ドルから30万ドルだったと思います』と」

溝田が口をはさんだ。20万ドルは当時1ドルが360円として7200万円。30万ドルは1億800万円である。平均して1回に1億円を渡した場合、1960年当時の首相の俸給（月給）が25万円で、現在207万円（平成19）とすると約8倍であり、1回に8億円が岸に渡った。完全な政治資金規正法違反、刑事犯罪である。

「もう一度安保のような激動が日本で起これば、国務省も判断しますよ」

武三がアメリカまで来た目的の中に、岸信介との実際の接触を担当するために日本へ派遣されたCIA下級職員クライド・マカボイと会って直接話を聴くことがあった。ワイナーの本にはそう書かれている。

溝田は安倍辞任の昨年、ハワイの日本風の邸宅でクライド・マカボイと会った。その時は寝たきりだった。ワイナーによれば腎臓が悪く、現在は認知症もあるという。

すると、ワイナーが素晴らしい情報をくれた。クライドの長女オードリー・マカボイがこのニューヨーク・ウエストストリートのAP通信でまだ記者をやっている。ワイナーはオードリーとはクライドの取材中に親しくなったのだと云い、すぐに30分だけなら、という約束で今日のアポを取ってくれた。

清水武三は、もしも自分の本ができたら、第一に謹呈すべきはワイナー、そして春名幹夫だ、と心に決めて、ニューヨーク・タイムスを後にした。そして午後4時、二人はAP本社の広大な喫茶室の片隅で、AP通信文化部のベテラン女性記者オードリー・マカボイと会うことが出来た。

驚いたことに、今は顔に深いシワのあるオードリーだが、かつては4歳からの10年間を父母とともに戦後の東京で暮らしたという。そのため流暢な日本語が話せた。

父マカボイは、オードリーの母ローラにも自分がCIAだとは打ち明けなかったという。下級職とはいえ、この仕事には厳しい守秘義務が伴うのだ。

オードリーは17歳の時、父の書斎にあったウイリアム・コールビー元CIA長官の著書の表紙裏に父宛の直筆のメッセージが書かれているのを見つけた。思い切って母親に疑いをぶつけたところ、母親は「CIA？　そんなことあるわけないでしょう！」と一笑に付したという。

父クライドが「オードリー、お前にだけは明かそう」と、それを認めたのは晩年だった。

「私がアメリカの大学を出た時にも、父クライドが『お前は日本語が上手だから、CIAの仕事をしたらどうか』と言った事があったの。父が病いに倒れた時、私は本当のことを知りたいって、父に迫った。すると父は、ワイナーさんの本にあるような岸と自分の関係を全て認めたのよ。父は岸が首相になる前から岸と接触していました。自分は情報とお金のメッセンジャー・ボーイだった、と言っていたわ」

この日、武三と溝田にとって最大の収穫は、武三たちのもう一つの目的、GHQ・G2ウイロビー少将麾下の情報将校ジョージ・サカモト及びジョージ・サカナリ中尉の身元確認の方法について、オードリイ・マカボイが非常に重要な示唆を与えてくれた事だった。

二人の名前を言った時、オードリーがその一人、「ジョージ・サカモト」の名に耳をそばだてた。

「その人、日系2世でしょう？　確か1950年か51年頃、父が一度東京の我が家に連れて来たわ。母が、わたしにも手伝わせて、夕食を御馳走した事があって、覚えている。父は何か判らないけれど、非常にその人に感謝していた」

そして身元照会には、アーリントンの国防総省国防兵站局を訪ね、J1（人的資源部）に行けばよい、駐日米陸軍第八軍の古い名簿がそこにあるはずだ、と教えてくれた。

「但し何の目的か、不審に思われるでしょうから、これを持って行きなさい」

オードリーはAPの社用便箋にスラスラと紹介状を書き、署名をしてくれた。

「GHQに勤務したジョージ・サカモト元中尉は、かつて東京に暮らし、現在はハワイで認知症に侵されているわたくしの父の日本における友人でした。日本からはるばる『戦後日本の再興に貢献した進駐アメリカ人』の記事を書くため父を訪ねてこられた日本人ジャーナリストのタケゾウ・シミズに、サカモトの現住所を調べて頂ければ幸いです。AP通信記者オードリー・マカボイ」

日本を発って3日目、二人はワシントンに飛び、ワシントンDCとポトマック川を挟んで威容を誇るアーリントンのペンタゴンの正面玄関に立った。たしか、ここには9・11で双発ジェット旅客機が突っ込んだとも、もっと小型のセスナだったとも諸説が飛び交っている。それが今は何事もなかったように五角形の威容を誇っていた。5階建てビルは、それ自体が世界一の要塞のようだ。

「AP」記者の紹介状の威力は絶大だった。いや、そのことが、例えこの軍の大要塞にあってさえ、アメリカ過去百年のジャーナリストたちが血と汗で戦い取った成果であることを、武三はイヤというほど思い知らされた。紹介状がなかったら、恐らく国防兵站局にさえ辿りつけなかったろう。日本では治安維持法で社会主義者や共産党員が下獄した歴史は聴くが、ジャーナリストが下獄した例を、長谷川如是閑の例を引く迄もなく知らない。そこまで身体を張ったジャーナリストはいなかったのだろうか。いや、自分が知らないだけかもしれない。

人的資源部には、州兵を除くあらゆる時代の米国三軍の兵士のリストがコンピューターに残されていた。ジョージ・サカナリには死亡の赤い二本線が引かれている。だが、ジョージ・サカモト元中尉には赤い線が無く、イリノイ州エヴァンストン市7772に存命中！　これには思わず快哉を叫んだ。G・モリウチにも赤いに二本線があったので、なおさらだった。

滞米第4日、二人はニューヨークからシカゴ空港へ飛んだ。そこからバスでシカゴ駅へ、さらに列車でミシガン湖畔エヴァンストンへ向かう。駅からタクシーに乗った。

辿りついたジョージ・サカモトの住む地域は、向こうにノースウエスタン大学の広大な森が見える静かな田舎町の一画だった。一つ一つの区割りが広い。

タクシーを降り、地図で所番地を辿った。好天だが、秋の陽はすでに木々の間から斜めに家々を照らし、辺りはひんやりとして、寒いほどだ。

数字に該当するプレートの住宅街の角に、ツナギの作業着を着て、芝生に巡らした木の柵に一人で白ペンキを塗っている老爺がいた。ゴマ塩頭にシワだらけの茶色い皮膚、インディアンか？

周囲を見回すと他の家々には柵がない。武三は、これは日本人だ、と感じた。勇を鼓して尋ねた。

「エクスキューズミー・アーユー・ミスタ・サカモト？」

それが、85歳になるジョージ・サカモトだった。二人が日本の元新聞記者と現ウイークリー記者と名乗ると、最初ジョージ・サカモトは顔をしかめた。でもそれは突然の日本人記者の来訪にあまりにも驚き、すぐには対応できなかったためらしい。

やがてサカモトはクシャクシャッと相好を崩し、ペンキの刷毛を放り出した。

「ついに、日本人記者が来たのか…。君ら、見ろ、何処の家にも柵がないだろ？　わしは日本人だから、ちゃんと柵を作る。鹿児島生まれの父から言われたんだ。柵がないと不用心だぞ、とな」

「エッ、サカモトさんのルーツは鹿児島ですか！」

それにしても流ちょうな日本語である。訛りも感じられない。挙措動作も日本人で、さぁさぁと、庭にあるテーブルとベンチに二人を招き入れた。自分は手を洗い、ヘーイ、フクコ！　と家の方へ呼びかけ、顔を出したこれまたシワだらけの背の高い婆さんに叫んだ。

「フクコ！　ジャパニーズプレス、ツーゲスツ　ハブカム！　ブリングアス　スリー・ビアーズプリーズ！」

武三たちは時間を惜しんだ。早速、話を切り出す。

「あなたは、ＣＩＡの岸担当だったクライド・マカボイさんと親しかったそうですね。」

「クライド・マカボイ…?」

老ジョージは呆気に取られたように口をアングリとあけた。溝田が続いた。

「我々は彼の一人娘、オードリー・マカボイさんから聞きました。その上、１９５７年から60年までの3年半、日本の総理大臣を務めたノブスケ・キシをご存じなのではありませんか?」

「ノブスケ・キシ…」

ジョージ・サカモトの顔が怖い顔になった。武三が声を励ます。

「彼について日本人がまだ誰も知らないお話をあなたからお聴きしたいのです！ そのために日本からやって来ました。あなたは、ＧＨＱＧ２に所属した頃、グレン・モリウチ或いはジョージ・サカナリ中尉と共に巣鴨プリズンでＡ級戦犯ノブスケ・キシを尋問したはずです！」

老ジョージ・サカモトの顔に赤みが差した。

「サカナリと、だ！ モリウチ、ではない！」

「ハイ。そのお話しを是非ともお聴かせいただきたいのです。我々はあなたがＣＩＡかとも考えましたが…」

「いや、わしはＣＩＡではないゾ」

そこへフクコと呼ばれた老女がビアグラスを三つ持ってきた。日本人女性らしい。静かな微笑で遠来の同国人を迎えてくれた。乾杯した。旨い！ だが、それを味わう暇は無かった。武三が一歩踏み込んだ。

「でも何故あなたはCIAのマカボイとつながりがあるんです？」

「違うんだ！　マカボイとわしはそれ以前、マカボイがまだCIAに入る前に、戦争の最中に運命の糸によって結ばれた。この話を、わしは日本人が何時聴きに来るかと…待っていた。だが誰も来ない…。そして今日、君達が来た！」

明らかにジョージ・サカモトは興奮している。顔を真っ赤にした。

「録音させて頂いてもよろしいですか？　外へ出す時は、必ずご了承を得ます」

溝田が尋ねた。サカモトが小さく頷く。

一刻も早く先へ進みたいらしい。

「岸に関しては、G2にも守秘義務がある。だが、それを犯してもわしは伝えたいことがある。それは君たちが日本人だからだ。すぐに始めよう」

「ぜひ！　よろしくお願い致します」

と武三は応じた。

「家へ入ろう。わしは日本人の父と母から生まれた。それなのに、あの日米戦争を戦わなければならなかった。わしはその話もしたい」

三人は、ジョージの家へ入った。寒いとは思わなかったが、ミシガン湖畔の秋は冷える。もう暖炉にはチロチロと太い薪が燃えていた。

老ジョージは炎に照らされるロッキングチェアに座った。ソファの二人が向かい合う。武三が口火を切った。

「先ず最初に確認をしたいのですが、１９４６年の春、巣鴨プリズンでサカモトさんとサカナリさん、お二人が当時A級戦犯として巣鴨プリズンに収容されていた東條内閣の商工大臣岸信介を尋問したことは、事実なのですね？」

「事実だ。但し尋問ではない、訪問だ」

「訪問…？」

「訪問して色々と話し合った。あの日は１９４６年の3月7日だ。ちょうど憲法の日本政府草案が発表された日だからよく覚えている。寒い日だった…」

老ジョージ・サカモトが語り出した。

１９４６年、昭和21年のその日、ジョージ・サカモトとジョージ・サカナリは、軍帽、バーバリの軍用コートに身を固め、夫々の鞄を持ち、午前九時に東京の千代田区丸の内にある第一生命ビル（GHQ）を出た。

有楽町から上野回りの山手線電車に乗った。

途中、東京駅で大勢が降りて座席が空いたので二人はシートに腰をかけた。

隣に座った会社員風の日本人の男が、朝刊を広げて食い入るように読み出した。ジョージがチラッと目を向けると「政府、新憲法草案を発表」と特大の見出しが飛び込んできた。

前の座席の身なりの貧しい男も新聞を読みふけっている。サカモトは、漢字の読めないサカナリにそっと「見出し」の内容を英語で教えた。サカナリが頷いた。

二人は池袋駅で降りた。

サカモトは駅売りの新聞を買った。歩きながら目を通す。第一面に、発表された日本政府「日本国新憲法草案」が載っていた。サカナリが、何と書いてある？ と覗き込む。

「主権は国民だ！ テンノーはシンボルであって、国政は行わない。日本国は二度と戦争をしない、武力はその全てを放棄する」

「画期的だな！」

サカナリが叫んだ。

二人は闇市でゴッタ返す駅前を抜け、地図を見ながら線路と直角に交差する大通りを北東へと向かった。

終戦から半年余り、人々の服装はひどく貧しく、街には白衣の傷痍軍人がヴァイオリンを弾いて物乞いする姿が目立つ。だが誰も彼らの前に立ち止まらない。自分たちが生きるだけで精一杯で、施す余裕が無いのかもしれない。

数分行くと、マッチ箱のような木造バラックが密集する向こうに突然、高い煤けた灰色のコンクリート塀に囲まれた傲然たる3階建てのビル群が出現した。

そこに、「SUGAMO　PRISON」と英字を掲げたアーケード風の門があった。

門の左右は鉄条網で防備され、守衛所があった。白いヘルメットをかぶり、カービン銃を肩に下げた二人の米兵が立っている。

米兵が二人を見て、敬礼した。サカナリとサカモトも敬礼を返す。サカナリがGHQからプリズンのデイビス所長へ宛てた命令書を差し出した。

米兵は予め聞いていたらしく、一目見ただけで頷き、それをサカナリに返した。もう一人がゲートを開けた。

鉄条網を二重に張り巡らした柵の内側は広い歩廊になっていて、戦車が一台砲塔をこちらに向けて立ちはだかっている。その奥に5メートル以上あるコンクリートの高い塀が巡らされ、分厚い門扉と通用口があった。通用口を入ると、そこに旧東京拘置所があった。

デイビス所長に命令書を提出した後、二人は取調べ室に先に入室し、立ったまま岸が来るのを待った。


「すいません、ちょっと待って下さい…」

武三が口を挟む。

イリノイ州エヴァンストンのサカモトの家の窓からは既に午後の日差しが斜めに差し込んでいた。

「何故、立ったまま待ったんです？　プリゾナーを待つには普通座って待ち受ける」

「だから尋問ではない、訪問だと言った筈だ」

「ははあ！　でも、日本の国会図書館に残されているその時の記録を読んだのですが、あれは尋問のような…」

「いや、訪問の目的については直接上司に口頭で報告した。記録は尋問風に別に書いて残した」

「では『訪問』の目的とは何でしょう？」

「満州の岸だ」

「満州…満州時代の岸ですか？」

「そう。そして破壊された日本の復興…」

「日本の復興！　それを岸に！」

武三が思わず叫んだ。

「我々は情報将校だ。情報将校が岸さんを訪問し、話し合う。だから立って彼を迎えた。失礼のないように、だ…」

「では岸との話は、日本の復興に岸の満州開発の経験を役立てる…？」

老サカモトが深く肯いた。

「岸への法的な尋問は、逮捕段階でＣＩＣ・対敵防諜部隊が行った人定尋問その他が全てだった」

「では、それ以外の法的な尋問は一度もされなかった…？」

「一度も、だ。われわれの岸への訪問は、この日を入れて合計５回行われた。ＩＰＳ検事の尋問は最後まで行われなかった」

溝田が口を挟む。

「ということは…岸は予め起訴の対象から除かれていたことになるんですか？」

老サカモトが肯く。武三は深く考え込んだ。

「実は、それについては我々も、ある日本人ジャーナリストが書いた本によって薄々感じておりました。となると、この問題は、サカモトさんたちが所属したＧＨＱＧ２の仕事とは一体何か。そこからお聴きしないとわからない…」

老サカモトがニッコリした。

「その通りだ。だから、日本人のわしらがなぜ日本と戦ったか。そこから話さなければならない。君達は今夜、この家に泊れるかい？　ならば、記録も取ってある」

「そうさせて戴ければ…是非、お聴かせ願います！」

老サカモトは頷き、奥へ行った。再び現れた時、一冊の表紙が茶色く傷んだ古い分厚い大学ノートを携えていた。そして全てを一から語り始めた。

第二章　ジョージ・サカモトの太平洋戦争

(一) 志願

1941年12月7日の昼下がり、大都会シカゴの西、エヴァンストンにあるノースウエスタン大学政治学部2年のジョージ・サカモトは、全速力で自転車を走らせ、大学の構内を抜けてミシガン湖岸にある我が家へ向けて走っていた。

その日は日曜日で、大学のテニスコートでテニスをやり、食堂で今朝母が作ってくれたサンドイッチを食べていると、ジャズを流していたラジオが突然中断された。そしてアナウンサーが興奮した声で臨時ニュース！　と告げたのだ。

「本日正午過ぎ、ハワイ・オアフ島のパールハーバーに停泊中の米国海軍太平洋艦隊が、多数の日本海軍機によって空襲されました！　これは日本軍による宣戦布告なき奇襲攻撃で、卑劣極まるものであり、フランクリン・ルーズベルト大統領は…」

大変だ！　自分がこの事態にどう対処すべきかを、この地で小さな日系新聞を出している父親坂本勝正に早く聞かなくてはならない。

その時、ジョージ・サカモトは十八歳だった。

ジョージ・サカモトはアメリカ生まれ、アメリカ国籍を持つ日系2世の合衆国の国民だが、日本人であることを忘れてはならないという父・勝正の教育方針で、少年時代に一度ジョージだけ鹿児島へ帰り、祖父母の家から日本の中学へ通った経験があった。

そのような日系2世は、日本人移民社会の中で「帰米2世」と呼ばれ、アメリカ生まれではあるが一旦故郷へ帰って日本を体験し、再び米国に戻って来た若者だった。

ジョージの祖父坂本利正は、少年時代、西南戦争の西郷軍として政府軍と戦って敗れた鹿児島郷士の生き残りだった。ジョージは鹿児島で過ごした中学生時代、祖父の家に『西郷遺訓』など西郷さん関係の本が床の間にズラリと並んでいたのを覚えている。

明治日本を生んだ西郷と勝海舟の江戸城無血開城物語や、官軍総大将の西郷が戊辰戦争の賊軍庄内藩の藩主・家臣に温かく接した優しさ、さらには明治6年の政変で何故西郷が東京から鹿児島へ帰ったか、何ゆえ西南戦争に至ったかなど、祖父の口からこんこんと語り聴かされたものだった。

だからジョージは、日本の天皇の周囲には長州の伊藤博文を始めとする権謀術策の徒がはびこって、西郷を朝敵・反乱軍におとしめたこと、にもかかわらず日本人の多くが後々まで西郷さんの味方で、西郷さんのような優しい人が悪いはずが無いと信じたことなども知っていた。ジョージは合衆国人だが、西郷については祖父を通じて信念にも似た気持ちを持って、母国日本と西郷のような日本人を誇りに思っていた。

その日本がいきなり米国を奇襲し、騙し打ちした。卑劣である。信じられない事を日本はやったのだ。

ジョージが自宅へ着いて、父の書斎兼社長室に駆け付けると、すでに母もそこにいて、勝正が日米開戦を告げる記事を書いている最中だった。

部屋のラジオからはアナウンサーの異様に甲高い、興奮した声が流れっ放しだ。

国務省の発表では、米国東部時間の午後2時20分開始の奇襲から一時間以上も経った頃、駐米日本大使が日米交渉打ち切りの通告をハル国務長官に手交しに来たという。日本のエンペラー・天皇ヒロヒトの「宣戦布告」ではなかったが、事実上の宣戦布告である。完全な「騙し打ち」であり、「陰謀だ！」ラジオはそう叫んでいた。これからルーズベルト大統領による緊急記者会見が行われるらしい。

ジョージが、開口一番「パパ、どうしたらいいんだろう?」と尋ねると、勝正は「わからん。日本のやり方は最悪だ、日系人は大変なことになる…」と沈痛に呟く。

だがジョージが父の書いた社説の見出しを見ると、「日系米国市民は落ち付いて事態に対処せよ！」そして「日本のやったことは、悪いことは悪い、とハッキリ言おう」だった。

ジョージが思わず「明日大学へ行ってもいいのかな?」と問うと、即座に「ビクビクするな！アメリカ合衆国は移民の国だ。世界中から来た人々が力を合わせたからこそ、ここまで発展した。卑屈になる必要は全くない。明日からも胸を張って大学へ行け」と父は言った。

日系一世の勝正は、農業移民としてカリフォルニアへ来たが、政治や時事に関する読書が大好きだった。やがてシカゴに移住し、工場労働者として働きながら、シカゴに多い日系移民のためのタブロイド版週刊誌「ニューズ・レター」の発行を始めたのだった。

パールハーバーの米国太平洋艦隊は、主力の戦艦8隻のうち5隻を撃沈され、3隻を中破された。ほぼ全滅である。乗組員の多くは上陸中だったが、それでも2345名の戦死者を出した。

米国世論は激昂し、それまでは対独戦で苦戦中の友邦イギリスを武器援助するにとどめていたルーズベルトも、対日独伊三国同盟への宣戦を決定した。

ジョージの心配したノースウエスタン大学の日系2世の学生たちへの悪影響という意味では、政治学部学部長ケネス・コールグローブ教授がアメリカにおける日本学の権威であり、帝国陸軍憲兵隊の追及を逃れて日本を脱出してきた元早稲田大学教授大山郁夫を1934年から助手として雇っている事情もあって、当初は特段の変化はなかった。

ところが日本海軍の潜水艦がカリフォルニア沖に現れ、西海岸を砲撃したという噂が流れると、最初の迫害が日系新聞を発行している坂本勝正自身に対して行われた。

勝正が街の新聞販売所にニューズレターを届けると、店の前にいた屈強な白人からいきなり「ジャップ、ゴーホーム！」と怒鳴られ殴られた。警察に訴えたが、相手にもされない。

英字新聞には連日「狂犬」「黄色い害虫」「ニップス（日本人の蔑称）」、それに「地図と外国文書を持つ怪しいジャップを拘束！」などの見出しが大文字で躍るようになった。

不意を突かれ、戦争準備に時間のかかる米軍は緒戦を次々と失い、南太平洋でもマッカーサー将軍がマニラから撤退、敗退を重ねた。

大学では連日学生集会が開かれ、マイクを握った若者がアメリカ合衆国の危機を絶叫した。野蛮な日本軍に米国が西海岸を侵略された場合、第一次防衛線はロッキー山脈に、もしも突破されたらシカゴに塹壕を掘って待ち受ける。そう息巻く学生たちで大学構内は興奮に包まれた。女子学生たちにも従軍看護婦に応募する者が増えた。

ある日、ジョージは大学のキャンパスで、いきなり一人の男子学生に胸倉を掴まれた。「お前なんか早く日本へ帰れ、戦場で対決してやる。蜂の巣にする」と脅された。

男子学生が次々と戦時召集を受け、新兵として応召し大学から姿を消して行くようになった。

日本軍が攻勢に継ぐ攻勢で勝ち進む中、半年たってようやく日米交換船で双方に残った人々の帰国が開始された。

「わしらは万世一系の天皇陛下の臣民じゃ。交換船で日本に帰国し、アメリカと戦う」

明治生まれの日系人1世たちがそう言う中で、ジョージの父勝正は違った。社説にもこう書いた。

「この戦争が日本軍の騙し打ちで始まったのが悔しい。わたしはそういう事をした日本には帰国しない。合衆国の一市民として残り、日系移民と合衆国の橋渡しのために新聞を作る。そういう日本人も居るのだと、アメリカ人たちに示したい。ここは多民族国家、自由と民主主義の国ユナイテッド・ステーツ・オブ・アメリカではないか！　アメリカンデモクラシーは必ずや日系アメリカ人の人権を保障する」

ところが、1946年6月に交換船が去ってしまうと、それを待っていたかのように父母とジョージと弟妹の5人を、敵性外国人として強制収容する旨の通達が市当局から配達されて来た。一か月以内に、1600キロ離れたワイオミング州ハートマウンテンの収容キャンプに送られるという。そこは人里離れた砂漠の真っただ中だ。米西海岸の日系人たちも「総立ち退き」を強制され、やはり内陸の砂漠へ送られるというニュースが飛び交った。

驚いたジョージは、シカゴの米国陸軍志願兵受付を訪ねた。

「父も母も弟も妹もわたしも、アメリカ合衆国市民としてアメリカのために最大限の貢献をしてきました。敵性外国人でないことを証明するため、わたしは米国陸軍に志願します。日本軍と最前線で戦います。ですから、わたしの父母や家族を収容所へ送らないでほしい」

この真剣な訴えは、ちょうどその場へ取材に来ていたシカゴ・タイムスの記者によって配信された。

『日系二世の若者は、日本との戦争に有益な結果を米国にもたらす可能性がある』

ジョージは後で知ったのだが、彼の記事はアメリカの対日戦争の方針と合致するものだった。

ジョージ・サカモトは3カ月間の兵役訓練の後、日本軍によって敗走を重ねるマッカーサー指揮下の南太平洋軍総司令部へ、情報要員として送り込まれた。

そこには全米各地から集められた日系二世がいて、先ず日本軍の暗号の解読法を教えられ、南太平洋諸島のジャングルへ散って行く。

日本軍の猛攻に、遂にマッカーサー将軍はオーストラリアのブリスベーンへ退いた。

ジョージは帰米2世で日本語が達者なので、1942年10月からブリスベーンの総司令部参謀部情報部長チャールズ・ウイロビー少将に直属するATIS（翻訳・通訳・通信班）に配属された。シドニー・マシビア大佐のもとで日本軍捕虜の尋問・通訳、暗号解読などをする毎日となった。


ジョージは日本軍の暗号を解読して、しばしば日本軍の作戦を見破り米軍に先手を打たせた。

ブリスベーンから飛行機で島々のジャングルに出向き、テントや洞窟で、捕虜となった日本兵への尋問や通訳もした。それも日本軍の次の作戦の予知に非常に役立った。

ジョージは、自分が成果を上げることが収容キャンプにいる父母たちに良い影響を及ぼす、と期待した。だが、自分の働きが自分の家族に好影響を及ぼしたのは、父から来た手紙が検閲されなかった事だけだった。

ハートマウンテンは400メートルの山々が周囲を囲む砂漠地帯で、収容された42年の夏はもの凄く暑かった。朝晩はC30度も気温が違う。やがて来た冬は、凄まじい寒さだった。そこに木造のバラック（仮設住宅）がズラリと並び、中央の広場にはバカでかい星条旗が翻っている、という。

病人が増え、母は転住後一か月間は簡易ベッドに寝たきりだったらしい。

キャンプに供給されてくる食材は日系人の好みには全く合わず、だれも皆食欲がないという。ただ、春から夏は雨が降るので、畑を耕し、野菜を漬け込んで冬に備えようと皆で相談している、と書かれていた。

父にとって一番辛いのは、キャンプで日系紙を発行してはならない旨、管理する軍から命令された事だった。最大の人権侵害を合衆国はやる、と言って父勝正は怒っていた。

「なぜ自由を標榜する国が突然、われわれ日系市民への抑圧者に変身したのか？ それをアメリカ人は恥じないのか！」

在米日系人たちは、イタリアやドイツからの移民とは差別され、全米数か所に設けられた転住所キャンプから一歩でも外へ出る事を許されなかった。このこともジョージの、アメリカ合衆国への強い失望となった。

同時にジョージは、自分が尋問した日本兵たちの貧弱な装備と劣悪極まる日本軍の兵站に強い同情心を持った。彼らのためにも父母のためにも一日も早い戦争終結を願った。

「ボクの祖父は西南戦争の時十七才で、西郷さんの下で戦ったんだ」

ジョージは捕虜たちに祖父から聴いた西郷南州の話をした。すると日本兵の眼が真剣にこちらに注がれてくる。特に出身が賊軍地域の東北出身の日本兵たちは、戊辰戦争で西郷が敗軍の庄内藩に手厚い配慮をした話をすると、不思議なほど関心を示した。今の自分と重ねているのだ。

そこで、自分が大学で学び、目で見、耳で聴いたアメリカ合衆国の国力の強大さをくわしく説明し、自分に協力することが早く戦争を終わらせ、互いの命を救う、君たちも内地の父母のもとへ早く帰れる、と説いた。

日本は資源、工業生産力、軍事力のいずれにおいても数十倍の力を持つ国アメリカを相手に何故こんなバカな戦争を始めたのか？

ジョージ自身が真剣に思う疑問を彼らにぶつけてみると、日本人自身が末端の兵士から下士官クラスに至るまで、日米の国力を比較する情報などまるで持っていないことがわかった。

彼らはこの戦争が圧倒的に不利だという情報など、一切与えられていなかった。そのような情報は軍上層部の恐らく1〜2パーセントが独占しているらしく、部下には決して明かされない。だから、日本の戦争を支える原動力は貧しくて、激しい「精神主義」だけだ。それが東條首相兼陸相の考え出した「戦陣訓」だった。上官の命令は天皇の命令だ、絶対服従、一切の疑問も批判も許されない。

一般に「バンザイ突撃」や「抜刀隊による夜襲」など、野獣のごとく野蛮と言われる日本兵だが、一旦自分の身が戦陣訓で禁じられた「捕虜」と化すや、たちまち素直になり、多くの場合ジョージの尋問にも正直、率直に答えてくれる。

彼らは人情味があって、お人好しで頭も悪くない。日米の資源の差、戦争能力の雲泥の違いをデータで示し、だから自分の父と母も日本で貧しかったためアメリカへ移民したのだ、日本は戦争を早く終結しないと大変なことになると言えば、それがジョージの正直な思いと判るのか、自分も本当は終戦を急ぎたい、と頷く。そして所属する部隊の実際の員数や貧弱な装備の内容に至るまで喋ってくれた。ジョージはしばしば、自分の言葉が彼らを騙したのではないか、と恐れた。

満を持していたマッカーサーが、ブリスベーンからマニラを目指し、反撃に転じた。

ジョージの「終戦」への思いはさらに強くなった。犠牲者を少なく、早く戦いを終えてほしい。ジョージの働きぶりは、しばしば米軍の逆転攻勢を加速させ、彼は下士官から少尉に昇進した。日本がこのまま出来る限り早期に終戦を迎え、自分が祖父から聞いた西郷精神の日本が再興されれば一層よかった。

1944年（昭和19年）6月、日系2世部隊を主力とする米陸軍情報部の成果は、遂にサイパン島を陥落させた。これは、頑なに勝利を叫び続けていた日本人に決定的な衝撃を与えた。B29による日本本土直接爆撃が可能となったからである。サイパンからは、早朝から大編隊が連日何派も出撃して行く。

だが、日本の東條首相や大本営はまだ、ラジオで本土決戦を叫んでいた。特攻攻撃によって必ず日本は勝つ。それを傍受したジョージは、日本の降伏が目前に迫っているにも関わらず、中々そうならないことに焦った。硫黄島、沖縄が全滅しても、大本営は勝てる、と言い続けた。

1945年8月6日、マリアナ諸島テニアン島を発ったB29が、広島上空に至って「原子爆弾」を投下した。続いて9日に長崎に投下し、戦争史上未曽有の数の死傷者を一瞬で発生させた。

このことはトルーマン大統領によって内外に発表され、ジョージはラジオで知って驚いた。どの程度の規模の爆弾か、ただ「未曾有の戦果」と言われただけだった。

しかしその裏で、前線基地では日系2世兵士への差別が行われた。

原子爆弾について米軍基地内では日系2世兵士たちの前でその巨大な戦果を話さぬよう、全部隊に口コミによる緘口令が敷かれた。

だが緘口令は何の効き目も無い。広島上空で撮影された巨大なキノコ雲の原爆写真が基地内で密かに出回って、日系2世の間でも複雑な話題となった。

これで日本が完全に負けたと言って喜ぶ日系2世も居たが、大半は暗い顔をしていた。キノコ雲の写真は、これまでの最大級の爆弾の二千倍、三千倍ではないかと言われた。

長崎と地続きの九州鹿児島で中学生時代のジョージを世話してくれた祖父母は、5年前に亡くなっていた。だが叔父や叔母がいる。ジョージは今、長崎にその途轍もない爆弾を投下した米軍兵士の一人なのだ。

ジョージはそのことを人知れず悩んだが、誰にも話さなかった。

ジョージや一部の日系2世たちの悩みは、周囲の米軍兵士たちが「原爆は太平洋戦争最大の戦果、俺たちはアメリカに帰れる！」と誇らしげに述べ合う声に掻き消された。ジョージは心につきまとって離れない悩みを抱いたまま、１９４５年8月14日を迎えた。

午後11時、日本は敗戦を決め、スイスとスエーデンの日本国公使を通じて天皇の名で「ポツダム宣言の受諾」を連合四ヶ国政府に通告した。15日、23歳のジョージは中尉に昇進した。

(二) 日本進駐

8月28日、ジョージ・サカモトはＡＴＩＳのシドニー・マシビア大佐の副官として、爆撃機で上空から日本本土へ近づきつつあった。参謀第二部部長ウイロビー少将及び米軍高級参謀たちがマッカーサー元帥に随行して日本へ乗り込む二日前である。

深い緑の山々、日本女性のキモノの裳裾を思わせる駿河湾の白い波打ち際の向うに、殆ど平らに均された白茶けた一帯が広がって見えた。

「あれが駿河湾に面した小都市沼津だ。爆撃で平らになってるな。東京を空襲した帰りのB29が余った爆弾を落としていったんだろ」

マシビアが言う。でも目は笑っていなかった。マシビアには東京に語学留学の経験があった。

ジョージが七年ぶりに見る「祖国」は奇妙なコントラストを見せていた。白茶けた都市の向こうには、長大な裾野を引く独立峰マウント・フジが秀麗な頂上を空へ向って突き上げている。その優美な山容は見事と言うしかない。

だが、この国には二つの原子爆弾を落とされ、東京・横浜も焼夷弾で全面焼け野原だという。

機はフジの手前で右へ旋回し、やがて相模湾から東京湾へと進入した。白茶けた広大な平地と化したヨコハマ・カワサキ地区が眼下に広がった。

この美しい国が、なぜ「戦争」など始めたのか？　米国はこの国になぜ「原子爆弾」を落としたのか？　ジョージは考えると頭がまっ白になりそうな気がした。

「広島・長崎」についてはは多少の知識があった。広島は穏やかな多島海の瀬戸内海に面し、長崎は鹿児島の北方、オランダと最初に交易した歴史の古い港町だ。そこがいま、惨たらしい有り様で、放り出されているのだろうか。眼下に広がる平坦で白茶けた都市と比べても、とても比較にならないような惨状だろう。

マシビアやジョージたち情報要員は戦闘部隊を先に立て、自らも重武装で進駐第一陣としてアツギに乗り込んだ。そこを狙って、まだ降伏に納得していない日本軍が攻撃を仕掛けてくる可能性が言われた。

ジョージは自分が日本人であるのに、日本人から狙撃されるかもしれないと思った。日本の地面を踏む一歩一歩にフハフハと宙を踏むような思いがした。

だが日本兵は礼儀正しく、銃声もせず、飛行機の凄まじいエンジン音以外、厚木飛行場は全く静かだった。

マシビア大佐が、タラップの下で待ち受けていた日本陸軍参謀次長河辺虎四郎中将と握手を交わした。河辺が、横浜に連合軍最高司令部を受け入れるための日本側準備委員長の参謀部第二部長有末精三中将をマシビアに紹介した。参謀第二部は米陸軍と同じ情報部であるらしい。

マシビア大佐は9日前、連合国軍の日本進駐受け入準備会議のためにマニラへ飛んで来た日本政府代表河辺中将一行をニコラスフィールド飛行場に出迎えていた。したがって、河辺とは初対面ではない。

マシビアとジョージは、輸送機から下ろされた大型ジープに有末を同乗させ、横浜へ向かった。

マシビアがジョージに「コイツは中将だぜ」と耳打ちする。

ジョージが地上で初めて見る「母国日本」は、何処までも一面のガレキの焼け野原で、米軍機による猛爆は地上に満足な形の建物を一つも残していない。

ガレキの山を幅寄せただけの白茶けた道を、一体何処でどうやって生き延びたのか、汚いボロ服やキモノを身にまとっただけの女や、上半身裸でリュックを背負った男など、大勢の日本人たちが真夏のギラギラした太陽の下を黙々と歩いていた。この人たちは食べ物をさがして彷徨っているのかもしれない。だが、この焦土の何処に食べ物があるだろうか…?

ジョージは思わず、ジープの上から何処までも続く色彩の無い焼け野原を見回した。


有末は、2日後の30日に厚木に着く予定のマッカーサー元帥一行を平穏のうちに受け入れる任務を帯びていた。彼は、自分は元駐イタリア日本大使館付武官だったと言い、流暢な英語でマシビアとジョージを案内した。先ず横浜税関ビルへ連れて行った。

奇跡的に焼け残った古い鉄筋コンクリートのヨーロッパ風の建物は、煤で真っ黒だった。有末は連合国最高司令部を先ずここに置いてはどうか、と言った。内部はいま、大勢の日本兵が懸命に清掃中だった。

マシビアはジョージを連れて内部を詳細に見て回って、有末に同意を表明した。

「問題はマッカーサー元帥の宿舎をどこにするかだが…?」

有末はおもむろに微笑し、肯いた。そして連れて行った先は、横浜野毛山の、山を背にした隠れ家風の老舗和風旅館だった。爆撃も受けず、戦時中は軍関係の密談所として使われたのだと、有末が得意気に言った。

マシビアは今度は肯かず、ジョージに「どう思う？」と意見を求めてきた。ジョージは多分危険だと思う、と答えた。

「日本軍関係者がよく使ったということも気になります。降伏を受け入れない日本軍の危険分子に襲撃された場合、一たまりもないと考えます」

マシビアが「わたしもそう思う」と云い、有末にここはダメだ、情報のトップならわかるはずだ、日本軍関係者が出入りしていた施設など不適当だ、と有末に答えた。有末は自分より下位のアメリカ人大佐にノーと言われたからか、反論してきた。

「終戦は天皇陛下のご命令なのです。日本の軍人が陛下のご命令に従わないことは一兵たりとありえません。襲撃などない！」

最後の一言だけ日本語だった。ジョージを日系2世と意識してのことだろう。緊張感が漂った。

ジョージは日本軍にフイリッピンを追われたマッカーサーが、常に海辺のキャンプを好んだことを思い出した。襲撃を受けた場合、何時でも海へ脱出できる。ジョージは日本語で口をはさんだ。

「有末将軍、マシビア大佐が仰ったことは、そういう意味ではありません。マッカーサー最高司令官は、これまでも海の見える宿舎を望んでおられたのです」

有末がジョージの方を見た。すかさずマシビアが「海沿いを探すように」と有末に命じた。

有末は仕方なく、横浜市内を海に沿ってジープを走らせ、山下臨海公園に近いニュー・グランドホテルへ二人を連れて行った。

3階の特別室からは湾がすぐそこに見える。

マシビアが有末に「ベリーグッド」と云い、手を差し伸べた。そしてジョージに「ここなら、海軍の高速艇を配備できるナ」と囁いた。

9日前、マニラで行われた占領軍受け入れ準備会議で米国南西太平洋方面軍サザーランド陸軍参謀長（中将）と日本政府代表河辺虎四郎中将は、マッカーサーの厚木進駐日時をめぐって激しく対立した。

占領軍は一日も早く進駐を成功させ、占領の威信を全世界に発信したい。だが敗戦によって歴史上未曾有の混乱の渦中にあった日本側は、一日でも準備期間を長く、進駐に伴う混乱や偶発事件を回避したいと考えたらしい。

サザーランドは河辺の主張に耳は傾けたが妥協はせず、結局押し切った。憮然とした河辺を慮ったウイロビー少将は、その夜マシビアに命じて日本側宿舎に冷えたビールを数十本届けさせた。

翌日河辺がニコラスフィールド飛行場を去る時にも、ウイロビー少将は自ら機内に乗り込んで河辺にジョニーウォーカーを差し入れた、とマシビアは言った。

「情報屋ウイロビーの、後々に生かす心配りなのさ」

ウイロビーがこう言った、とマシビアはジョージに言ったことがある。

「個人的にはわたしはペリー提督を尊敬する者であり、アメリカと日本は戦うべきではなかったと思っている。これから進駐する日本で、占領軍が敗戦国の日本人を戦争裁判で一方的に裁くことにもわたしは賛成でない。天皇も殺すべきではない」

このようなウイロビーの考え方は、米軍或いは米国の一体どこら辺から来るのだろう。ジョージは不思議に思った。ウイロビーは、自分は軍人であり、占領はするが植民地主義者にはならない、とも言ったという。ジョージはウイロビーに不思議な親近感を覚えた。それは、日本へ進駐するに当たって全てに悩んでいた彼に、微かな安堵さえもたらしてくれた。

ウイロビーは河辺が進駐の日程でサザーランドと戦うのを見て、敗軍の将河辺に軍人としての同情を寄せたのだろうか？　似ているかどうか別として、マシビア大佐と有末精三中将も、マッカーサー宿舎をめぐって、ぶつかることによってかえって出会ったのかもしれない。日米間の、そんな淡い期待さえも今のジョージには慰めになった。

しかし、ウイロビーはこういう事も言ったという。

「情報屋にとって、相反する立場は情報提供のキッカケにもなる重要な出会いの場でもある。より密接な情報関係を築く上で重要なチャンスとなるかもしれない。しかしそれは恐らく両者とも自己主張を論理的に展開出来る人間同士であり、相手に魅力を感じた場合に限られる。そのとき、情報屋同士は互いに何らかの利益を生むこともできる」

先ず横浜に設置されたマッカーサーの連合国軍最高司令部（ＧＨＱ）最初の仕事は、９月２日に東京湾に浮かぶ戦艦ミズーリ号上で行われた降伏文書調印式だった。

その一週間後、ウイロビー少将のＧ２（ＧＨＱ参謀部第二部　情報・治安）に所属するＣＩＣ（対敵諜報部隊）隊長ソープ准将は、Ａ級戦犯（開戦の謀議と実行・平和に対する罪）の第一次逮捕者として、開戦時の東條内閣を中心に40名のリストをマッカーサー最高司令官に提出した。

東條英樹（首相）、東郷茂徳（外相）、嶋田繁太郎（海相）、賀屋興宣（蔵相）、岸信介（商工相、軍需次官）、鈴木貞一（企画院総裁）、岩村通世（司法相）、井野碩哉（農相）、小泉親彦（厚相）、橋田邦彦（文相）らである。東條と小泉、橋田は自殺を図り、東條は助かったが、他は死亡した。これら3人は軍人だった。

そして、軍部解体、財閥解体、旧体制を支えた政治家や官僚たちの公職追放が、開始された。

9月初め、ジョージ・サカモトは、マシビア大佐の下を離れ、GHQ幕僚部CIS（民間情報局・G2ウイロビー少将麾下）に配属された。


いま、イリノイ州エヴァンストンには既に漆黒の夜の帳が降り、室内は静まり返っていた。暖炉に太い薪が燃える音、そして三人が話す声の他にはクラシックな柱時計が時を刻む音だけだ。

清水武三は話を急いだ。

「いよいよG2ウイロビー少将直轄のCIS・民間情報局ですが、サカモトさんたちはその一員として岸と会うことに？」

するとジョージが顔をしかめた。会ってから彼が初めて見せる不快げな顔だ。

「今夜は泊って行けると言ったじゃないか」

溝田が慌てて肯く。

「ハイ、私どもは明日夜の便でシカゴを発てばいいんです」

「じゃ、話を急かすな。これは、わが愛する日本の戦後史だ。同時に、わたしの一生の物語なんだ」

「申し訳ありません！　是非お話をお続け下さい」

武三は素直に謝った。するとたちまちジョージ・サカモトに笑顔が戻る。

「岸より前に、もっと大物の免罪問題があった」

「大物の免罪…？　まさか…」

武三が思わず言い淀んだ。

「そのまさかだ。天皇だ。ウイロビーが岸の免罪を考えるより前に、マッカーサー及び国務省レベルでは、これが大問題だった。むろんウイロビーも介在するがネ」

ある日、ジョージ・サカモト中尉は、おかしい、と思った。軍部、財閥、官僚、右翼は続々と逮捕されているが、少なくともこの戦争を宣戦布告した天皇が召喚されるという話がＧＨＱ内に全く聞こえない。これはヘンだ。

ジョージには、横浜から東京へ進駐し、米空軍が爆撃目標から皇居とともに注意深く外したと言われる第一生命ビルに到着した日、生まれて初めて皇居の濠とその緑を眺めていて、フト思い出した事があった。

それは、ジョージが、応召の直前、ノースウエスタン大学の最後の授業で学部長ケネス・コールグローヴ教授が言った言葉だ。

「諸君。これから我々が戦わなければならない大日本帝国は、我々の国とはまるで成り立ちも思想も異なる国なのだ。それは、例えば大日本帝国憲法を読めばわかる。その第一条は、大日本帝国ハ万世一系ノ天皇之を統治ス、だ。万世とは永久に、しかも一系、唯一の血統の家族が天皇を生む。その天皇が国を統治する。欧州における王のようには変えられない、倒すことも不可能というわけだ。第三条、天皇ハ神聖ニシテ侵スヘカラス。人間ではないと規定されている。こんなバカな事は無いのだが、問題は、今始まったばかりの戦争に米国が勝ってこのバカげた憲法を改定する場合にも、天皇及び天皇の子孫が発議した場合に限って議論が可能である、となっている。したがって、アメリカは戦争に勝っても、憲法を改定するためには天皇が発議するまでは天皇を不当な戦争を宣した罪で拘束する事が出来ない」

コールグローブ教授は、戦争の始まる8年前から日本人亡命政治学者オオヤマイクオに日本の明治憲法の英訳をさせていた。その上で言うことだから、これは確かだ。天皇を戦犯としてCICが逮捕できない裏には、コールグローブの言った事が絡んではいないだろうか？　ジョージは密かにそう考えた。

CIS（民間情報局）で、ジョージはコロンビア大学を出た日系2世ジョージ・サカナリ先任中尉と机を並べることになった。

サカナリは戦争中、欧州戦線でアイゼンハワー総司令官のもとで勇名を馳せた日系2世部隊の一人で、サカモトより4歳上の26歳、日本名「酒成」である。彼の祖父は山形県鶴岡市生まれで、サカモトの祖父が鹿児島の郷士と聴くと、ボクの方は戊辰戦争の逆賊だ、と言って豪快に笑った。

「サカナリと言っても、酒造りだったわけじゃない。やっぱり郷士でネ、カリフォルニア移民なのさ。君は薩摩か。官軍と賊軍が、日本を占領するGHQで一緒になったってわけだな。でも、西郷さんは敗軍の山形庄内藩にとても良くしてくれた。祖父なんか西南へは足を向けて寝られないと言ったらしいぞ。君とは仲良くやれそうだな」

そして二人ともジョージで同名なので、自然に先輩のサカナリがサカモトを「ヘイ、ジョージ」と呼び、後輩のサカモトが「ミスタ・サカナリ」と呼ぶようになり、二人は自然に「ジョージ」「サカナリ」で区別するようになった。

そのサカナリも日本との戦争に志願するに当たっては悩んだそうだ。父と母は交換船で日本に帰り、兄と二人でアメリカに残った。父母は敗戦直前、3月10日の東京大空襲で亡くなったらしい。

「探して見たがハッキリした事は判らない」

サカナリが浮かぬ顔をした。

(三) 天皇免罪

ジョージはサカナリに兄貴分のような親しみを覚えた。そこである時、何故マッカーサーは天皇を逮捕しないのか、コールグローブ教授の講義のことも持ち出して、憲法と何か繋がりがあるのではないか、と投げかけてみた。

するとサカナリは「コールグローブ先生はいいセンスしてるな。太平洋問題調査会にも出ていたそうだから、それはアメリカ国務省の意見でもあるんだ。これを見ろ」と言い、私物入れから大型紙封筒に入った書類を取りだした。

それは、太平洋戦争さなかの1943年10月6日付の国務省文書で、「T381　日本─戦後の政治的諸問題」とタイトルされた戦後政策文書のコピーだった。

アメリカが日本に勝利した後の政治施策について、それは既に「軍部大臣現役制の解体」や「憲法改正の基本原則」を提言していた。起草者は国務省政治研究部の極東班長ジョージ・ブレイクスリーである。

アメリカは、太平洋戦争に勝利した後に日本をどう統治するのか。その立案を日本の敗戦の二年近く前にもう始めていたことになる。

ジョージは驚きの眼でそれを読んだ。

サカナリによれば、この文書は、長い間駐日英国参事官を務め、東大教授もやった現在の駐米英国公使ジョージ・B・サンソムと、国務省極東班長ブレイクスリー、そして滞日経験があり、かつてサンソムから日本に関するレクチャーを受けたことのある極東班員ヒュー・ボートンの3人が話し合って作った。ボートンはコロンビア大学で日本学を修め、サカナリの先輩だった。

T381には「われわれには非論理的に見えるのだが」と前置きした上で、次のような驚くべき数行があった。

「日本の人々は、皇帝は日本の敗北に責任はない、と恐らくは見なすであろう。だからこそ皇帝は戦後日本をより安定させる要因の一つになるように思われる。皇帝制度は安定した穏健な戦後日本政府の樹立にとって価値ある要因となるだろう」

　いま、日米戦争開戦の詔勅を発した天皇は、パールハーバー奇襲への復讐に燃える米国民の半数が死刑か終身刑を望むだけでなく、オーストラリア、フイリッピン、中国など世界中の世論から戦争犯罪人の筆頭に挙げられていた。その天皇を「穏健な戦後日本政府の樹立にとって価値ある要因になる」と擁護する文書が、戦争たけなわのとき既に、米英知日派の中枢で練られていた。

　サカナリは、以前ボートンが、明治憲法を改正し、日本を現在よりも民主化するには皇室制度を利用すべきだと言うのを聴いた事があるという。天皇を利用して憲法を民主的なものに改正しよう、というのである。

「という事は、これにコールグローブ先生の意見が加われば、大日本帝国憲法を変えるには天皇の発議が必要だ、だから天皇の戦争責任は問えないことになる」

　ジョージは驚いた。1943年、アメリカ軍がアリューシャン、ソロモン諸島で勝利を収めた頃既に、連合国内でそういう事を話し合っていた！

　アメリカの底力と怜悧を極めた計算は、空恐ろしいとさえ思った。自国に対して宣戦布告した天皇に対しても、自国の利益のためには殺さずに利用しようとする。

　もう一つ。ジョージとマシビアが厚木から横浜への焼け野原の道を走った2日後、最高司令官マッカーサー元帥もあのボロを身にまとった人々を見たはずだ。

「何故この日本人たちは、これほどまでに圧倒的な米軍の空爆に曝されながら、戦争をやめようとしない天皇にレジスタンスしなかったのか？」

もし自分が天皇を戦争犯罪人として絞首台へ送った場合、この日本人たちがもし矢を放つとしたら、その矢は自分に飛んでくる。この国の占領には現在の占領軍の少なく見積もっても二倍の兵力と無期限の駐留が必要となる。一日も早い我が子我が夫の凱旋と帰国を望む大多数の米国民の期待を、自分は完全に裏切ることになる。マッカーサーはそう考え、心中に大きな不安を抱えたのではないか。ジョージはこの想像を恐る恐る口に出してみた。すると、案に相違してサカナリは頷いた。

「それは正しい指摘だとボクも思う。アイゼンハワーは昔マッカーサーの副官をしたことがあるけど、マッカーサーとはまるで違う。彼は野望をチラつかせず、周囲に目を配りながらことを進める。ところがマッカーサーの望みは、パールハーバー奇襲の敵を屈伏させた偉大なる司令官としてアメリカ合衆国大統領に推されることだ。だからこそ天皇を処刑した場合、自分の野望に終止符が打たれる。従って彼は最終的にはこの国務省文書に同意し、生かす方を選ばざるを得ない」

ジョージは、サカナリの見通しに敬服した。マッカーサーの野望はアメリカ人ならよく判る。だから彼の不安も十分に推測できる。ところが、とジョージは考えた。自分は日本を母国とする2世だけど、天皇を支える日本人をマッカーサーと同じくらい判らない。日本人は本当に天皇をどう思うのか？　マッカーサーよりも判っていないのではないか？

そして今まで、特に日本で急速に軍人が国を支配する力を強めた昭和の初め以来、敗戦の現在まで、天皇は何をしてきたのか。何故無謀な戦争を始めたのか。これも判らない。

日本人自身、その天皇をわかっているのだろうか？　それが判らなくて、今後をどう歩むのか、歩むべきか？　一体判っているのだろうか？　そんな大疑問が群雲のようにジョージの心をとらえた。

サカナリが見せてくれた戦後日本統治策国務省文書に書かれた天皇のことも、それを書いたアメリカ人やイギリス人のことも、日系2世の自分からは何だかとてもかけ離れた事のように思えた。彼らは戦後の勝利者として自己をとらえていた。自分は日系2世だ。彼らとも違う。

敵からも味方からも利用される天皇、悉く利害によって重視される天皇とは何者か？　天皇は一体何を考えて生きているのだろう？　どのような経路を経てアメリカに「宣戦布告」したのだろう？

それを今、どのように考えているのだろう？

天皇の事を考えると、日本人も含めて、その全てがわからなくなった。

9月17日、占領軍最高司令官マッカーサー元帥が第一生命ビル六階の連合国軍最高司令官室に入った。その部屋は、眼下に濠と皇居を見下ろせる位置にある。天皇を支配する位置にあった。

マッカーサーは直ちに、ＧＨＱ（連合国軍最高司令部）参謀部、幕僚部員全員に６０２号大会議室への集合を命じ、今後ここにＧＨＱを置くことを宣言し、次のように訓示した。

「我々は先ず、真珠湾で宣戦布告ナシの奇襲攻撃を行い、二千四百名のアメリカの若者たちを無残に殺害した戦争犯罪人たちを厳重に処罰しなければならない。既に東條内閣の全閣僚、軍部上層部に対し国家指導者として平和に対する罪を問うA級戦犯の逮捕令を発したが、今後もあらゆる情報を集めて戦場のおける犯罪を問うB、C級戦犯も含めて厳正、かつ徹底的に日本人戦争犯罪人たちを裁く。これを妨げようとする如何なる者も我々は断固として許さない。同時に、占領軍としての我々は日本人から後指を指されるような行為は絶対にこれを行ってはならない。諸君ら米軍将校は、自らも部下に対しても、綱紀を厳正に糺す責任がある」

ジョージ・サカモトもサカナリも、この時初めてマッカーサーの声を直接自分の耳で聞いた。何しろ雲の上の人だった。それが、これからは同じビルの、ジョージたちより2階上の部屋に居る。

それから間もないある日、ジョージが心待ちにしたものが、CISの自分の机上に置かれた。シカゴ局消印の父と母からの手紙である。

父が持ち前の達筆で、一家が8月末、ハートマウンテンの収容所をバスで出発し、9月1日にシカゴの我が家へ戻った、と書いてきた。母は自分は収容所時代に少し心臓に痛みを覚えたが、ホッとした現在は消えている、幸せだ、と書いていた。

「一家全員無事だった。日本人としての誇りも守った！　しかも合衆国市民としてこの戦争に耐えた。この体験を今後にどう生かすかは、これから考える」

父の手紙の終わりには、そう書かれていた。

ジョージは日本語で返事を書いた。

「この日を5年間待っていました」

しかし、日本はいま大混乱の中にあり、GHQに勤務する自分の本国への帰国は恐らく一、二年は不可能だろう、と申し添えた。

それは事実であったが、ジョージ自身が今やこの日本がどうなるか、日本人が果たして生きて行けるのかどうか、それを我が目で見届けなくてはいられない気持ちだった。

ウイロビー少将は「カミソリウイロビー」の名の如く、GHQで情報と治安を預かるG2のトップとして恐れられていた。だが、ジョージたちCIS（幕僚部民間情報局）の部屋へ現れる時には開けっぴろげな話もする。

市ヶ谷の旧帝国陸軍参謀本部の留守番役をしている河辺元中将にウイロビーが直接電話を入れたのは、マッカーサーの訓示のあった翌日らしい。

近いうち帝国ホテル内の自分の宿舎へ、有末元中将を連れて遊びに来ないか、と誘ったのだという。どうも河辺はこの日を待っていたらしく、すぐやって来たらしい。「入れ喰いだった」とウイロビーは笑った。

だが何が自分の誘いの目的かは言わなかった。サカナリは「日本の軍関係を使わないと出来ない仕事があるんだろ」とジョージに囁いた。それが何かは判らない。

CISのジョージやサカナリにとって、GHQに入ってくる情報のほとんどを知ることはさほど難しいことではない。

9月22日、中国通で極東問題への柔軟な対処で知られる国務省臨時政治顧問のジョージ・アチソンが日本に着任した。公使格だという。GHQ内では、トルーマンが自分で何でも決めたがるマッカーサーにお目付け役を送り込んだ、と噂された。

アチソンは早速マッカーサーを訪ね、2時間も粘った。ワシントンの意向が、天皇を戦争犯罪で訴追せず、日本国憲法に国民主権、平和主義を取り入れる民主的な方向へ改正する方針であることを伝えたのではないか。ＧＨＱ内ではそう囁かれた。

アチソンは語り終え、マッカーサーの反応を伺ったが、マッカーサーはそれについては肯定も否定もしなかったらしい。

「トルーマンや国務省の指図は受けない、占領政策は連合国軍最高司令官のオレが決める、というのがマッカーサーさ」

とサカナリが言った。

しかし、とジョージは反論した。

「マッカーサーがジョージ・アチソンの話を聴いてイエスともノーとも言わなかったのは、内心安堵したため、と見る事もできる。天皇を処刑したら、自分は大統領の野望に終止符を打たなければならないんだから」

「それだ！　安堵した、か！　ハッハッハ」

サカナリが笑った。

自分自身の打算もあった天皇免訴の方針と、大統領及び国務省の意向が一致したのだ。むろんこれを漏らしたり、新聞に嗅ぎつかれたりしたら、連合国軍最高司令官は世界の世論から袋叩きに遭う。対日理事会を構成するソ連も黙ってはいまい。だから天皇の処遇についてはトップシークレットの中のトップシークレットなのだ。

一方、天皇、宮内省、日本政府は、そんなこととはツユ知らず、天皇の訴追及び処刑を何としても避けようといま必死になって考えているらしかった。

二三日後、サカナリがある聴き込みをしてきた。

「ヘイ、ジョージ、君のあの推理がどうやら正しい」

アチソンがマッカーサーの部屋を去った一時間後、東久邇内閣で外務大臣に就任したばかりの元駐英大使吉田茂がマッカーサーの部屋を訪れたのだという。何を話したかは不明。

「しかし吉田は大の天皇主義者だ。君の推理が正しければ、吉田はアチソンが来たこの機会を逃さず、天皇が最高司令官を訪問する可能性があると伝え、マッカーサーの反応を探りに来た。マッカーサーが訪問を受け容れるかどうか、打診しに来たんじゃないかな。一体誰の知恵だろう？」

ジョージが思わず両手を打ち合わせた。

「吉田とウイロビーはウマが合うと、ぼくはＡＴＩＳのマシビア大佐から聴いたことがある。ウイロビーは元々戦勝国の一方的な戦争裁判に反対で、天皇も殺すべきではないと言ったそうだ」

「じゃ、国務省筋からアチソンが派遣されるという情報を得たウイロビーが吉田に、すぐマッカーサーに会いに行けと言ったかもしれん…」

ならば、天皇の訪問の申し入れは元帥の望むところだったことにもなる。マッカーサーの方から天皇に会いに来いと言えば、占領軍最高司令官の命令になる。いよいよ天皇逮捕か、あるいはその前段の出頭命令か、と受取られ、大騒ぎになる。ところが天皇の方から会いたいというのだから、マッカーサーにとっても好都合なはずだ。

二人の推理は当たっていた。マッカーサーも会いたかったらしい。

9月27日、マッカーサーは天皇の訪問を受けた。

天皇の体面を考え、マッカーサーはGHQの第一生命ビルではなく、アメリカ大使公邸で天皇を待った。

ただし最高司令官である身が、国際世論でこの戦争の超A級戦犯を、大使館の玄関に迎えるのはマズイ。専属副官に出迎えをさせた。勝者の威厳も示さなくてはならない。

翌日、サカナリが得た情報では、到着した天皇はモーニングで正装し、極度に緊張していたという。宣戦布告をしたが敗戦宣言もした天皇にとって、マッカーサーは占領軍最高司令官であり、このまま拘留・訴追されても文句は言えない。天皇としては、まさに「命がけ」の訪問だったろう。

対照的にマッカーサーは、会見場にノーネクタイ、開襟シャツのリラックスしたスタイルで現れたという。できるだけプライヴェートな訪問の形をとるようにと配慮したらしいが、勝者の余裕を見せつけた、とも言える。

マッカーサーは写真撮影の時、自分より一段も二段も背の低い日本のエンペラーが、緊張した面持ちでシルクハットを手に並んだのをチラッと横目で見たという。

これが自分をフイリピンから追い出した大日本帝国のエンペラーか…。

恐らくマッカーサーは感慨深く思って観察し、非常に満足した。心は怒りとは正反対の、計算した末の静かな哀れみと受容の感情に満たされ、自分自身でも思いがけないほどの心の落ち着きを得たのではないか。

ウイロビーから天皇が大のタバコ好きと聴いていたマッカーサーは、天皇と通訳と副官だけの4人になると、天皇の緊張を和らげるために自分のタバコを取り出して勧めた。

天皇がタバコを一本受け取ったので、自らジッポのライターを取りだして火を点け、「プリーズ、サー」と敬語を使って火を差し向けた。

噂には尾ひれまでついていた。そのとき天皇の二本の指がタバコを挟んで震えているのをマッカーサーは見た、というのだ。天皇はセカセカと一、二服吸うと、額は上を向いていたが目は俯き加減のまま、少年のような甲高い声を発した。

「わたくしは、国民が戦争を遂行するに当って、政治、軍事両面で行なった全ての決定と行動への全責任を負うべき者であります。ですからわたくしは、わたくし自身をあなたの代表する諸国の採決に委ねるためにお訪ねしたのです」

一気に、だった。マッカーサーは通訳を見た。通訳はＣＩＣ所属のカナダ人外交官のハーバート・ノーマンで、彼の口からキレイな英語に翻訳された時、マッカーサーの顔は深い感動に溢れたという。

大分後にアメリカへ帰ってからジョージが読んだマッカーサー「証言録」には、マッカーサーはこの時のことを、こう残していた。

「わたしは大きな感動にゆすぶられた。死を伴うほどの責任、それもわたしの知りつくしている諸事実に照らして、明らかに天皇に帰すべきではない責任を引き受けようとする、この勇気に満ちた態度は、わたしの骨の髄までもゆり動かした。わたしは、この瞬間、わたしの前にいる天皇が、個人の資格においても日本の最上の紳士であることを感じ取ったのである」

ジョージの思いでは、この時恐らく、マッカーサーは天皇免訴を自分自身の言葉としても心に決めたのではないか。

会見は35分ほどで終わったが、天皇が再会の希望を告げてそこを去る時、マッカーサーは自ら玄関に足を運び、天皇を丁重に見送った。

ジョージとサカナリは、この一連の出来事の背後に吉田を通じてウイロビーの意向が働いた、と考えた。それはやがて、ウイロビー少将自身によって立証されることになる。

天皇の処刑は絶対にない、と察知したウイロビーは、さらにその先へ向けて日本占領統治における情報活動の舵を切った。

マッカーサーの原点であるフィリピンは、キリスト教宣教師の布教活動によって欧米の教育を受け、英語を話す現地人たちが多数いた。ウイロビーは、彼らを使ってあらゆる島々の土着の有力者らへ諜報活動を行ってきた。

しかし日本は仏教と神道の国だ。ここは日本の諺にある「餅屋は餅屋に、ということだろうな」とサカナリは言った。

それが先ず「カワベ、アリスエ」だった。ＣＩＳ（民間情報局）の隣りの小部屋に、ウイロビー直轄の「戦史編纂室」が設けられた。そこに、マニラ以来の河辺虎四郎元中将と、ジョージが横浜で出会った元参謀第二部（情報）部長有末精三元中将を勤務させた。

　やがて、二人の他にも背広姿の見知らぬ日本人たちが「戦史編纂室」に顔を見せるようになった。何をしているかは判らない。何れも旧軍人らしい物腰、それも佐官級以上、いつCICの逮捕令が来てもおかしくない連中だった。それをG2が雇い入れた。ウイロビーでなくては出来ない芸当だった。

　サカナリが「あいつらは旧日本陸軍の免責組、情報屋だ」と言った。情報屋の軍人は転んでも（つまり敗戦しても）タダでは起きない。密かに取っておいた情報をネタに、戦勝国と「ショーバイ」をする。ただ俺たちもそのお陰で「ショーバイ」できる、とサカナリは言った。ジョージは複雑な気持ちになった。

　ジョージが今でも時々顔を合わせるマシビア大佐の話では、ウイロビーは天皇の処刑だけでなく東條の処刑にも反対だという。敗戦国の軍人を処刑すべきでない。それが軍人として万国共通の思いなのだろうか。ジョージは不思議な気がした。じゃ何故戦ったのか？

「ウイロビーは、日本の国体を変えることにも反対だ。ペリー提督の遺訓を継ぐ彼は、心の底では世界中に植民地を作った英仏独蘭を軽蔑している。開国は要求しても内政には口出ししない。軍人はそうあるべきだとウイロビーなら言うかもしれん」

　ジョージはその時ふと、祖父から聞いた西郷南洲のことを思い出した。鎖国したままの韓国は、日本の開国に理解を示さず、日本を野蛮な国と呼んだ。これに憤った外務省や参議板垣退助らが帝国陸海軍を派遣して韓国に開国を要求し、拒めば韓国を占領せよ、と主張した。明治六年の「征韓論」である。

この時、岩倉使節団外遊中の留守内閣筆頭参議の西郷隆盛が閣議で主張した。

「それ（征韓論）では、皇室のご意思に反しもそ。朝鮮使節は烏帽子直垂の礼装、身に寸鉄も帯びず丸腰で交渉へ出かけるべし。是非おいどんにその任をお任せあれ」

この非武装・遣韓使節案が江藤新平、副島種臣らの賛成によって閣議決定された。

さらに遡れば戊辰戦争賊藩の山形庄内藩への敗戦処理においても、官軍の総帥西郷は占領の実施に当たる黒田清輝に寛大な処置を命じている。「戦いが終われば、勝者は敗者を労わるもの」と諭したのだ。

ジョージはサカナリに言った。

「ウイロビー少将には不思議なところがある。東條を罰することにも反対とは、まるで西郷さんみたいだ」

サカナリが囁いた。

「でも西郷さんは正々堂々閣議で主張したんだろ？　ウイロビーはマッカーサーの前じゃそんなことはおくびにも出さん。そうやって将軍の地位にまで昇ったんだ」

マッカーサーはG2のCIC・対敵諜報部隊に、戦犯訴追は太平洋戦争だけでなく、朝鮮統治、満州統治、日中戦争、日独伊三国同盟も含め、遡って行うよう命じていた。GHQ幕僚部の民主派（ニューディール派）ホイットニー准将率いるGS（民政局）が推進する日本の民主化路線である。

これは、ウイロビーの方向とは真っ向対立する。

サカナリは、「だからウイロビーは早晩GHQ内でGSと対決するぞ」と言った。

確かに、ジョージが見てもウイロビーの方向は、日本の軍部や右翼思想家、右翼政治家、財閥など軍国主義を支えてきた部分を一掃し、弾圧された共産党など左翼の釈放を進める民政局とは正反対だと思う。

CISから見ていると、ウイロビーは一方ではCICを使ってマッカーサーの命ずる戦犯の摘発、訴追を進めながら、他方では戦史編纂室の河辺、有末らを使って旧陸軍省、参謀本部の次官・次長や副部長、軍部のナンバー2、ナンバー3クラス、財閥、皇室関係者を少しずつだが戦犯容疑者名簿から外し、戦犯の拡大を防ごうとしているようだ。

さらに河辺・有末らの情報により、中国人捕虜の生体実験をした731部隊の責任者石井中将などを巧妙に戦犯リストから外し、死亡した事にして細菌兵器を密かにアメリカに送ったのではないか、という噂が起きた。真偽は判らない。

そのためかどうか、近頃のウイロビーは浮かない顔をしている。ジョージがサカナリに密かにこれを話すと、サカナリも頷いた。

「ボスは、いま表と裏を両天秤にかけてる最中なんだろう。そうやって、自分の立場を強化しながら今はガマンしてる。でも両天秤は見せかけで、本当の狙いへ行く一里塚かもしれん」

それまでジョージは、横浜の旧日本海軍施設に寝袋で寝泊まりしていたのだが、秋には新宿の戸山が原にある旧陸軍練兵場跡に急きょ建てられた米軍将校用木造プレハブ一戸建て団地に住むことになった。

サカナリには新橋の第一ホテルが当てがわれた。

ＧＨＱでその日の勤務が終わると、ジョージは鉄道省直営の省線電車に乗るため、空襲で燃えた後の残骸の街を、東京駅まで歩く。

高架線の下は空襲で焼け出された人々の恰好の住いとなっていて、中には焼けトタンだけの屋根と壁だけで飲み屋をやる者たちもいた。

臭いアセチレンガスの暗い灯の下で、長い戦争から解放されてからまだ二カ月、戦闘帽の男たちが笑ったり怒鳴り声を上げたりするのが聴こえた。進駐軍相手のパンパンらしき女の顔も見える。時にはジョージの目の前の路上へ、いきなり叩き出される浮浪者や戦災孤児もいた。恐らく金がないのに無銭飲食したのだろう。地面に座って、キモノや食べ物を売る人もいた。

年中混み合う東京発の中央線電車は、木製の床に砂埃が立つのを防ぐためか気持ちの悪い匂いの油が塗ってあり、63型と呼ばれる木造の電車だった。スピードを挙げると、いつバラバラになるかと思うほど激しい横揺れがし、吊り革を強く握っていないとカーブでは横倒しになりそうだ。三枚窓はほとんど開かないからとても蒸し暑い。

多くの米兵は電車が空いていても、座席には座らず立っていた。時にラシャ布のシートが切り取られて藁が飛び出していたり、吐しゃ物で汚れていることも多い。それでもジョージは、日本人たちに混じって座席に座るのが好きだった。

有楽町のガード下に座っていた復員兵らしい靴磨きに靴を磨いてもらった時、靴クリームを塗って手早くブラシした後、彼が大事そうに取り出した毛足の長いブルーのラシャ布を忘れられない。両手にそれを構え、シャッシャッシャッと靴を磨くと、顔が映るほどの素晴らしいツヤが出た。そのブルーの布切れは、電車のシートから切り取られた布と同じ色をしていた。彼は恐らく、ジョージたち米軍と戦った南太平洋の元日本兵かもしれなかった。

暫くすると、米兵たちが電車で立ったままなのは、進駐から間もなくて日本人に対する緊張を解くことが出来ないためか、戦勝国軍として、敗戦国人と同列になりたくないからだと判った。ジョージは、自分が日本人だからそういう意識にならず、緊張しないと気づいて、嬉しい気持ちがした。ヤッパリ自分は大部分の進駐軍のＧＩたちとは違う。カーキ色の米国陸軍の制服を着て、制帽を被っていても、心は日本人なんですよ、と語りかけたいような感情がある。座席に座る権利に恵まれると、年寄りや赤子を背負った女たちが乗り込んでくるのを待ちかまえ、パッと立っては「ドーゾ」と笑顔で席を譲るのも楽しい。それがさりげなくできた日は、特に満足した。

ジョージはお茶ノ水、飯田橋、四谷、千駄ヶ谷、新宿を経て、大久保駅で下車する。そこからガード下を東へ歩く。歩き出してすぐ、中央線と並行して走る山手線のガード下をくぐり、さらに大通りを東へ約１キロ半行く。

時折トラックが砂塵を舞い上げて走る大通りは、リヤカーや自転車に荷物を積んだ人々が行きかう。沿道に焼けトタンで屋根を葺いた軒の低いバラックの民家がパラパラと建っていて、家の外では女たちが石油カンで焚き火し、夕餉の煮炊きをしていることも多い。極度に貧しいが、連日の空襲で恐らく明日の命もしれなかった戦争が終わり、明るい顔が目立った。子どもたちが走り回る姿もよくある。彼らが「ギブ・ミー」と手を出して来ても、ジョージは笑って「何も無い」のジェスチュアを返し、決してモノは与えない。

明治通りを横切って少し行くと、突然旧陸軍「戸山が原練兵場」の起伏に富んだ広大な跡地が広がって、英字で「戸山ハイツ」の看板がある。

ここが米軍将校用住宅団地のエントランスで、白ペンキを塗ったボックスがあり、白いヘルメットを被ったMPがカービン銃を肩に見張り番をしていた。

MPはジョージを見ると挙手の礼をする。ジョージも挙手の礼を返し、右手下方に小さな池を見下ろしながらなだらかな坂道を下った。

すり鉢状の底辺に達すると、そこから一戸建てプレハブ住宅群が散在し始める。すり鉢の底からは凄く大きな山に見える標高44・3Mのハコネ山が見えてくると、その左の麓にジョージの住む「K―2」の木造洋風コテージがヒッソリと建っている。隣りのコテージは米海軍大佐が住んでいると聴いたが、顔を見た事は無い。

輸送艦が米本国から運んできて急きょ組み立てたという木造プレハブは、バス・トイレに小部屋2、大部屋1の同じ形ばかりで、妻帯者には狭いと悪評らしいが、一人暮らしには十二分である。

ここは父の故郷鹿児島ではなく、東京だが、窓からは全体が笹に覆われたハコネ山を見上げ、自然が身近にある祖父の家の庭先の風景と似ていて、日本に自分がいる、と思える。アメリカで日系

2世として生活していた時より、何故か夜もノビノビと背筋を伸ばして眠ることが出来る気がして、ジョージは不思議な満足に浸るのだった。

11月19日、CIC対敵諜報部隊が、第二次戦犯逮捕令を発した。荒木貞夫（第一次近衛内閣文相・軍国教育）、小磯国昭（朝鮮総督）、松岡洋右（第二次近衛内閣外相）、松井石根（上海派遣軍司令官・南京事件）、南次郎（陸相・満州事変）、白鳥敏夫（駐伊全権大使・三国同盟締結）、本庄繁（関東軍司令官・満州事変）、真崎甚三郎（陸軍大将）ら軍部が新たに大量に指名された。本庄は逮捕直前に自殺した。

ジョージ・アチソンも一週間後、国務省や国立戦争犯罪局の資料によって、さらに38名の戦犯リストをマッカーサーに提出した。

その中には近衛文麿元首相と次期首相の上奏権を握っていた内大臣木戸幸一の名前があって、アチソンはこの二人を取り調べれば、彼ら自身だけでなく重要戦争犯罪人について豊富な資料や証言を得られるだろう、とコメントを添えていた。

11月29日、トルーマン大統領がホワイトハウスで太平洋戦争の戦争犯罪人について方針を発表した。

「日本の戦争犯罪指導者の戦争犯罪捜査、訴追を早急円滑に進めるため、わたしは特命でアメリカ合衆国法律顧問団を東京国際法廷へ送る。顧問団団長にジョセフ・キーナン検事を任命した」

もともとマッカーサーは戦犯は自分の軍事法廷で即決で裁きたいと考えていたから、連合国最高司令官と米国大統領の対立はエスカレートの様相にあった。

12月2日、G2・CICは第三次A級戦犯逮捕令を追加発表した。星野直樹（満州国総務長官）、大川周明、佐藤賢了（開戦時陸軍軍務課長）、鮎川義介（満州重工業総裁）、児玉誉志夫、笹川良一、正力松太郎（警視庁警務部長）など59名で、戦犯の範囲も拡大した。

マッカーサーはウイロビーを呼び、アチソンのリストにある元駐ドイツ大使大島浩や内大臣木戸幸一を必ず逮捕者に加えるよう指示した。

しかし木戸幸一の逮捕については、GHQ内にも異論があり、その事はCISのジョージたちにも伝わっていた。


ハーバード出身で米国人に知己の多い経済学者都留重人が、現在CIC対敵諜報課長に出向しているカナダ政府外交官のハーバート・ノーマンに、木戸についての高い人物評価を伝えていた。都留にとって木戸は妻の伯父なのだそうだ。

ノーマンは木戸について、第一次近衛内閣の閣僚であり、また開戦時に東條を首相に据えた内大臣として開戦決定への全てを知る立場にあったゆえ非常に重い責任はあるが、近衛とは違って「非常に率直な人柄」であり、戦争責任を深く感じているので、今後一切の公職につかない条件で戦犯からは外してはどうか、とアチソンに伝えたのだそうだ。

しかしアチソンは、木戸を内大臣として皇室とも多くのA級戦犯とも関係の深い人物として、戦犯容疑リストから削除しなかった。天皇及び逮捕された戦犯たちに関する最も詳しい証人になるかもしれない人物、という注釈も付けた。

12月6日、CICは近衛文麿と木戸を含む第四次A級戦犯逮捕令を発した。二人の巣鴨プリズンへの出頭期限は12月16日と書かれていた。

戦争裁判開始の準備は次々と整って行く。A級戦犯への逮捕令執行は既に百名をはるかに越えた。BC級は海外も含めると数千人に上るだろう。

ジョージは、戦勝国が一方的に敗戦国の戦争犯罪を捌くべきではないと言ったウイロビーが、この事態を一体どう思うのか。注意深く見守っていた。だが、彼は戦史編纂室に閉じこもったまま、自分が免罪にした日本人の元将軍たちとの密談に明け暮れている。

「何をヒソヒソやってるんだ、ウチのボスは?」

ジョージは、サカナリに尋ねてみた。

「うーん、何かやらかそうとしてるんだろ。でかいことを…」

と、サカナリは答え、さらにこうつけ加えた。

「A級戦犯へ、何か方針転換じゃないかな?」

ジョセフ・キーナン検事が、米国検事団（法律家、速記者、事務）38名を率いて東京に到着した。

12月7日、キーナンは、マッカーサーをGHQに訪ねて着任の挨拶をした。

これはニュールンベルクと同じ国際裁判であって米国一国の軍事裁判ではないこと、従ってあなたがいくら連合国軍最高司令官であっても思い通りにはならないこともあるなど、大統領の意向を伝えたらしい。そのトタン大音声の叱声をドアの隙間から聴いたと、ウイロビーは珍しくCISに顔を見せて、嬉しそうにしゃべった。

「この戦争に勝てたのは誰のお蔭か！　命がけで戦った米国の兵士たちがいたからだ！　我々がなすべき第一は、真珠湾の騙まし討ちをやった真犯人たちを絞首台に送ることではないか。もしこれに同意出来なければ、連合国軍最高司令官として即刻あなたを検察官として不適当な人物と呼び、直ちに本国へ送り返すから覚悟せよ！」

キーナンの履歴にはシカゴのギャング団を一掃したという大記録があるが、戦犯を一掃しに来て、マッカーサーに一喝された。

マッカーサーと会見した後、キーナンは国際記者団の前に姿を表し、こう述べた。

「恐らく東條元首相とその閣僚を含むグループの裁判が先ず第一に行なわれることになるだろう」

サカナリによれば、キーナンの声明には天皇より東條だ、東條を重く裁く、という意味がある。それならばウイロビーと吉田、国務省とマッカーサーの四者揃い踏みにキーナンが従ったことになる、という。

ジョージは、ウイロビーの「本当の狙い」が生き続けていることにハッとした。

「もしかして、それは天皇だけじゃなく、東條に全てをかぶせて、他にもA級の免訴組を広げる、ってことじゃないか？」

以後、キーナンはマッカーサーの意向に全面的に従うようになり、そのことで記者団から皮肉を言われると、常にカッとなって反撃した。

それを見てマッカーサーは、キーナンを国際検察局主席検事に任命した。

国際検察局は、他国の検事が到着する前に、米国検事団の主導で起訴すべき第一次の「被告選定」作業に入った。

12月16日早朝、この日収監されるはずの近衛文麿が服毒自殺した。

日中戦争以来、軍部を相手に優柔不断、失政の連続だったこの皇室政治家は、まだGHQが横浜税関にいた頃マッカーサーを訪ね、新憲法草案の作成を依頼された。ところがそれが10月27日付けニューヨーク・ヘラルド・トリビューン紙にスッパ抜かれた。

『極東においてアメリカが犯した馬鹿げた失敗の中でも最大のものは、重大な戦争犯罪者近衛公爵に日本の新憲法を起草させていることである』

これを知ったマッカーサーは、直ちに近衛の憲法草案作りと自らは全く無関係であるとコメントを発表し、アチソンが近衛を戦犯リストに加えたのだった。

近衛が自殺した日、内大臣木戸幸一が巣鴨プリズンに出頭し、収監された。5日後の12月21日からIPS国際検察局による木戸への尋問が始まった。

ジョージとサカナリは、G2からのオブザーバーとして尋問室の片隅で木戸への尋問を記録し、ウイロビーに逐一報告するよう命じられた。

IPS（国際検察局）が尋問の通訳を木戸の親戚都留重人に依頼したことを見ても、国務省（アチソン）とGHQ双方にとって、いかに木戸の証言が重要であるかが感じられた。そのためもあってか、木戸は緊張の中にも余裕さえ見せながら尋問に応じていた。

キーナン主席検事の他、B・E・サケット捜査課長（中佐）、ヘンリー・サケット検事、ヒギンス検事他一名の検事が尋問に参加した。

木戸の最初の陳述は、第三次近衛内閣の1941年9月6日の御前会議で、「対米交渉を続け、10月10日頃までに成功しなければ開戦を決める」と帝国国策遂行要領を決定した際、いかに近衛が戦争に乗り気であったか、という内容だった。

「コイツは、死んだ男には情け容赦ないってわけか」

ジョージとサカナリは目を交わし、頷き合った。

これでは近衛は例え自殺しなくても、死刑は確定的だ。何が「非常に率直な人柄」で、「戦争責任を深く感じている」だろう！

木戸は続いて、近衛内閣のとき、日米開戦に積極的に動いた勢力は岡敬純海軍軍務局長の指導する海軍若手将校たちだった、近衛の次の東條内閣では佐藤賢了陸軍軍務局軍務課長（少将）率いる軍務局グループだった、武藤章軍務局長も同様だ、と矢継ぎ早に名前を挙げて告発した。

近衛と軍部の若手に全ての責任を被せ、東條を首相に上奏した自分の責任を薄くし、天皇と自分を同時に助けるためらしい。

武藤章については、12月2日に逮捕された満州重工業総裁鮎川義介を尋問したヒギンス検事が、これに疑問を呈する尋問を行った。

「わたしは鮎川義介から武藤は開戦に反対だったと聞いていますが？」

すると木戸は、

「鮎川さんは悪い人ではないが甘い。わたしは絶対にそうは思っていない。軍部が閣議を押しきって決めた。みんなそう思っていた」

そう言って平然とした顔をした。

たまりかねた主席検事キーナンが尋問した。

「あなたは、軍部のために開戦に反対した閣僚がいなかった、と、こう言うんですか？」

「そうではない。開戦を最終的に決定した閣議では東郷茂徳外相と賀屋興宣蔵相は一旦決定の保留を申し出た。日本軍の中国撤兵問題ではアメリカに譲歩しようという動きもあった。でもそれも岡敬純や佐藤賢了の軍部強硬派に抑え込まれた。結局大勢に押し切られた」

キーナンが怒りの声を挙げた。

「あんたの話はどうも判らん！　そういうことを言うんなら、軍部強硬派がどのようにして押し切ったか、もっと事実を挙げて話さなければ、事実かどうかも疑わしいじゃないか！」

「生憎細かい事実は記憶に残っていませんが、押し切られたのは間違いのない事実です。言う事を聞かなければクーデターで陛下を殺す、という噂もありましたからねえ」

キーナンが叫んだ。

「The more I question! the more discouraged I become!（これ以上は聴かない！　これ以上がっかりさせられるのはごめんだ！）」

　吐き捨てるようにして席を立った。


　ジョージとサカナリは、第一回木戸尋問を逐語記録にして提出した。ウイロビーは二人を立たせたまま最後まで目を通し、キーナンが席を蹴った処ではクスッと笑った。

「天皇には、頭のいい、忠実な家来がいる。キドは自分が助からない場合は天皇も助からないと見て、自分と天皇を同時に訴追から守ろうとしている。彼には天皇という大義がある。だから堂々としている。国際法廷では軍部の若手強硬派に責任を負わせて、軍の上層や政府の中枢を生き残らせようという作戦だ。どうやらこれはわたしの考える方向と同じだ」

　そう言って、キラリと目を上げた。

「ところで、東條内閣の岸信介商工大臣について、キドは何か言っていなかったか？」

　ジョージはハッとした。

「そう言えば何か…」

　ウイロビーが「思い出せ」と鋭い声で言った。

　サカナリが答えた。

「キシのことは、優秀な頭脳の持ち主で、開戦には賛成も反対もしなかった、また開戦準備のための政府・大本営連絡会議には出ていないと言いました」

「それは、岸に有利な発言だ。キドは益々わたしに近づいている！」

ウイロビーは肯き、満足そうにこう加えた。

「キドも鮎川も岸も長州閥だったナ…」


ミシガン湖畔の夜は、急に冷え込んできた。

「その時、初めてウイロビーが重大な事を言ったのですね？」

武三が、老ジョージに尋ねた。

「それだ。スグには気がつかなかったが、ウイロビーはあの時もう既に、岸信介に白羽の矢を立てていたんだ」

「その3ヶ月後の昭和21年3月に、サカナリさんとサカモトさんは巣鴨プリズンに岸を初めて訪問するんですね？」

老ジョージ・サカモトが頷いた。

「そうだ。単なる頭脳的な官僚政治家以上の期待を、ウイロビーは岸に持った。これはその最初の表明だった」

武三と溝田は思わず顔を見合わせた。

ふく子が暖炉に薪を加え、さりげなく3人の傍の小卓に「おにぎり」を置き、日本茶を飲めるようにしておいて隣室へ去った。

アメリカに来て4日目の2人に、梅干し入りのおにぎりと日本茶は何よりも有難い夕食だった。

第三章　G2 VS 岸信介 I

（一）G2ウイロビーの思惑

木戸は、昭和20年の12月から翌年へかけ、二九回にわたってヘンリー・サケット検事の尋問を受けた。サケットの要請で「木戸日記」が提出された。

木戸日記は英訳され、やがて、天皇や近衛も含めた開戦前の日本中枢の動きをGHQ及び国際検察局へ日本側要人として初めて詳細に説明した証拠とされて行く。

1946年1月1日、日本の各新聞一斉に「天皇、人間宣言。神格を否定」の大見出しを掲げた。ジョージとサカナリは、これで天皇の訴追・処刑は完全に無くなった、と語り合った。それはウイロビーの方向に、GHQ全体が一歩近づいたことにもなる。

しかし、天皇が一人の人間にすぎないなら、あの戦争を引き起こし、また最後は原子爆弾の被爆までした日本国民も含めて、あの戦争責任は一体誰にあるのか？

Ａ級戦犯筆頭はもう東條しかいない。ではマッカーサーは東條を先頭に軍部数十名を処刑し、そこで極東国際法廷を結着させるつもりだろうか？

ジョージとサカナリは、勤務時間を終えると日比谷公園にあるレストラン「松本楼」で議論した。

ジョージは天皇という存在へ不可解な思いを吐露した。

「今までは人間じゃなかったとでもいうのかな？」

「セックスもして子も産まれてるのにな」

サカナリがそう言って、ニヤリとした。

「でも、日本の神々は西洋と違って、おおらかに性を楽しむ。日本の神話にもあるだろ」

ジョージは目を丸くした。

「もしそうなら、天皇はこの敗戦で自分自身も解放されたことになる。開戦に反対したら何時殺されるか判らないから自分は止められなかった。開戦には消極的賛成だ。でも降伏の時は自発的、積極的だった。反対を押し切ってポツダム宣言を受諾した、と木戸に言われている」

「天皇は、その時々の流れに流される存在なんじゃないかな。マッカーサー元帥との関係だって、自分に有利な方へ泳ぎが上手いとも言える。相当に頭のいい人間なんじゃないか？　人間的とも言えるのかもしれない…」

天皇の「人間宣言」は、マッカーサーの意を汲み、マッカーサーが目指す方向へ合わせた行動なのだろうか？　ジョージはその後も自問自答をくりかえした。

マッカーサーに自分の一身を委ねに来たと言ったのがもし本心だとすれば、そこには相当な覚悟、マッカーサーの心を本当に動かしたものがあった、とも考えられる。天皇とは何か？　明治天皇と昭和天皇とは違う。間に様々な事件があり、戦争もあった。その中で、太平洋戦争は最大、未曾有の戦争、しかも完璧な敗戦だった。この体験が昭和天皇を祖父と異なる天皇にしたのではないか？

ジョージは、次の機会に中学生時代に鹿児島の祖父から聴いた話をサカナリにした。

明治六年、岩倉洋行使節の留守内閣は、国内に勃興した征韓論を押えるため、筆頭参議西郷を韓国へ非武装で派遣し、解決を図る閣議決定をした。これが三条実美太政大臣の上奏で裁可され、西郷は出発準備に忙しかった。

そこへ洋行団が帰国し、伊藤博文は留守中に汚職問題で司法卿江藤新平から追及されて惨憺たる有り様に陥入った長州閥の再建を謀ることになった。

伊藤は洋行中に親しくなった薩摩の大久保利通を使って、西郷以下の参議を入れ替える謀略を開始した。三条に仮病を装わせ、岩倉太政大臣代理が若い明治天皇に密かに上奏、一旦裁可した使節派遣を不裁可にした。これに激怒した西郷、江藤、副島らは参議を辞職、伊藤は大久保を参議に加えて一気に長州閥中心内閣を実現させた。

西郷は敬愛する天皇にも失望し、大久保とも袂を分って、鹿児島へ帰る。これが明治10年西南戦争の誘因となった。

「祖父は鹿児島の郷士だったけど、伊藤に利用された天皇を諫める為に西南戦争に加わったんだ」

ジョージが言うと、サカナリは驚く。

「それは知らなかった。俺は西郷さんが征韓論者で、韓国と戦争しに行くっていうんで、それに反対した大久保とケンカになって鹿児島へ帰ったと思ってた。でも君のお祖父さんは、西郷から直接聴いたわけだ。ということは…歴史は政府の言うがままに書かれたことになる」

「大久保が征韓論に反対した平和主義者なんて嘘っ八さ。西郷が鹿児島に帰った翌年、彼は台湾出兵を命じてる」

「そりゃブッたまげたな！」

サカナリはジョージと日本語で話す時、時折り打ち解けた言い方をする。移民も家族同士で話す時はこうなる。崩し過ぎたと思ったか、サカナリが少し言葉を改めた。

「明治天皇と昭和天皇は同じかな、違うかな。なんだか明治天皇の方が立派みたいだけど…」

「一つハッキリした事がある。明治天皇は一度も戦争に負けてない。だけど日露戦争に勝ったと言っても、あのときロシアは総力戦など出来なかった。昭和天皇は、アメリカと総力戦をやって負けた。だから、宣戦布告した責任者としてマッカーサーに、自分の命をあなたの代表する諸国の採決に委ねる、と言ったのかもしれない。戦争を止め、その責任を自ら取る意思においては西郷さんを失望させた明治天皇より、昭和天皇だと思う」

「うん、サカモトの天皇観は、第三の目かもしれない。素直な感じがする」

ジョージはサカナリだけは判ってくれると思い、嬉しかった。

その１９４６年１月、ジョージの耳にＡＴＩＳの日本通マシビア大佐から驚くべき情報が飛びこんだ。

京都大学の学生として治安維持法下で3年間の下獄を経験した在野の憲法学者鈴木安蔵を中心に、大原社会問題研究所の高野岩三郎、東大教授大内兵衛、森戸辰男ら学者・知識人の「憲法研究会」が、日本国憲法草案を暮れの12月26日にGHQ民政局へ提出したというのだ。

そこには、先ず「根本原則」として、
1　日本国ノ統治権ハ日本国民ヨリ発ス
2　天皇ハ国政ヲ親《みずから》セス国政ノ一切ノ最高ノ責任者ハ内閣トス
として国民主権を謳い、
3　天皇ハ国民ノ委任ニヨリ専ラ国家的儀礼ヲ司ル
4　天皇ノ即位ハ議会ノ承認ヲ経ルモノトス
とあって、国民主権、天皇の儀礼的元首化を謳っているという。

3などは、サカナリが見せてくれた戦後日本統治策と全く同じではないか！　ジョージは一驚した。

しかもマシビアによれば、草案を受け取ったGS民政局行政部法規課長のマイロ・ラウレル中佐が、「デモクラティック！」と評価し、正月休みも返上で上申書を書いて添え、行政部長ケーディス大佐経由で民政局長ホイットニー准将に提出した。ホイットニーは直ちに「ワンノック」のマッカーサーにこれを届けた。ラウレル中佐の本業はローヤーだという。

近衛の失脚以来、幣原内閣も政府内に憲法調査委員会を設けて草案を作ってはいた。だがそれは商法が専門の古風な超保守主義者松本烝治委員長が明治憲法を焼き直しただけのモノだった。

民間の岩波茂雄、さらに共産党、社会党も夫々新憲法草案を研究したが、「憲法研究会草案」はそれらの中でも出色の内容らしい。

日本人もやるじゃないか！　マシビアはそう言って、ジョージの肩を叩いた。

１９４６年1月12日、マッカーサー元帥の直接命令で、ＣＩＣ対敵諜報部隊のソープ准将は徳田球一、志賀義雄ら共産党員政治犯を獄中から解放した。

1月14日夜、延安から帰国した野坂参三が東京駅に到着し、日本共産党の徳田球一書記長たち約千人の出迎えを受けた。

ウイロビーの命で東京駅を探りに行った有末の報告では、野坂はまるで凱旋将軍だった。野坂の身の安全を図るため米軍兵士や警視庁の制・私服警官ら多数が東京駅に配備された。

１９４６年1月31日、毎日新聞の記者がＧＨＱの検閲を掻い潜って政府憲法調査委員会憲法試案（松本烝治委員長作）を盗み見た。

2月1日、ジョージはそれを毎日新聞第一面で読んだ。スクープだ。

「第一条、日本国ハ君主国トス」に始まり、「第二条、天皇は君主ニシテ…」。「君主」は英語でＫＩＮＧ、ＲＵＬＥＲ、もしくはＳＯＶＥＲＥＩＧＮ。明治憲法の完全なる焼き直しだった。ポツダム宣言にも完全に違反し、出来上がっても到底ＧＨＱの認められるものではなく、連合国対日理事会も認めない。

ジョージは、日本の「リベラルで穏健な保守エリート層」としてGHQから政権を任された幣原首相や吉田外相の政府からこんな旧態依然の草案が出ること自体、日本の前途は危いと思い、慄然とした。

「これじゃ、日本国民の意に沿わない！　硬直と時代錯誤だけじゃないか！」

サカナリにそう言うと、

「と言っても、去年8月15日を境に日本はひっくり返った。なぜ敗戦したかが判らん連中が実はまだ力を持ってるんだろ」

サカナリは兄貴分らしくジョージを慰めた。

しかし、松本私案がもし日本政府案として正式に公表されたら、多分それが松本のハラだったのだろうが、GHQと日本国政府は真っ向から対立せざるを得ない。

しかもこの1月末から2月初めは、戦勝国極東委員会（対日理事会）の各国委員たちが来日中だった。当然、委員は毎日新聞を読む。明2日、彼らは横浜を離れる予定だが、来月ワシントンで開かれる次の総会では大問題になる。それ迄にGHQが日本政府との間でこの問題に決着をつけない限り、ソ連がマッカーサー最高司令官の無能を攻撃し、日本国憲法の問題に介入してくるのは火を見るよりも明らかだった。

マッカーサーは大至急、ポツダム宣言に符合し、且つ日本人にも認められるような日本国憲法草案を作って日本政府に認めさせなければならない。

「これは、憲法研究会草案の出番だな」

サカナリがそう呟いた。ジョージも、ビクッとして肯いた。

「ホイットニーはもうマッカーサーから命じられてるかもしれんな。憲法研究会草案を下敷きにして、特急で憲法草案を作成せよ！　日本人の書いたものがモデルなら、日本人の気持に沿った内容になる。且つポツダム宣言にも合致する」

その言葉通り、対日理事会が離日した翌日の2月4日、GHQ６階の６０２号大会議室の全てのドアに、大きな「ＯＦＦ・ＬＩＭＩＴＳ」のプレートが貼りつけられた。

民政局行政部はガラ空きとなり、部員全員がここに缶詰めにされ、何か非常に重要な作業が開始された。内容は極秘、６０２号室から途中で出る行政部職員との会話は、例えトイレで会っても一切禁止、だった。しかも泊まり込みだ。

３日ほどして、ジョージは顔見知りの行政部若手女性部員ミス・ベアテ・シロタとトイレ付近ですれ違ったが、化粧もナシ、若いのにゲッソリとやつれた顔だった。

「ＯＦＦ・ＬＩＭＩＴＳ」は2月12日深夜まで、九日間に及んだ。

後で判ったのだが、作業を開始する前日の2月3日、マッカーサーは日本国憲法の三原則を民政局行政部に提示し、民政局に草案作りの開始を命じていた。

その第一。

「Emperor is at the head of state」

第二、第三は「戦争放棄と封建諸制度の廃止」だった。

ジョージは、第一原則にある前置詞「ａｔ」が重要な意味を示していると感じた。「国家元首の位置にある、(あるいは)に留める」とマッカーサーは明示した。鈴木安蔵「憲法研究会草案」の「二、天皇ハ国政ヲ親（みずから）セス、及び三、天皇ハ専ラ国家的儀礼ヲ司ル」と一致する。

鈴木安蔵とはどんな人物か？

ジョージはサカナリに相談した。サカナリはマシビアに聴け、という。するとマシビアがジョージを、戦争前年の１９４０年まで日本にいたＣＩＣのカナダ人外交官ハーバート・ノーマンに紹介してくれた。


あろうことか、ノーマンは戦前の日本で鈴木安蔵と共に「明治文化研究会」に所属した！ そして、開戦前年の１９４０年夏に鈴木が土佐の高知へ学術調査に出かけたことを教えてくれた。

鈴木は治安維持法で下獄したが、出獄すると在野で「比較憲法学」を専門に内外の憲法を研究した。

しかしそれは、出版しては発禁される連続だった。（ということは、出版してくれる版元がいた、という事になる！）

そしてそれでも鈴木は、明治期に伊藤博文の中央政府に抗して全国に湧き起こった自由民権運動で、人権意識の高い私擬憲法草案が各地の民権家の手で作成されたことに注目した。当時、全国各地の私擬憲法草案作成は数十にも及んでいたという。

その中の一つ、板垣退助の指示で植木枝盛が作った高知県の「東洋大日本国国憲案」を、鈴木は日米開戦前年に現地土佐で、自ら発見した。この「国憲案」がGHQに提出された憲法研究会草案の基となった、とノーマンは言う。戦後すぐにノーマンは鈴木と再会した。

憲法研究会草案がどのようにして成立したかを聞いて、ジョージは嬉しかった。形はGHQ草案でも、明治自由民権運動の日本人の思想が入った新憲法が出来る！　日本を母国とする者として誇らしかった。日本にも、血と汗を流して創り上げられた知られざるデモクラシーの伝統があったのだ！　欧米に劣るとは言えない。それが今、このGHQの一室で論議の中心になっているのだろうか。ジョージは血を熱くした。

IPSによるA級戦犯たちへの尋問が次々開始された。

国際検察局の検事たちが尋問の資料としたのは、CICのリスト、アチソンのリスト、ジョージとサカナリが所属するCISの民間右翼や財閥関係、官僚や軍以外の政治家のリスト、ウイロビー傘下の「戦史編纂室」の河辺機関・有末機関などの秘密ファイル、そして木戸幸一が提出した「木戸日記」だった。

当面、木戸日記が非常に注目された。すぐに英訳され、ジョージもそれを読んだ。

読み進めるうち、日本の国体は明治に根をもつ日本人官僚たちが、天皇を頂点に自分たちの利益共同体を作ろうとしたもののように思えた。そして今、軍の崩壊で軍以外の文官エリートたちによる再構築を木戸は図ろうとしていた。

木戸日記に天皇に不利な処はない。東條内閣の文官賀屋興宣、東郷茂徳、岸信介などについても不利な証言は一切なかった。天皇中心社会に疑いを持たず、天皇を支柱に戦後日本の再結集を求めているのだろうか?

その頃、ジョージは再びノーマンからある重要な情報を得た。

それは東條内閣の岸信介が、ＩＰＳの検事による法的な尋問をまだ受けていないのは、戦史編纂室の河辺中将か有末中将の何れかがウイロビーに、満州における岸の辣腕ぶりを伝えたからだ、というものだった。

河辺は満州で関東軍の高級参謀だったが、岸が満州へ来たのと入れ違いで満州を去ったそうだ。河辺から満州における岸の活躍を聞いたウイロビーは、岸をＩＰＳ検事の尋問から除くようキーナンに圧力をかけた。それが戦前の日本の事情にも詳しいハーバート・ノーマンの指摘だ。

少し戻って正月の初め、日米開戦時に陸軍省兵務局長の要職にあった田中隆吉少将の手記「敗因を衝く」が出版された。これにＩＰＳキーナン局長の目が注がれた。キーナン自身がウイロビーを訪れ田中の本を紹介したため、ジョージとサカナリにその英訳の仕事が回ってきた。

キーナンはウイロビーに、田中を、やがて始まる東京裁判で検察側証人として使おうと考えていると言ったらしい。以後、ウイロビーとキーナンがウイロビーの部屋で何事か二人だけで話し合う機会が増え、両者は急速に接近した。

「敗因を衝く」は、大東亜戦争を引き起こした東條以下の軍閥の責任を、実名と事実を挙げてことごとく内部告発していた。

田中隆吉は東條陸軍大臣の推薦で陸軍兵務局長の要職に就いたが、日米開戦に際しては絶対反対を表明し、東條に諫言する事を恐れなかった。

１９４２年（昭和17年）６月、ミッドウエー海戦で日本が主力空母４隻を一挙に失った後、山本五十六連合艦隊司令長官ら短期決戦・早期講和派が急速に発言力を失ったのを見て、９月22日、田中は兵務局長を自ら辞職した。

彼は「憂憤の余り、遂に病床に就く」と記している。１９４２年12月末まで千葉県国府台の陸軍病院に入院した。

ジョージが調べてみると、陸軍国府台病院は戦後も存続していた。精神神経科があった。

田中はそこを退院すると、尊敬する宇垣一成陸軍大将を伊豆の温泉宿に訪ねて、半年間滞在している。だが常に官憲の監視下にあった。

キーナンは宇垣一成を日本陸軍で史上唯一人軍縮をやった陸軍大臣として称賛していた。

１９４６年2月のある日、ＣＩＳのサカナリとジョージは帝国ホテルのウイロビーの自室に呼び出され、一つの命令を受けた。

「現在A級戦犯として巣鴨プリズンに拘置されている東條内閣の閣僚のうち、満州を中心に誰かピックアップして戦争犯罪についてテーマを設定して報告書を提出せよ。判らないことは戦史編纂室の日本人元将軍に聞け」

A級戦犯東條内閣閣僚で満州国関係と言えば、東條の他には星野直樹元満州国総務庁長官と、開戦決定の1年1ヶ月前まで満州国総務庁次長兼産業部次長だった岸信介だ。

サカナリが言った。

「星野と岸、どっちにする？」

ジョージは言ってみた。

「日米開戦のキッカケと日本が主張する石油の禁輸をテーマにしたらどうだろう？　そうなれば商工大臣の岸信介かな」

開戦の理由としては既に、日本側戦犯容疑者らは皆、1941年8月に米国国務長官ハルが出したハル・ノート、日本軍が中国戦線から撤兵しないことへの報復措置として「石油の禁輸」を突きつけたことを挙げていた。石油の禁輸は日本及び帝国陸海軍にとって致命的だった。その事に関して情報を持っていたのは、閣僚の中では星野ではなく岸信介だ。

日本は石油問題があっても開戦を決定した。何故か？　一か八か、か？　日本人はそんな無謀な国民だろうか？　緒戦で勝利すれば相手が反省して、石油をくれる、禁輸を撤回する、とでも思ったのだろうか？

しかし開戦を決定する御前会議は、日本の石油事情の実態をどこまで掴み、明らかにした上で決定したのか？　そこに商工大臣の御前会議への説明責任をテーマに設定してはどうか？

サカナリはジョージのこの提案に賛成した。石油をテーマに東條内閣の閣僚にメスを入れることになった。

二人は、上野の帝国図書館へ出掛けて資料の収集を試みた。二人が日系であったことも幸いしたのか、帝国図書館は調査に驚くほど協力してくれた。


その結果、日清日露戦争以後、海軍は全国の石油基地で石油備蓄に邁進していたことがデータとして残っていた。後発で備蓄を開始した陸軍も懸命に追いかけ備蓄し、情報も持っていた。海軍は当初、山本五十六の「半年間暴れ回る」を明晰に意識したらしい。それが戦況の悪化で講和を言い出せなくなった。陸軍は南太平洋地区の石油を目指し、南進策に望みをかけて戦争を泥沼に持ち込んだ。互いに自分からは言い出せない。

だが、問題は開戦の詔勅に副書した閣僚の中で、陸相と海相以外に日本の石油備蓄に関する情報を持っていたのは誰か。

開戦を決定した東條内閣は閣僚14名のうち兼職を含めて軍人４名、文官の方が多くて８名だ。

軍人は東條首相兼陸相（陸軍大将）、鈴木貞一企画院総裁（陸軍中将）、嶋田繁太郎海相（海軍大将）と寺島健鉄道相兼逓信相（海軍中将）。

文官閣僚の内訳は、外務官僚の東郷茂徳外相兼拓務相、大蔵官僚の賀屋興宣蔵相、弁護士出身の岩村通世司法相、医学博士の橋田邦彦文相（９月自殺）、商工官僚の岸信介商工相（兼軍需次官）、大蔵官僚出身元満州国総務長官の星野直樹内閣書記官長、法務官僚の森山鋭一法制局長官、軍医（中将）出身の小泉親彦厚相（９月自殺）だ。

この中で、原油の輸入、精製、貯蔵の情報は、嶋田海軍大臣と東條陸軍大臣の他、後の通産相にあたる商工大臣岸信介、物資動員の企画立案を統合する企画院総裁鈴木貞一の処に集められた。鈴木は陸軍中将だ。軍側に立って見積もる。それは石油の事情についても同じだろう。

「文官の閣僚の方が冷静に見る可能性がある」

ジョージとサカナリは一致した。

石油に関して全国の情報を収集し、閣議で説明する立場にいたのは、東條首相が商工大臣に任命した岸信介ではないだろうか？

サカナリとジョージは、河辺、有末の二人から岸信介について、商工大臣になる前を聞いた。

岸信介は、満州国国務院に在職し、総務庁次長と実業部（後、産業部）次長を兼任した。

満州国には議会がないので、お飾りの満人総理を大蔵省出身の星野直樹総務長官が補佐する形を取って、関東軍を背景に日本人が支配していた。総務庁以外の各省庁も、実権は日本人官僚の各部次長にあった。星野がトップだが、総務庁次長（副長官）及び実業部（産業部）次長として「次官」にあたる地位についた岸信介が、満州国の国政の事実上の実権を握っていたと考えていい。

岸は内地時代も昭和の初期から革新官僚として軍中央から注目を浴びていたらしい。東條英機、板垣征四郎、石原莞爾などの昭和新軍閥にとって、自分たちに近い、使える官僚として評価された。

岸は満州へ渡り、ソ連の経済五カ年計画をモデルとした満州国重工業化計画を実行に移し、日産コンツェルンの鮎川義介を満州に呼び込んだ。

鮎川は現在、ＧＨＱの第三次逮捕令でＡ級戦犯として巣鴨プリズンにいる。山口県出身で、岸の遠縁に当った。

鮎川は満州国に米国ユダヤ資本を導入して日米共同経営を進めようとし、それを操ったのが岸信介だったと考えられる。


ジョージは考えた。満州国経営のキャリアを持ち、国家運営の実際を体験済みの岸が、日米開戦の商工大臣として国家存亡の石油問題について精緻な調査と情報収集をしないわけがない。

当時の石油に関しての記録資料が帝国図書館に残っていた。皇居、議事堂と周辺官庁、そして市街地から離れた上野の山だけは米軍も空爆をしなかった。

満州へ行くまでの岸は吉野信次商工次官の下で商工省工務局長として働いていた。石油はその時代、既に商工省の専管事項であった。

１９３６年(昭和11年)に岸が関東軍に請われて満州国へ転出した後の商工省においてはどうだったか？

１９３７年6月、商工省に燃料局が設置され、全国の石油の所管を商工省燃料局の専門とした。

１９３９年（昭和14年）に岸は満州国から商工次官として本省へ返り咲いた。

その頃には、商工省燃料局が中心となって、政府が石油燃料を総合的に統括する仕組みができ上がっていた。そこに陸軍省と海軍省から担当部長、担当課長が出向し、エネルギー政策の軍官統一が図られた。

軍の使用する石油が輸入量の第一であり、残りを民間で配分する。故に石油の統制経済も岸の専門だった。

これらの事実を踏まえれば、１９４１年（昭和16年）に東條が総理大臣になり、その東條に求められて岸が商工大臣になったことを見ても、日米開戦の勝敗を決する石油の全体像を岸が掴んでいないことなどあり得ない。石油主幹官庁の最高責任者だ。

となれば岸は日本の石油貯蔵だけでなく、主たる石油の輸入先、アメリカの石油事情、その生産量、埋蔵量、貯蔵量について当然把握していた。ジョージたちが驚いたのは、日本の石油輸入量のなんと８割が、これから開戦しようとしたアメリカを輸入先としてきた事だ。

資料としては、１９４１年10月の大本営・政府連絡会議に企画院から出された数字が残されている。ＧＨＱ・ＣＩＣ及びＩＰＳ（国際検事局）は、この大本営・政府連絡会議への出席をA級戦犯の取り調べで第一に重視した。ここには鈴木貞一企画院総裁が毎回出ていて、岸には出席の物証が残されていない。

開戦直前、日本には８４０万キロリットルの石油備蓄があり、世界の主要国でこれだけの石油を備蓄していた国は日本以外にない。

当時、日本は戦争をアジアへ拡大していたから、これは「戦略的石油備蓄」だ。にもかかわらず、石油の80％という最大の輸入先を、開戦直前まで開戦予定の米国に仰いでいた。

「何てこった…」

ジョージは、あまりのことに呻いてしまう。何を考えていたんだ、我が母国の中枢は！　サカナリに報告すると、彼も驚いて冷笑を浮かべるだけだった。

米国の原油生産量は開戦直前の１９４１年は日産で60万キロリットル。日本が繰り上げ購入などあらゆる手段によって備蓄を積み上げた日米開戦直前の総備蓄が８４０万キロリットル。アメリカの原油生産量のわずか２週間分だった。

その上アメリカは、カリフォルニアに広大な海軍予備油田群を持ち、必要があれば何時でも稼動できる体制にあった。

岸は商工省の前身、農商務省官僚だった時代、ドイツにも行ったがアメリカにも行っている。アメリカという国の生産能力に驚いた経験がある。自由主義経済のアメリカの国力・資源・物量には圧倒されていた筈だ。

だからこそ岸は、日本は専制国家ドイツやソ連の統制経済をモデルにした方が現実的だと考えた。そこも、大久保や伊藤ら岩倉使節団で洋行した明治の元勲たちと同じなのだ。

石油について同様なデータを持つ企画院総裁鈴木貞一中将と比べた場合、鈴木にはアメリカ体験が無い。中国は長いが、短いイギリス体験だけだ。実戦の経験もない。

文官岸信介商工相は、アメリカ体験、満州国トップとしての国家経営体験、政治体験、関東軍との密接な関係、見通し能力など、質量ともに鈴木の上だ。

岸は、絶望的な石油事情を所轄大臣として御前会議で述べなかったのだろうか？

満州国時代に肝胆相照らす仲となり、遂に商工大臣に据えてくれた東條への遠慮からか？　権力への階段を登る途上の男だから、ここで開戦にクレームを付ける事を恐れたのか？

ジョージが帝国図書館憲政資料室に通い詰めて資料を調べた結果でも、御前会議で石油について岸が発言した形跡は無かった。企画院総裁鈴木貞一は開戦決定の際、こう発言している。

「日本の経済力と軍事力の数量的分析結果に基づいて申し上げます。既にＡＢＣＤ包囲網により石油が禁輸されてしまった以上、このままでは３年後には供給不能となり、産業も衰退し軍事行動も取れなくなります。支那だけではなく満洲・朝鮮半島・台湾も失ってしまいます。故に、座して相手の圧迫を待つに比しまして、国力の保持増進上、この（開戦決定の）選択が有利であると確信致します」

これは当時の軍人閣僚の代表的な見解だろう。

だがＧＨＱ内では現在、陸軍が、自ら泥沼化させた中国戦線からの撤退、あるいは戦線の限定を表明しただけでも、「ハルノート」は発動されなかったと言われている。

ところが鈴木は、このままではアジアで戦争も続けられなくなり日本は折角獲得した植民地を失う、ゆえに対米戦に討って出ようと言っている。石油破たんのデータを持ちながら言っている。

閣僚の多くが、口を開かざるを得ない時は鈴木のように発言したか、沈黙した。岸もその一人であったのか。

戦争は直接人間生死の問題だが、それを隠して領土と資源と市場の獲得こそが最善、そうしなければ日本人は食えなくなる、と「苦渋の決断」を美化し、開戦に賛成する。そのような日本の当時の空気は、第一生命ビルに入ったころジョージがＣＩＳで日本の新聞から収集した戦時標語に明白に出ていた。

「米英を消して明るい世界地図（大政翼賛会１９４２）」

「産んで殖やして育てて皇楯（中央標語研究会42年）」

「立派な戦死とゑがほの老母（名古屋市銃後奉公会40年）」

これらを文部省とマスコミが手を組んで流行らせた。


ジョージが御前会議での鈴木貞一の発言のことを河辺に話すと、河辺は鈴木とは陸士の同期だったと言って、こんな話をしてくれた。

太平洋戦争末期、ベルリンが陥落し、やがてソ連が対日宣戦布告するという情報が流れていた。その１９４５年5月3日、産業報国会会長の鈴木貞一が、参謀本部に参謀次長の河辺を訪ね、こう言ったという。

「戦局は非常に憂慮すべきところに来てしまったが、参謀本部の旺盛な戦意に感動した。どうか頑張ってほしい！」

その時、河辺はたまりかねてこう言ったという。

「ですがね、鈴木さん。昔あなたはわたしにこう説いてくれた。『国政指導に当たる人間が、開戦すべきか否か決する時に臨んだら、先ずもってその戦争の最終的な講和条件を定めてかからなければならない。講和条約の大綱が先で、宣戦布告文の起案はその後だ』とネ。わたしはあれに深く感銘したんです。この大戦争を開始したとき内閣に列して大役を担ったあなたが、どんな成算を見込んで開戦に賛成なさったのか。わたしは前々から一度これをあなたに尋ねたいと思った。開戦のとき、わたしは一介の旗本武士としてこの大決意を固められた文武当局諸侯には終戦講和の問題にどこか信ずるところがあるのだろうと思っていたのですがね？」

するると鈴木は悔しそうにこう呟いて肩を落とした。

「残念ながら素志を貫く事が出来なかった…」

素志＝かねてからの思い。

ジョージは思わず河辺に対し、子が父を追及するような口調になった。

「でもそれなら、素志の段階では『此処まで』という目標があった筈です。そこで進むか退くか判断する。石油問題一点に限ってもそれは言える。だから『素志』なんて元々無かったんじゃないですか？」

河辺は侘しげに頷いた。

「鈴木さんの〝素志〟とは単に美辞麗句に過ぎなかったんです…あの時代、日本の中枢にいる者ほど美辞麗句が好きでした。軍事一色の中で美辞麗句が政治判断をないがしろにさせた！」

河辺は吐き捨てるように言った。

政治判断…政治家として国家の将来を念頭に置く責任ある判断…それが日本人の中枢に欠けていた、というのだ。

では、岸という人物も鈴木と同じだったのだろうか？　政治判断が出来ない政治家だったのだろうか？　二人の間には相当な距離があるような気が…。ジョージはそう心に呟いた。

ウイロビーがＧ２所属の全員を集め、次のように訓示した。

「民政局は、共産党員の釈放が日本の民主化を促進するなどと言っている。何を言う！　目下の極東の情勢を見れば、朝鮮半島と中国大陸においてソ連及び中国共産党が目覚ましく勢力を拡大中である。釈放された共産党幹部がこれに応じて容共勢力の拡大に努める場合、我々はこれに対抗する措置を考えなければならない。戦争犯罪人の中に我々と共に歩める反共主義者のいることを忘れてはならない！」

サカナリがジョージに、この訓示の意味を噛み砕いて話してくれた。

現在拘留中の百数十名のＡ級戦犯は何れも反共保守で、これまで日本社会の中枢部にいた。ＧＨＱはいまＧＳ民政局を中心に、処刑、処罰、公職追放へ向けて彼等を日本社会から排除しているけれど、彼らを欠く日本社会は一挙に赤化する恐れがある。Ａ級戦犯がこの敗戦を受け入れ、アメリカに協力を誓うなら、それを活かして使うことによって日本の赤化を防げる。

「我々への満州国関係Ａ級戦犯調査の命令も、この一環かな…」

（二）白羽の矢

１９４６年２月２日、国際検察局に英国検事団が到着した。

同じ２月。ソ連駐在米国大使館現役参事官ジョージ・ケナンが国務省に送った「ロング・テレグラム（長文電報）」が、米本国政府内で非常な話題となった。

トルーマン大統領自身がそれを政府内に回覧させたというニュースが、GHQ内にも聞こえてきた。

ウイロビーがスグにそれを取りよせて「必読」のハンを押してG2全員に配布したので、ジョージもサカナリも読んだ。

『（1）ソビエト権力は、ヒトラー・ドイツの権力ほどには計画的でもなければ冒険的でもない。それは計画によって動くわけではなく、不必要な危険は冒さない。理性の論理には鈍感だが、力の論理にはきわめて敏感である。それゆえ、どんな場合でも強力な抵抗に出合えば容易に後退するし、たいていはそうする。もし相手が十分な力を持ち、その力を用いる用意があることを明確に示すなら、実際にはめったにそれを用いる必要はなくなる。もし状況が正しく処理されていれば威信をかけた対決の必要はない。

（2）西側世界全体と対比すると、ソビエトは依然としてはるかに弱体な勢力である。それゆえ、彼らの成功は西側世界がどの程度まで結束と断固たる意志と気力を発揮しうるかにまさにかかっている。そしてこれは、われわれの力で影響を与えることのできる要素である（中略）。』

ケナンはモスクワから、共産主義の脅威は西側が断固たる力を見せ付ければ制御できる。しかし逆にそれを怠れば我々に対してヒトラー・ドイツのような挙に出る、と警告していた。

ジョージは、先日のウイロビーの訓示と重なるものを感じた。ウイロビーはケナンと同じく共産主義の脅威に対し、極東ではGHQが対応しなければならないと考え、それにはGS・民政局の日本民主化路線が邪魔になると考えている…。

ジョージとサカナリが提出した報告書「岸信介と鈴木貞一の開戦時石油問題への対応」が、ウイロビーから二人の予期しないほどの褒め言葉を貰った。

「この、キシが面白い。なぜ日本の石油の状況を掴みながら、御前会議で黙っていたか…」

ジョージは、戦争末期に河辺のところから悄然として去った鈴木の方が日本人としては当たり前で、岸は違うのではないかと漠然と感じていた。

「近いうち、キシについてまたレポートして貰おう」とウイロビーは言い、上機嫌だった。

「ロングテレグラム」は、戦時中からソヴィエトを見てきたケナンでなくては言えない「ソヴィエト封じ込め政策」の提案であり、ウイロビーにとっても「我が意を得たり」の「お告げ」だったのではないだろうか。すると、サカナリがこんなことを言い出した。

「キシを使おうってんじゃないかな?」

ジョージの目が緊張し、サカナリを見た。彼はニヤリとしただけで、さりげなく席を立った。

中国大陸では、アメリカの肩入れにもかかわらず、国民党軍が共産党軍を圧倒するのは最早不可能と判ってきた。朝鮮半島では金日成による北朝鮮人民委員会がソ連の支援で設立された。だが連合国軍最高司令官のマッカーサーは朝鮮の事にはほとんど関心がなく、一度も朝鮮を視察していない。

ウイロビーは、ホイットニー准将のＧＳ（民政局）を前に立てて日本の民主化を推進してきたマッカーサー元帥が、踏み続けてきた民主化のアクセルから足を離すべきだ、と考えた。

ある日、ジョージとサカナリは再びウイロビーの部屋に呼ばれた。そこには河辺と有末、さらに服部卓四郎元陸軍大佐という見知らぬ男がいた。

後で河辺が話してくれたところでは、服部は元関東軍作戦参謀で、辻正信大佐と組んで1939年の日本軍のノモンハン作戦で大失敗を犯した男だという。

1942年のガダルカナル戦でも現地視察の後「十分な補給路が確立されつつあり」と大本営に報告し、日本軍3万のうち2万名を戦死させた。うち1万5千が実は餓死者だったという。服部はその後、東條陸相の秘書になった。

ウイロビーが5人を前に宣言した。

「A級戦犯に関する特別調査と情報収集の特別セクションを立ち上げる。収集するどのような情報も知識も、近親者も含めて一切他に口外してはならない。それを漏らすことが日本とアメリカ合衆国の将来を左右するからだ。秘密保持に自信のない者は、即刻手を挙げてここから出て行ってよい。ただし、わたしがここで今日述べたことも一切を忘れると誓約した上でだ」

誰一人、手を挙げて部屋を出る者はいなかった。特別セクションの仕事は次のように指示された。

「現在、極東軍事法廷開廷に向けて国際検察局が被告選定作業に入っているが、本セクションはこれに併行してA級戦犯のうち、被告として選定すべきでないA級戦犯を洗い出す。つまり、国際検察局とは真逆の選定作業を行ってもらいたい」

5人は、日米何れも、愕然とした。ウイロビーの命令が思いもよらぬものだったからである。

占領後マッカーサーのＧＨＱが進めてきた東京裁判への準備とは一見全く相反するような選定作業を、ＧＨＱ内で行うのだ。

「エニイクエッション？」

重苦しい衝撃と静寂が部屋を支配した。

沈黙を破ったのはサカナリだった。

「特別セクションで被告の選定から外すべき人物を選定した場合、それは国際検察局によって尊重されるのでしょうか？」

ウイロビーがサカナリを鋭い目で見た。

ジョージも同じ疑問を持ったが躊躇していた。サカナリはやはり凄い。

「話はつけてある。キーナンは容疑者が多すぎる、とわたしにこぼしていた。スジさえ通れば被告の数の縮小に賛成だ。彼は元帥にも一矢報いたい」

但し国際法廷で戦争犯罪を裁く以上、国際世論上必要な処刑者数は要る、とキーナンは言ったという。

「次の点でも我々の意見は完全一致した。現在ＧＨＱ民政局を中心に行われている日本の過度の民主化政策は誤っている。極東軍事法廷が日本の旧体制を一掃した場合、日本の復興は完全に十年遅れる。そうなれば、いまソヴィエトの援助を受けて中国大陸で大攻勢に出ている中国共産党の影響を日本はモロに受ける。米英が日本の占領を解いたトタン、日本は共産化されるだろう。戦争犯罪を観念的に規定し優秀な人材を根こそぎ起訴するならば、日本は弱体化し、二度と立ち上がれなくなる」

ジョージはウイロビーを、「賊軍庄内藩への官軍西郷の温情」と同じように考えた事があったが、それは全く違うような気がしてきた。

ウイロビーは、今後自分もできるだけこの特別セクションに加わると言った。

5人は戦史編纂室で、ウイロビーがキーナンを通じて手に入れたA級戦犯尋問調書を開戦時東條内閣の閣僚から検討する事を始めた。

ウイロビーによれば、国際検察局は東條内閣の閣僚中、起訴すべき者を半数ぐらいにしたい。でなくては膨大な時間を要し、ある期間内にとても捌ききれないというのが本音だという。

それには、開戦の決定に深く関わったか、推進したか、傍観したかによって起訴を外す容疑者を選定しなければならない。

国際検察局IPSは、開戦への中央機関として国務と統帥、政略と戦略を一致させるために設立された「大本営政府連絡会議」を重視し、東條内閣閣僚中、宮中で行われるこの連絡会議の出席者を先ず起訴しようとしていた。

出席者は、東條首相の他、外務大臣東郷茂徳、内閣書記官長星野直樹、大蔵大臣賀屋興宣となり、連絡会議に出席しなかった大臣は、この会議の日時に宮内に参内した記録の残っていない商工大臣岸、農林大臣井野、逓信大臣寺島であって、岸、井野、寺島を起訴から外す事ができる。

さらに戦争責任を満州事変にまで遡る視点で満州国関係者を俎上に乗せると、星野は国務院総務長官、岸は同次長であるから、星野を起訴組に入れ岸を起訴から外しても誰からも文句は出ない。セクションの論議がそのように流れた時、ジョージが発言した。

「開戦決定時の商工大臣だった岸が、開戦決定の御前会議で、日本の石油の見通しに関する全情報を天皇以下、首相、閣僚全員に提示した形跡がないんです。議事録にも痕跡がない。これは不作為の犯罪、重大な戦争責任があったことになりませんか？」

ジョージは自分の視野の隅で河辺が小さく頷くのを見た。すると、服部が反論してきた。

「あなたは日系2世と伺うが、それは日本の国体や日本国民をご存じないところから思いつかれたご意見のように承る。岸さんは東條大将に大臣にしてもらったんです。その東條さんさえ開戦には渋っておった。海軍が一言できんと言いさえすれば即座に、ではやめましょう、そう喉元まで出かかっておった。そんな状況下で、東條さんの息のかかった岸さんが開戦に反対といえますか？東條さんさえ言えんことを、岸さんが言えますか？　そこへ、海軍が半年は暴れ回って見せよう、と言ったんだ」

ジョージの血が騒いだ。こういう日本人は一撃してやりたい、全て上下の人間関係で政治が動くと思っている！

「言うべきですよ！　大臣にしてもらったなどの感情論で国民すべてを犠牲にする戦争を考えるべきじゃない。そんな民族なんですか、日本人とは？」

ウイロビーが割って入った。

「ヘイ、ジョージ。それは君が直接キシに会って聞いてみろ。何と答えるか」

ウイロビーの目は笑っていたが、単なるチャカシとは思えない。

「わたしが、ですか?」

それは、岸との直接の接触に関する最初の命令だった。

「CICによるキシへの人定尋問と経歴尋問は年末で終わってる。経歴のうち、特にキシの満州国関係は、IPSのモーガン捜査課長も他のA級戦犯についての情報を手に入れる上でも重要だと言っている。IPSにも日系人はいるが、目下通訳も含めて出払ってる。君やサカナリが当たれ。だから石油問題も、ジョージ、君自身が直接キシに尋ねればいい。ただし記録は残すな。彼の今後に不利になる可能性がある」

「不利に、と仰ると?」

「わたしは既にキシを不起訴にしたいと考えている。極秘だ」

不起訴! 白羽の矢がキシに! その場の全員が凍りついた。IPSの決定前に?

服部だけが微かな笑みを浮かべている。

服部はウイロビーの意図を既に知っていた! ジョージは全身に水を浴びせられたような気がした。

「わたしはキシの満州国時代、そして産業部次長としての能力に関心を持っている。彼は何故満州へ行き、何をしたのか? これを調査し、報告せよ。わたしは満州開発の彼の能力をこの日本の復興に役立てようと考えている」

今度はジョージの全身に温かく、熱いモノが逆流する。この日本を復興させる? 嬉しくなった!

ウイロビーは単なる「情報屋」じゃない！　サカナリも身を乗り出した。

「イエス・サー！」

ジョージとサカナリはほとんど同時に答えていた。

しかしジョージは我に帰ると、岸が日本を復興させる？　彼にさせる？と必死になって考え、自分の心をまとめようとした。開戦決定に旗を振り、日本を破壊に導いた。その男に戦後復興をやらせる？　頭が混乱した。思いが逆流し、抑えるのに困った。

ウイロビーが付けくわえた。

「君達が岸と会う時には、これが起訴に備えた尋問ではないことを示すため、二人とも岸を敬礼で迎えろ。ヤツが驚くゾ」

そして、ジョージの波打つ心など知らぬ気に、セクションへの今後の具体的な命令を下した。

「カワべはサカナリとサカモトを側面からサポートせよ。キシと同時に、東條を含めて満州国関係Ａ級戦犯の満州における行動、言動、実績を調査する。他の一班、アリスエ、ハットリは、右翼、警察官僚、新聞関係のＡ級戦犯のうち我々に同調しうる人材を詳細に調べ、報告せよ。諸君、これは日米関係の今後への壮大な計画の第一歩となる。むろん今日ここで話されたことも含めて、一切の秘密の漏洩をわたしは断固として認めない！」

壮大な計画？　ジョージはウイロビーの言葉を心の中で反芻した。これはこれまでのＧＨＱの方針に全く相反するのだ。

二人になった時、ジョージはサカナリに尋ねてみた。

「GHQ全体が既に、A級戦犯の中から免罪者を選ぶ方針を承認しているんじゃないか?」

「いや、それはない。ただウイロビーとキーナンの間でそういう話がされたことは間違いがない。日本の復興は、極東アジアの反共の地固めのためだ。ジョージ・ケナンのロング・テレグラムの影響だ」

「岸はロングテレグラムを知っているかな」

「日本政府だって知らないさ。まして岸は知らない。プリズンの中だ」

二人はCICからIPSに提出された岸の身上調書を読み、必要なところは河辺に聞き、岸と会うための準備に入った。


1946年3月7日、巣鴨プリズンの取調べ室で、二人の日系2世は立ったまま岸を待った。コンクリートの廊下を複数の靴音が近づいてくる。

ドアが開いた。看守の米兵は、岸を中に入れるとすぐドアを閉め、引き返して行った。

ジョージ・サカモトは岸信介を初めて見た。長い顔だ。

ジョージとサカナリが挙手の礼をすると、岸は棒立ちし、茫然と二人を見た。

昨年9月、岸は出生地山口県田布施で逮捕され、横浜刑務所でCICの人定尋問を受けただけで、巣鴨に来てからは既に5カ月以上も放っておかれていた。今日突然取調べ室に呼び出され、ついに来たと覚悟し、恐らくは緊張の極でこの場に臨んでいた。

横浜刑務所では看守の米兵は「大臣」と聞いたからか「サー」の敬称を使った。ところがここへ来てからガラリと処遇が変わり、怒鳴られ、小突かれ、戦争犯罪人として軽蔑の眼で見られ、看守の米兵に殴られたこともあった。

それが突然に将校の敬礼で迎えられたのである。

岸信介はこの時49歳3カ月。ジョージたちは、前もって一部の舎房を見せてもらっていたが、岸はA級戦犯の誰よりも若く、無精ひげも精悍に見えた。

ジョージと同じ背丈、細見の身体を、夏物の国民服の重ね着で包んでいる。それでも寒さを防ぐには不十分なのだろう、微かに身体が震えているのは緊張だけではない。

「ミスター・キシ。マイネーム　イズ　ジョージ・サカナリ。アイム　グラッド　ツーシーユー」

サカナリが最初の声をかけた。

「マイネーム　イズ　ジョージ・サカモト。シッダウン　プリーズ。どうぞおかけ下さい」

ジョージが英語と日本語で丁寧に差し招く。

怪訝そうな顔で岸がぎこちなくイスに手をかけた。まだ手が震えている。衝撃が消えないのだ。

テーブルを挟んで向かい合った。

サカナリが微笑しながら、巧みな日本語で岸に説明した。

「我々は国際検察局のローヤーではありません。GHQG2に所属する情報将校です。従ってこの訪問は、極東軍事裁判とは全く無関係に行われています。あくまでもG2独自の情報収集であり、国際検察局の検事による尋問ではありません。この点をお忘れなく」

二人は身分証明を見せた。

情報将校…？　裁判と無関係…？　岸は謎を解こうと必死のようだ。思いを巡らすように天井を仰ぐ。起訴と無関係な尋問などありえるのか？　罠ではないか？　他のA級戦犯を尋問に来た検事の中にも、軍服のローヤーは相当数いた。しかし本当に情報部だとしたら…何をしに？　しかも二人とも若い日系2世だ。そのことが何を意味するのか？　何のためか？　油断なく身構えた。

ジョージがサカナリに代わって、やはり日本語で続けた。

「わたしたちは米国の日系二世部隊として、わたしは南太平洋で、ミスタ・サカナリはヨーロッパ戦線で戦いました。現在も米国陸軍の一員としてアメリカ合衆国に忠誠を尽くしています。しかしわたしの父親は鹿児島生まれでして、祖父は薩摩藩の郷士でした。岸さんとは薩長同盟の関係です」

と、笑いかけた。

「わたしの祖父は庄内藩山形です」

とサカナリも笑顔で言った。

岸が驚いた様子で、少し反っ歯を見せた。微笑しようとしたけれど、顔は凍りついたままだ。予想だにしない自己紹介だった。

サカナリが本題に入った。

「さて、ミスター・キシ。これからわたしたちのお尋ねすることに、お答えをいただきたいのです。検察局の尋問ではないので、イヤな質問にはノーと仰って下さって構いません。断ったからといってあなたの不利益にはなることはありません。あなたからこの戦争前、戦中、そして日本の将来について情報をいただくことが目的なのです。お判りになりますね？」

岸が半信半疑で頷く。だが目は警戒を解いてはいない。

「先ず第一に、あなたが満州国総務庁副長官、産業部次長として満州開発に乗り出すことになった動機とは、どのようなものだったのでしょうか？　出来ればそこからお話をお伺いしたいのです。あなたは何故、満州へ行ったのか。あなたがなさった満州の産業開発とはどのようなものだったか。そこには今後の日本の復興に非常に役立つものがあるのではないでしょうか？」

岸の大きな耳がピクリと震えるのをジョージは見た。

「日本の復興に役立つ…？」

岸が独りごちた。信じられない、という顔だ。

「ええ。日本は敗戦し、完全に荒廃しました。我々はこれを復興させたい。それには、かつて岸さんが陣頭指揮を取られた満州開発の経験が役立つのではないか。我々はそう考えています」

岸のギョロリとした目が、驚きで一杯に見開かれた。それから慌てて目を伏せ、次に目を上げた時には訝るような目でこちらを伺った。

ジョージは、あれを聴くなら今だと思った。「その前にわたしから別に、参考のためにお聴きしたい事が一つあります」

少しホッとしたように岸がジョージを見た。ジョージはそれまでメモを取っていたペンを、テーブルの上に置いた。ノー・メモランダムだ。

「岸さん、1941年、昭和16年12月1日の御前会議で、あなたは日米開戦決定の詔勅に副書、捺印されましたね?」

この質問は、明らかに岸の期待に反したらしかった。急にムッとし、鋭い目になった。約束が違う! これでは検事の尋問そのものだ! そう思っただろう。岸が初めて攻勢に出た。

「それは何んですな。さきほどは尋問ではないと言われた。そのお言葉と相反しますな」

「これは申し訳ありません。尋問ではありません。本当です。ですから記録いたしません。雑談だと思って下さい」

岸が疑わしそうに、卓上のペンを見た。

「では質問を変えましょう。その当日か、或いはそれよりも前、岸さんが日本の現在の石油貯蓄量と今後の見通しに関する情報や判断を、商工大臣として御前会議に数字を挙げて報告したようなご記憶はございますか?」

「そんなことを言ったって、石油量については君、何ですよ。海軍と陸軍夫々が詳細にデータを掌握しておってネ…」

二人がまだ若く、同じ血の流れる日系人なので見くびったのか? ジョージは踏み込んだ。

「海軍と陸軍の石油データは、商工省燃料局で毎月行われていた陸海軍との連絡会に提出されていたんじゃないですか? それに日本全体で消費する石油量を加えた全体量を商工省は把握していた筈です。繰り上げ購入などの手段で開戦直前の日本の石油総備蓄量は840万キロリットルでした。これは世界で最高の戦略的備蓄です。主たる輸入先だった米国の原油生産量は開戦の1941

年には日産60万キロリットルでした。日本の総備蓄がアメリカ原油生産量のわずか２週間分だったということも、岸さんは石油の所轄大臣として当然知っておられましたね？」

岸は答えない。やはり尋問だ、という表情だ。

「その上にアメリカは、カリフォルニアに広大な海軍予備油田群を持っていたこともご存じと思います。それらの油田も必要があれば何時でも稼動できる体制でした。岸さんは、そのようなデータと先行きの見通しを石油所轄大臣として御前会議に明らかにされたかどうか」

やっと岸が口を開く。

「それはですよ、みなさん既に判っておったと思いますよ、省庁間の連絡で」

「では陛下は？　わたしがお伺いしているのは、御前会議で、陛下の前で、岸さんがデータをあげて日本の石油実態を明らかにされたかどうか、その事実です」

若いジョージは声を励まして岸に立ち向った。容易ならぬ事態に、岸も必死に声を張り上げた。

「御前会議でそういう話はせんものなんだ！　そういうものじゃないんです。何しろ日本は米英中蘭、ＡＢＣＤ包囲網に囲まれて、追いつめられ、打開のためには戦争に賭けるしかなかった！　陛下だって石油の先行きについては情報はお持ちだ。判っておられたんです」

「判っておられても、です。岸さん、会議は生きた言葉で行われます！　所轄大臣の岸さんの発言があるかないかで大きく変わる場合がある。あなたが握っておられた情報は、アメリカとの戦争を起こすことが不可能な石油量の筈です。事実、木戸内大臣は現在、天皇は開戦に反対なのに御前会議で孤立無援だったと、そう検事に証言をしています。あなたは所轄大臣として御前会議であなたの握るデータに生命を吹き込んで話をなさいましたか？　もし勅任官の商工大臣が御前会議で石油問題に警告を発した場合、陛下は…」

「陛下が開戦を却下したとでも言うのかネ、君は！」

岸が岸が悲鳴のような声を張り上げた。

「その可能性は十分にあったと思います」

バカを言うな、というように岸がソッポを向いた。

「何故こんな事を岸さんに申し上げるかと言えば、わたしが日系2世としてやむを得ず米軍に応召したからです。日本軍と戦ったのは父と母、弟と妹を砂漠の過酷極まる収容所から助け出すためなんです。でも結局、助け出すことはできなかった。ですから、何故日本がこんな無謀な戦争を始めたのか、止める手立てはなかったのか。それを考えるうち商工大臣だった岸さんが開戦に賛成した事に気付いたんです。だって石油を禁輸された事は日本の開戦の最大の理由の一つじゃないですか！　これはどうしてもお聴きしなければならないとわたしは考えました」

間があった。

「わたしは、それほど天皇を買ってはいない…」

岸が下を向いてそう言った。

「え…？　それはどういう意味です？　ではあなたは天皇をどう…？」

岸はそれ以上は何ごとも答えない。

ジョージは訊いて良かった、と思った。

「それほど天皇を買ってはいない…」

その言葉はジョージの心に残った。岸はよくある天皇主義者ではない。ということは、今の幣原首相、吉田外務大臣などの日本のリベラル保守とは違う。違ったタイプの日本人なのだ。

サカナリが話を引き取った。

「では、ここから後はわたしが、全く別の問題をお聴きしましょう」

岸がホッとしたように、肯いた。

サカナリは、東大法学部主席卒業の岸が、何故誰もが目指す大蔵省を選ばず、農商務省（のち商工省）を第一志望で選んだのか、と問いを変えた。

「もう入学前から絞っていましたな」

岸は1920年（大正9）に東大を出たが、在学中に国粋主義者大川周明から中国の辛亥革命に参加した国家社会主義者北一輝の思想を紹介され、ガリ版刷りの彼の著書を徹夜で書き写し、読んだと言う。

北は明治憲法下の天皇制に反対し、「国民国家」を主張した。華族制度や貴族院も廃し、男女共同政治参画を目指し、私有財産を制限して財閥を解体し、大規模産業を国家の統制の下に興す方向を主張したという。

「北一輝は天皇制に反対なのですね？」

ジョージが思わず口を挟んだ。

「じゃ、岸さんも？」

だが岸は「お前らに判ってたまるか」とばかり、唇を歪めて笑みを浮かべただけだった。

入省翌年の1921年に、中国から帰国したばかりの北一輝に会いに行き、大きな衝撃を受けた。北の著「国家改造案原理大綱」(のち日本改造法案大綱」)を貪り読んだ。

そのとき北一輝37歳、大川周明34歳、岸信介24歳という。

そこから生まれた岸の「国家統制経済」理論は、大正デモクラシーの旗手・農本主義者の吉野作造を兄に持つ農商務省官僚の吉野信次から強い支持を受けた。農商務省で吉野信次の下で統制経済論者として頭角を表す…


この辺りから岸は、初めより次第に打ち解けた態度を示すようになった。何しろ、プリズンに来て以来、初めて己を語るのだ。それも若い日系2世二人を相手に。

ジョージは、「日本の復興に、かつての満州開発が非常に参考になる」と初めに言ったサカナリの言葉が次第に岸の心に根を下ろしはじめたことを感じた。

岸は、満州の石原莞爾から満州国へ招かれた時、すぐには受けなかったので石原から叱られた、と笑った。軍部さえ呑む若き新官僚だったらしい。

1936年に満州国入りし、満州庁総務副長官、産業部次長として、星野直樹満州国総務長官夫妻や東條英機関東軍参謀長夫妻と親交したこと等を機嫌良くしゃべり始めた。

しかし、1939年にはナチスの台頭で世界は騒然とし、戦時体制到来の気配が濃くなり、岸は商工次官就任を請われ、満州から帰国する。41年、東條内閣商工大臣となり、軍需次官を兼ねて開戦に臨む…。

ここで突然岸の話は飛び、１９４４年（昭和19年）に東條内閣崩壊の一因を自分が作ったと言い出したが、ここで当初の予定の時間が終わった。

二人はていねいに礼を述べ、再訪を約し、立ち上がって再び敬礼して、岸を見送った。

この訪問の報告は直ちに口頭でウイロビーに対して行われたが、別に尋問形式の記録も二人の手でまとめられた。

ウイロビーによる結果の検討が口頭で伝えられ、サカナリとサカモトによる岸訪問は次回３月20日となった。

その日は、前回の終りに岸が突然言い出した１９４４年（昭和19年）に岸が陸軍憲兵隊監視下に置かれた前後が話題の中心になった。

岸は、前回よりもこの訪問に馴れて、次のように語った。

１９４４年６月、マリアナ沖海戦において日本海軍が大敗し、次いでサイパンの日本軍３万が全滅した。絶対国防圏が崩壊し、日本本土は米軍Ｂ29爆撃機による爆撃圏内に入った。以後、日本の大都市は連日、昼夜を問わず無数の焼夷弾投下を浴び続ける事となった。

これを見て、早期講和を求める岡田啓介元首相（海軍大将）、近衛文麿元首相、木戸内大臣ら講和促進のグループは東條内閣の総辞職を要求した。だが、東條は「あくまでも戦争完遂・本土決戦」

の方針を変更しない。

東條は彌縫策《びほうさく》によって急場を凌ぎ、内閣の存続を図ろうとしていた。陸軍大臣兼任を自ら解いて新任大臣を増し、腹心嶋田海軍大臣を入れ替えて不満派の元老たちを入閣させて反対派を封じ込む。そのため嶋田の次に辞任を頼みやすい子飼いの岸に、国務大臣（兼軍需次官）のポストを開けてくれと、自発的辞任を求めたのである。

岸は東条首相に反抗した。岡田や木戸と通じながら、東條を総辞職に追い込むために辞職を拒絶したのである。

「3、4か月前、わたしが商工大臣を辞めたいと言った時、あなたは必死に止めた。今度はどうしても辞めろと言う。わたしは最後までやり通しますよ」

大臣は首相に任命権がない。明治憲法のもとでは天皇の命による勅任官だ。

東條は仕方なく満州国で岸の上司だった内閣書記官長星野直樹を使者に立て、岸に辞職を迫った。それでも岸は無任所大臣・軍需次官として残ると回答した。

東條は岸の造反により「閣内不一致」で内閣を総辞職せざるを得なくなった。


東京憲兵隊長四方諒二大佐がサイドカーで、家族とともに軍需大臣公邸に住む岸のもとへ乗りつけてきた。四方はかつて満州で東條が関東軍憲兵隊司令官時代の東條の副官である。

この日、岸は「風邪」を理由に公邸にこもっていたが、憲兵と聞いて妻の良子が庭から塀を越えて隣家へ逃げてくれと言うのを制し、浴衣姿で玄関に出た。

左向け右、

「用件を承ろう」

「貴様、ここで何をしておる！　内閣の責任者は総理大臣だ。その東條総理が右向け右、左向け左と言えば閣僚は従うのが当然だ。総理に反対するとは何事か！」

いきなり岸の前へ軍刀を押し立てた。岸も必死に云い立てた。

「日本で右向け右、左向け左と言えるのは天皇陛下だけだ。国務大臣は陛下の勅命である。首相の指図で辞める必要はない！」

「貴様ごときが天皇陛下を口にするのか？　不敬だぞ！」

軍刀で床をドンと突いた。

「黙れ兵隊！　お前みたいなのがいるから、近頃東條さんの評判が悪い。下がれ、下郎！」

一喝した。

四方は「覚えておれよ」の捨てゼリフを残して帰った。だが、何事もなかった。

当時、東條に諫言した者に翌日召集令状が届き、南方戦線へ送られるという噂があった。それは事実だった。

「四方の頭にはそれがあったんじゃないかな？　しかし、わたしは東條さんとは満州以前から浅からぬ縁でしたからな、彼の秘密を何んでも知っている。だからわたしにそこまでは出来ない。それに東條さんもあの時はもう、敗戦必至と感じていたんじゃないですかねえ」

岸はそう言った。

サカナリとともにウイロビーへ報告した際、ジョージは思い切ってこう言った。

「岸は石油問題一つを見ても、開戦の頃既に敗戦の可能性を考えていたんじゃないでしょうか？そういう人じゃないかと思うんですが」

するとウイロビーがこんな事を言い出した。

「戦争の勝利完遂を叫びながら、同時にアンチテーゼに備える習性は、情報屋の世界にはあることだ。負けた場合にも生き延びる計算をしている。岸については最近ワシントンへ行った時、開戦まで米国駐日大使だったジョセフ・グルーからこんな話を聴いた。終戦の年には国務長官代理を務めた日本通だ」

開戦後、1942年前半、グルー夫妻は日米双方同時に行われる筈の捕虜交換船を待つ間、敵性外国人として約半年近く収容施設に入れられていた。そのグルーを慰めようとゴルフに招待したのが、東條内閣の商工大臣岸信介だった。

グルーは非常に喜び、心が和んだ。しかし現職の大臣である岸の立場を考え、丁重な断わりの手紙を出した。グルーの心に岸への感謝の気持ちは戦争を超え、今も消えないという。

「しかし、これを開戦後すぐ、敗戦に備えて自分に有利な手を打っておいたと考えれば、岸は石油問題一つを見ても、負け戦も考えの内で、開戦に賛成したことにもなる。これは大物だ…」

ウイロビーの眼が、怪しく光るのをジョージは見た。

1941年9月6日、東條が首相として登場する一ヶ月前、政府・統帥部連絡会議は「十月上旬までに日米関係の解決がつかない場合は開戦を決意する」とする国策遂行要領を決定した。

だが今回のプリズン訪問の際、岸はその時点ではまだ、東條さんはどうにかなると考えていたと答えた。

「１９４1年9月6日？　その日は確か…」

ウイロビーの目がまた光った。

「これもグルーから聞いた話だが、9月6日夜、東京・芝の伊藤博文の子息・伊藤文吉邸でグルーは首相の近衛と会った。近衛は戦争を回避し、日本が方向転換するための最後の方策として、日米首脳会談を是非開きたいとグルーを熱心に口説いた。もちろん親日派のグルーも日米戦争回避を望んでいた」

日本側はもう首脳会談に臨む人選も終わっていて、満州重工業総裁の鮎川義介もその一人で、この夜の会談に加わっていた。

鮎川は、満州国に一大重工業団地を日米共同資本で立ち上げる計画をルーズベルトに提案し、それによって日本軍の中国撤兵に道を開いて日米戦争を回避する、と一石二鳥の提案を熱っぽくグルーに向って説いた。

その際彼は商工大臣の岸もこれを強く支持している、東條もだ、と言った。

グルーは岸によろしく伝えてほしいと鮎川に言った。その後、グルーの懸命な説得にルーズベルトも応え、アラスカ・ジュノー沖で日米首脳会談を実現させるところまで話は進んだ。

「ところが、国務長官ハルの極東問題政治顧問ホーンベックが中国通・蒋介石通で、従って日本嫌いだった。ヤツが日米首脳会談の成立を妨害し、葬った！」

ウイロビーはジョージとサカナリに激しい調子で国務省のインテリどもを罵った。

「日米会談が流れて国策遂行要領の10月上旬の期限が迫り、近衛としては陸軍大臣東條英機に支那撤兵を約束させようと、東條に会談を申し入れた。ところが東條は近衛の立場を見透かしてハルとホーンベックの要求する中国撤兵を拒否、近衛は待ってましたとばかり、閣内不一致を理由に総辞職した」

ウイロビーがグルーから聴いた話によると、開戦ギリギリまで日本側が和戦両方を探っていたのは事実だという。しかし政治的決断をする政治家が日本側にいなかった。

「近衛は東條に責任を負わせ、自分は決断を逃げた。東條は軍人だ、政治家ではない」

ウイロビーはそう言って日米開戦を嘆いた。


特別セクションはＩＰＳ検事によるＡ級戦犯鮎川義介の尋問調書を取りよせた。

これによると、近衛が投げ出した首相の後継をどうするか、１９４６年9月15日、またも伊藤邸で長州閥が密談した。木戸幸一・鮎川義介・伊藤文吉の三人である。

鮎川が、米国の要求する支那からの撤兵を実現させる力があるのは東條だけだと力説した。近衛の提案を東條が拒否したのは、彼がまだ陸軍大臣だからで、首相になれば日米戦争回避のため中国撤兵をやる。従って後継首相は東條以外にない。

そこで木戸は重臣会議に次の首相として東條を推挙した。東條は総理を受けた。でも中国からの撤兵はしなかった。

ジョージは、日米開戦決定の土壇場で、長州閥の比重が大きかった事を知った。ということは、その裏には岸もいる。だが岸には戦争回避の政治的判断力はないのではなかろうか？

岸へのジョージたちの訪問は3月27日、28日にも続けられた。

ウイロビーの今回の指示の重点は、何れも満州における重工業開発と、満州で岸が接触したA級戦犯板垣征四郎、そして岸を加えた二キ三スケ、即ち星野直樹、東條英機、松岡洋右、鮎川義介関係の情報収集で、岸自身の戦争犯罪への追及ではない。

岸への訪問を縫うように、ウイロビーの意向を受けた河辺虎四郎がジョージたちのセクションに一つの提案を持ち込んできた。

石原、東條、岸、鮎川以前から満州入りしていて、満州の石原・岸・鮎川を知る人物がGHQ第一生命ビルと目と鼻の先、日比谷公園内に焼け残った日比谷図書館に勤めていた。彼に会って話を聴こう、というのだ。

ジョージとサカナリは河辺の案内で、図書館3階の日本図書館協会理事長室に、旧満州鉄道奉天図書館長を務めた衛藤利夫（63歳）を訪ねた。

河辺によれば、衛藤は二十年間を満州で満鉄図書館のライブラリーマンとして過ごし、満蒙に関する書籍の一大収拾家として知られていた。スコットランドから満蒙へ入った伝道医師デュガルド・

クリスティの著作「奉天生活三十年」を、生きた日本語に翻訳した人でもあり、まさに満州の生き字引的存在だという。

河辺は、ジョージとサカナリがGHQの情報部員であることも、隠さずに衛藤に紹介した。

「わたしはこのお二人を非常に信頼しております。でなければ衛藤さんの処へお連れしたりはしません。衛藤さんが、お話したことにより不利益をこうむるようなことは絶対にありません。お二人は日系2世で、ご両親も日本人で、日米戦争にはやむを得ず応召され、複雑な思いもなさった方々なのです」

衛藤が呟く。

「わたしも、日本と満州の二重性の中で生きてきました…」

「ジョージ・サカナリさんのお父さんの生まれは山形庄内で、ジョージ・サカモトさんのお父さんは鹿児島です。お祖父さんは西南戦争に参加されたとも聞いております」

すると衛藤は、自分は元は熊本、西南戦争の田原坂には中学生の頃よく行った、と懐かしそうに微笑んだ。

「ただわたしは、満州の岸さんや鮎川さんの事と言われても、知っている事しか、それも思いつくままにしかお話しができません。河辺さんから言われて、それで良ければ、とお引き受けしたんです」

衛藤は謙虚な感じの人で、まだ定年まで三年もあったが、昭和17年に57歳で図書館長を退職し、帰国したのだそうだ。現在は図書館協会に嘱託として勤めている。

「食べるためです」

ジョージが尋ねた。

「なぜ、三年もあるのに図書館長を退職なさったんです？」

「イヤ気がさしたんです。息子が北支で戦死しましてね。日本も、五族協和も王道楽土も、全てがイヤになりました」

衛藤はアッサリとそう言った。

「天皇を筆頭に、東條さんや岸さん、私も含めて日本人全体がこの戦争には責任があるのだと思っています」

ジョージは驚いた。こうハッキリと言った日本人には初めて会ったような気がする。サカナリも頷いていた。

「ではどうでしょう。岸さん、鮎川さん、あるいは二キ三スケ、思い出すままにお話いただければ…何度でも通いますから」

河辺が促した。

衛藤は、今でも満州に複雑な思いを抱えているようだった。

「そうですねえ、満州事変…石原さん…あの辺りからかなァ…」

衛藤が遠くを見るような目で呟いた。

第四章　岸信介の満州国

(一) 満鉄奉天図書館長・衛藤利夫

昭和7年（1932年）1月11日。

満州事変開始から4ヶ月、満州国建国より2ヶ月前のその日、朝日新聞社主催「満州国建国前夜日支名士座談会」が奉天ヤマトホテル大ホールで開かれた。

衛藤利夫は、座談を囲む客席にいた。関東軍高級参謀板垣征四郎大佐の姿も客席にあり、肩幅の広い姿が周囲を圧していた。

満州五族（満、漢、蒙、鮮、日）の四番目、朝鮮族の衣装の名士が話し終わり、拍手に答礼して退くと、司会者が立った。

「金先生、ありがとうございました。朝鮮族は諸手を上げて満州国建国を熱望する。まことに声涙下る五族協和の訴えでございました。さて本日の締めくくり、最後にどうしても満州国産みの親、大和民族代表のこの方のお話しをいただかなくてはなりません！　と申し上げればお分かりでしょう、関東軍参謀石原莞爾中佐殿！　大きな拍手でお迎えください！」

万雷の拍手が湧き起こり、板垣に比べると小柄、軍人というより白皙の能吏といった感じの石原が、腰のサーベルを鳴らしながら演壇へ直行する。頭も下げず、名乗りもせず、いきなり話し始めた。

「皆さん。いま、わたくしは深い感動を覚えております…」

満場、水を打った如く静まり返った。石原がゆっくりと人々を見回す。

「率直に申し上げましょう。支那は歴史上、高度な文化文明を花開かせた国でありますが、近代国家の建設能力において著しく欠けておりました。そこにわたくしの『関東軍満蒙領有論』も生まれたのです。すなわち、西欧列強の好餌たる満蒙の救済に帝国日本による満蒙の領有は絶対に必要不可欠、でありました！」

衛藤は下を向いて聴いていた。予期した通りの失望を感じたのだ。

「しかるに、事変より未だ四ヶ月に満たぬ今、皆さん方とこうして一堂に会し、満州国の建国を熱望するの座談に臨み、わたくしは今清新なる感動に包まれておるのであります！」

衛藤は顔を上げた。この人の「清新なる感動」とは何なのか？　思わず微かな希望をもたなかったわけではない。

「事変渦中、満州人有力者多数の方々が我が関東軍に対して示された献身的協力、軍閥打倒への激しい気迫、政治的才幹の発揮を目の当たりにして、わたくしは大いなる感動を覚えたことをまざまざと思い出したのであります！　わたくしは今日ここに、全関東軍の意を代表し、わたくしが爾来頑強なまでに主張してきた『満蒙領有論』を撤回し、次の如くに誓います！」

多くの者が驚いて石原を見た。衛藤も刮目《かつもく》して石原を見つめた。石原は落ち着き、声も上ずってはいない。

「皆さん、満州は独立しましょう！」

一瞬の間。次に満場がどよめいた。

「独立国家満州国となるのです！　民族による差別など全撤廃し、満州国は真の五族協和、王道楽土の実現をもって日本国天皇陛下の御稜威《みいつ》を広く世界に知らしめる存在となるのです！　このお約束をもって本日のわたくしのご挨拶を終わります。御清聴、有難う！」

今度は挙手し敬礼した。満場が再びどよめき、すぐ大拍手に変わった。石原がクルリと背を向けた時、その背へ衛藤は客席から手を挙げた。

「石原中佐殿、質問があります！」

石原が振り向いて立ち止まる。司会者が慌てた。

「どうぞ、ご遠慮なく」

石原が手を差し伸べた。

衛藤は立った。

「満鉄奉天図書館の衛藤利夫と申します」

異例の展開に、司会者も聴衆もシーンと静まり返った。

「わたくしは先日、アングロ・サクソン族が、アメリカ大陸にニュー・イングランドを開いた当時の古い記録を読みました。それは、明日のアメリカを開かんとする真摯な夢に満ち溢れた書でありました。それに比べるべきや否やは別として、わが在満邦人の場合はいかがでしょう？　満洲をいかなる理念のもとにリードするのか。その精神・識見の一片だに見い出せぬ現状を何とします？　理念も理想もない！　この満州で如何に多く儲けるか、ただただ目先の利益追求一辺倒に狂奔するのみであります！　中佐はこの実態を、一体どうお考えになるのか。それを伺いたいのです！」

会場が騒ぐ。石原がサーベルを鳴らし、再び演壇に戻った。

「わたくしは、衛藤図書館長の仰る事に全く同感であります。先生のお言葉通り、日本人は大いに反省をしなければなりません。日本人がどこまでも平等の立場に立ち、しかも道義心と実行力においで優れていれば、自然とこの国家の中核的存在となり、指導者と仰がれることになるのです。しかるに現状はどうか？」

「ちょっとお待ち下さい！」

衛藤が遮った。

「道義心と実行力、と中佐は申されました。ならば、例えばスコットランド人の医師にして伝道師デュガルド・クリスティが、一八八二年、明治十五年、満蒙入りして以来、奉天生活三十年、この間、赤十字病院を開き、医科大学を設け、幾多の戦乱、洪水、ペストの流行と身を挺して戦い、虐殺にも立ち退かず、満蒙の人々のためにわが身を捧げ尽くした。そのような無私純愛を、わが在満邦人は一体どう考えるのでしょう？　彼への畏敬の念一片すらも無き邦人の現状を、中佐は如何お考えになるのか。そこを是非伺わせていただきたい。さらにクリスティを去る65年前には…」

この時、もう我慢ならないとばかり、司会者が壇上に躍り出た。マイクを石原からひったくるようにして掴む。

「衛藤館長、議論は尽きないと思いますが、残念ながらお時間です！　ヤマトホテルとの約束もございます。この問題はまたの機会に譲りましょう。石原参謀殿、本日は誠にありがとうございました！　では、これにて本日は散会と致します！」

大拍手が質問を止めた。石原を始め、五族代表たちがホテルのボーイに誘導されて速やかに席を立つ。聴衆も潮の引くように去って行く。会場には衛藤一人が残った。

悄然、衛藤が立ち上がろうとした時、背後から男の声がした。立ち去らずにいた若い男が一人いた。

「衛藤先生。わたくしはハルピン領事館書記生の杉原千畝と申します。少しお話をさせていただいてもよろしいでしょうか」

中背、少しズングリした体格を三つ揃いに包んだ若い日本人が立っていた。

振り向いた衛藤は、どうぞと答えた。

以前図書館来館者の中に見たことのあるような顔の気もする。衛藤は人の顔をよく記憶する方だった。

「今日は領事の代理ということで出席したのですが、わたくし衛藤先生の石原中佐へのご質問に大変感動いたしました。日本人なら誰しも心の奥底で非常に疑問に思っている問題です。わたしも質問したかったのですが、手を挙げる勇気がありませんでした。お恥ずかしいことです」

衛藤は思いがけない言葉が、嬉しかった。

しかも相手はまだ若い日本人だ。衛藤は47歳、彼はまだ30代半か《なかば》。自分も質問したかったなどと言う。孤立無援では無かったのだ。

「石原中佐には、皆さんすっかり煙に巻かれてしまいましたねえ。満州独立なんて絵に描いた餅です。嘘っぱちだ！」

「全くそうですね」

杉原と名乗った青年が肯く。

衛藤は続けた。

「満蒙は支那本土に非ず。日本政府の目標は、満洲を支那から切り離し日本の支配下に置く事だけですよ。ついこの間、そこの柳条溝で満鉄の線路が一部爆破されましたよね。あれも関東軍の板垣大佐・石原中佐・土肥原奉天特務機関長たちが予め仕組んで、本庄繁関東軍司令官には内緒で実行したらしいと、もっぱらの噂です。参謀本部も、知っていながら知らなかったなどと言ったと聞いています。わたしのところには満鉄関係の情報が入ってくるんです」

「ハイ、領事も申しておりました。あれは謀略だと。領事館にまでわざと手りゅう弾が投げ込まれましてネ。あの下ごしらえは内地から来た大杉栄事件の甘粕元大尉あたりではないかと。カネで満人を使うんです」

「やはりそうですか！　あれをキッカケに関東軍はたった四ヶ月で満州全土を占領した。周到な計画がなかったら出来ない事ですよ。だから民族による差別の撤廃なんてやるはずもない。それを石原さんは平気で言う。満州では、ああいう人でもデカイ事を言いたくなるんでしょうか」

衛藤の言葉に杉原は下を向いたまま何度も頷いていたが、やがて顔を上げた。

「ぼくの妻は白系ロシア人です。義理の父親はソ連の北満鉄道の警備員をしてますが、俸給は日本人警備員の四分の一ですよ。もし日本が北満鉄道を買い取った場合、給料は変るでしょうか？」

「変わらんですよ。そんな思想は日本人には無い」

衛藤の答えに杉原はヤッパリ…と肯き、最後の望みを絶たれたような顔をした。だが衛藤はこの青年に感心した。

「そうですか、あなたの奥様は白系ロシアの方なんですか！」

「はい。結婚八年目です。彼女の影響でわたしも洗礼を受けました。スコットランド人宣教師のクリスティのことは教会でも少し耳にはしましたが、日本人でこんなにクリスティに詳しい方にお会いしたのは初めてです！」

その時、杉原が突然飛び上がった。

「あっ、いけない！　汽車の時間でした。いづれ、図書館をお訪ねします。ソ連経済を調べたいんです！」

衛藤も慌てて懐中時計を見た。

「ハルピン行き満鉄十三列車ですね？　急げば間に合いますよ！　早く早く」

もう杉原の後ろ姿はホテルのロビーにあった。衛藤も微笑しながら後から会場を出た。ヤマトホテルの外に出ると、夕陽が街を赤く染め、停車場の方で汽笛が鳴った。

イリノイ州エヴァンストンは、もう深夜だった。だが話は佳境に入っている。

「この外交部書記生杉原千畝が、後にユダヤ人難民を救ってニッポンのシンドラーと呼ばれた人、リトアニア領事代理のセンポ・スギハーラなのですね！」

武三が思わず驚きの声を挙げた。

老ジョージが頷いて、続けた。

「このノンキャリアの外交官が、やがて満州にやってくる鮎川義介や岸に繋がります。それもユダヤと関係あるんです」

この時、ふく子が部屋に入って来て、3人に温かいミルクを出しながら夫にそっと耳打ちした。老ジョージが頷く。

「これから話は岸信介の満州に入るが、この先は五時迄身体を休めてからにしよう。客用の小部屋がある。暫く休んで」

そう言って立ち上がった。

隣の小部屋にはツインのベッドがあり、ふく子が既に夜具を整えておいてくれた。二人は目覚まし時計を夜明け前の時間に合わせ、倒れるように横になった。

そして朝まだき、二人が洗面所で顔を洗ってから元の部屋へ行くと、もう老ジョージが暖炉の炎の照らしだす安楽椅子で待っていた。彼は再び語り出した。

奉天ヤマト・ホテルの座談会から9カ月たつ1932年10月、衛藤利夫は中学生の三男満男を伴ってハルピンを訪れた。満州国外交部書記生杉原千畝の官舎で月に一度開かれるホームパーティに招かれたのだ。

ハルピンはロシア人も多く、西欧情緒漂う美しい街である。厳しい冬を前に、まっ青な空を背に紅葉した白樺林が陽の光にきらめいていた。

杉原の官舎は古いけれどガッシリした石造りで、内部も広く、衛藤の住む奉天の満鉄官舎とは比べものにならない。

その大食堂に杉原は、満州五族の知人友人、28歳の妻クラウディアの友だちをいつも招待するのだという。

衛藤父子が到着すると、パーティは既に始まっていて、ストーブには薪が焚かれ、片隅のピアノでは雪のように白い肌を夜会服に包んだロシア人女性がムーディなピアノ曲を弾いていた。あれが杉原の妻ユリコ・クラウディアだろう。

民族衣装の漢族、満人もいて、ユダヤ人らしき者もいる。手に手にグラスを持って談笑し、あるいは男女がピアノ曲に合わせて微かに身体を揺らせていた。

「ああ、衛藤先生！　ようこそおいで下さいました。この前はロシアの資料で大変お世話になりまして！」

杉原が元気な声で迎えてくれた。

ヤマトホテル以来、杉原は時々アジア号に乗って奉天図書館へやってきた。ロシアの南下政策や日露戦争ポーツマス条約で日本に南満州鉄道を譲渡した際の経緯や交渉経過などを調べるためだった。

「これはうちの坊主で、中学生の衛藤満男と申します。わたしがヤマトホテルの一件を話したところ、是非杉原さんにお目にかかりたい、と言うもんですから」

「大歓迎です、ここに日本人の若者が参加してくださるとは！　衛藤満男君！　よく来て下さいましたね」

杉原が手を差し伸べ、満男と握手した。満男の顔が赤らんだ。

「後ほど妻を紹介させて下さい」

杉原はホストに忙しい。妹だという杉原高子に色々と接待を指図する。

「さあさ皆さん、今夜はご遠慮なく飲んで食べて下さいネ。日本のお酒もございます！」

杉原が客の間を回って座を盛り立てた。

その時、クラウディアがピアノを弾き終わった。拍手が湧き、夜会服の裾の端をつまんで挨拶した。すごい美人だ。

「ご苦労さん。疲れたか、ユリコ」

杉原がクラウディアに近づいた。

「お姉さん、喉が渇いたでしょ」

高子がシャンパングラスを差し出した。

だが杉原がそれを奪うようにして、グラスをピアノの上に置く。

「ユリコは禁酒中なんだ」

ところが、クラウディアがそのグラスを奪った。一気に飲み干す。

「ユリコ！」

杉原が咎めるように叫んだ。

「兄さん、いいじゃないの、少しくらい。お義姉さんはちゃんと弾いてくれたじゃない」

高子がとりなす。

「そうじゃないんだ、事情がある」

するとクラウディアが再びピアノの前に座った。叩きつけるように「乙女の祈り」を弾き出した。華麗で激越、聞いたことも無いような「乙女の祈り」だ。

弾き終わると立ち上がり、少しヨロッとしながら奥へ引き取って行く。人々が息を呑んで見送った。

「すみません、皆さん。妻はこのところ体調がよくないんです。でも、もう大丈夫です、ご心配なくお楽しみ下さい」

杉原が言い訳し、パーティは再び続いた。

そのとき部屋のドアをそっと押して人影が部屋に入ってきた。

ヨーロッパ系の若い男だ。衛藤の傍で立ち止まり、杉原を待つ。杉原がやって来たが、男は衛藤がいるのを気にするそぶりだ。杉原が気づいた。

「この方は大丈夫だ」

杉原が囁く。彼は急いで口を開いた。

「スギハーラさん。セミョーン・アポロノフから良い知らせだよ。ソ連が北満州鉄道の機関車とかなりの数の車両をソ連領内へ移動中だ」

小声の馴れた日本語で杉原に伝えた。

「何だってヤポ！　ついにソ連が考え直すってわけか？」

杉原も小声でそう言って、衛藤と満男の方を振り返った。

「ヤポ君です。ハルピンにユダヤ人自治区を創ろうとしてる。セミョーン・アポロノフは、わたしの妻の父です」

「たしか、ソ連の北満州鉄道にお勤めの？」

衛藤が尋ね、杉原が肯いた。

ヤポが続けた。

「悪い知らせもある。ハルピン・ユダヤ協会のレビンからの伝言だ。関東軍憲兵隊が杉原さん夫婦をソ連のスパイだと言っている」

「馬鹿な！　憲兵隊はいつだってそれだ！　話を捏造するのが任務と思ってる」

「ネツゾウ？　何のこと？」

「作り事をする。嘘八百をこねくり回す」

「こねくり回す？」

再び杉原が衛藤たちに説明した。

「先日、憲兵が妻のユリコ・クラウディアに要求してきたんです。父親に頼んでソ連側の情報を集めろと。むろん妻は拒絶した。その仕返しで今度はわたしたちをソ連のスパイだと」

満男が言った。

「憲兵隊のやりそうなことですねえ」

ヤポが頷く。

「奴らはムチャクチャだよ！　日本で無政府主義者のオオスギを殺したアマカス大尉が、このところハルピン憲兵隊に出入りしている。気をつけてネ、センポ・スギハーラ。ボクたちはあんたの力を借りなくちゃ満州ユダヤ人大会を開けない」

彼は杉原に向かって懇願した。

「ヤポ、ユダヤ人大会は必ず成功させるさ。五族協和だけじゃない、六族、七族協和へもっていく！」

杉原が約束した。我慢できなくなったらしく、満男が口を挟んだ。

「ヤポさん。お手伝いをさせてください。奉天中学にもユダヤ人支援会を作りますよ」

ヤポが感激した。

「やっぱり日本の中学生はエライです！　立派です！」

ハルピンだけでなく、上海にも流浪のユダヤ人やボルシェビキに追われて故郷を捨てた数万の白系ロシア人がたどり着いている。その一人がクラウディアだった。

杉原は農業を嫌って故郷を飛び出し早稲田大学の苦学生になったが、中退して満州へ渡り、後藤新平が開いたハルピン学院でロシア語を学んだ。そのとき下宿したロシア人家庭がクラウディアの一家だったのだそうだ。

衛藤がハルピン領事館を訪れた翌年、昭和8年6月から2年間、杉原は東京で満州国外交部次長の大橋忠一を補佐してソ連北満鉄道の買収交渉に入った。以来衛藤とは手紙のやり取りだけになったが、杉原は常に衛藤を心の頼りにしたようだ。

衛藤利夫には満鉄調査会など満州の政治経済に通じる友人たちが多かった。その情報を絡め、ジョージとサカナリに次のように説明した。

満州事変から2年、1933年（昭和8年）の2月、関東軍占領下の満州国政府は、北一輝の建国思想に基づく「満州国経済建設綱要」を採択した。

それは資本主義と資本家を排し、満州に理想国家の建設を進めるという国粋主義的経済政策だった。

陸軍省は、板垣・石原による満州事変統帥権干犯問題への批判をかわすため、事変後、石原莞爾を大佐に昇進させて仙台歩兵第四連隊長へ異動させた。

仙台の石原は、モスクワ大学を出て今は満鉄調査会東京支部にいる宮崎正義を助手に、「満州産業開発五カ年計画」の作成を開始した。

それはソ連の五カ年計画に倣い、鉄、石炭、鉛、電力、農産物などの生産量を五年間に2倍～5倍に増やす一大計画で、日本から500万人を満州へ農業移民させ、ソ連軍の南下に対する屯田兵として備えるものだった。石原の持論である「日米最終戦争」に備えるためにも、満州に重工業を興して日本の重工業生産能力を飛躍的に高める。

しかしその総予算は28億7千万円にも達し、日本の国家予算をはるかに超えた。民間資本に頼れば、自ら批判の的にした「資本主義の弊害」を満州へ持ち込むことになる。そのジレンマに石原は頭を抱えた。

ここは強力な国家統制経済方式で乗り越えるしかない。統制経済の第一人者として頭角をあらわした商工省工務課長岸信介を満洲へ呼ぼう。石原はそう決意した。

岸待望の声は陸軍省、関東軍、満州国政府内にも急速に高まった。

石原の命を受けた陸軍省軍事課長片倉衷少佐が、宮崎とともに商工省工務局長吉野信次を日参し、満州国総務庁長官星野直樹も頻繁に吉野に会いに日本へやって来た。

岸にとっても満州国は、統制経済の実験場として又とない広大な夢の天地だった。第一そこには議会が無い。満州人は警察だけで軍を持たない。関東軍が占領軍として君臨しているからだ。日本人官僚にとって、関東軍をバックにすれば自由にどんな絵でも描ける理想の国だ。

かねてより北一輝の影響を受け、満州に新国家建設の野望を抱いていた岸信介（36）は、部下で東大法科後輩の椎名悦三郎（34）を説得し、満州国政府へ先行させて地固めさせる下工作に乗り出した。

椎名は満州鉄道初代総裁後藤新平の姉の嫁ぎ先へ、養子で入った人だ。

「俺も後から行く。君、先に行って満州で地ならしをしていてくれないか！」

その際岸は、貧しい椎名に俸給の額を言うことも忘れなかった。

「向こうの俸給は君、６５００円だぞ。君の歳で内地の大審院長（最高裁長官）と同じ俸給で迎えられるんだ！」

実際、満州国国務院の日本人官僚の俸給はうなぎのぼりだった。自分たちで自分たちの給料を決めるのである。

ところが椎名悦三郎は怒った。わたしは金のために行くのではありません、岸さんが行けと言うから行くんです。岸は平謝りに謝ったという話が、後に衛藤のところにも聞こえてきた。貧しい家に生まれ、小学生の時から親戚の家の奉公に出され、苦学の連続で東大へ入った椎名には、岸にはわからない純情があった。

１９３４年（昭和9年）、ヒトラーがドイツ総統になった年、椎名は商工省から満州国総務庁実業部計画科長へ転出した。

満鉄調査部と協力し、椎名は満州五カ年計画の基礎データとなる資源調査を開始した。

「満鉄調査部の友人の話ではですネ、椎名さんは3年間に1千万円の金を使い、延べ４００人を動員して自分も馬賊が出没する奥地にまで入ったそうです。満州の資源調査、鉄や石炭の大調査ですよ」

衛藤は言った。その調査費は総務庁長官星野直樹の命で総務庁財務部の古海忠之が調達した。

「古海忠之君は星野長官と一緒に大蔵省から満州へ来た若い財務官です。椎名さんの調査の結果は逐一、東京の岸さんへ送られたそうです」

1936年（昭和11年）、226事件から半年後の8月末。もう暗くなった奉天図書館の館長室に二人の男がヒッソリと立っていた。

そこへ間もなく、宿直職員から電話を受けた館長の衛藤利夫が官舎から駆けつけた。

「お待たせしました！　図書館長の衛藤です」

慌てて引っかけてきたらしい夏背広のボタンをかけながら灯りをつけると、小柄だが精悍な顔の初老の男が頭を下げた。

「日本産業の鮎川です。いやー、おうちへ帰られた後に押しかけてしまい、大変に恐縮つかまつる！」

内地で評判の大衆投資会社・日産総裁の鮎川義介《よしすけ》が突然の来訪だった。

秘書の美保勘太郎を連れ、関東軍の招きで目下満州を視察旅行中だという。秘書には会ったことがあるナ…と衛藤が思いめぐらしていると、鮎川が寸暇も惜しんで話し出す。

「図書館には勘太郎が参ってお世話になった。その折、あんたの陣中文庫、かな、関東軍と直接交渉して最前線の兵隊たちに図書を配って読ませると聞いた。関東軍の兵隊たちもあんたを好いとって、兵隊が図書館にやって来る。わしゃ、あんたに是非とも会って話をしたい、と思った。わしゃ面白い人がおると聞けば会って見とうなる。夜中でも叩き起こして家へ来てくれという。すると、みんな喜んで来てくれる」

衛藤は少しムッとした。

「それはあなたが飛ぶ鳥落とす勢いの日産の総裁だからです。企業家として一流だからですよ。

何も不思議な事ではありません」

　やり返した。

「へぇ、そうかいのー」

　鮎川が自分の禿げ頭をツルリと掌で撫ぜた。そして突然、

「ちょっとまて、走りションベンじゃ」

　前屈みの姿勢で飛び出して行く。

「あ、お手洗いは右手です！」

　慌てて衛藤が注意する。鮎川は一旦左へ突進したが瞬時に方向を修正し、右へ走った。

「ご迷惑をおかけします」

　美保が、言葉少なに頭を下げる。

「面白い方ですねぇ…」

　衛藤は美保に笑いかけた。いつものことなのだろう、ハラハラしているのか、余計な事は絶対に言わないのか。沈黙が再び部屋を支配した。

　帰って来るや、鮎川は再び精力的に話し出した。

「今回関東軍の乗合自動車で内地の財閥たちと満州を走り回ったが、大草原を走って、山の方へ入って大分行った頃じゃ、オー日の丸だ！　と突然一人の財閥が素っ頓狂な声を上げおった。人っ子一人おらん山の奥に、翩翻《へんぽん》と日の丸が翻っとった。財閥は、日本帝国の国力もついにここにまで！と涙を流して感激しておる。バカを言うな、と思った」

衛藤は即座に言った。

「アレでしょう？　日の丸あるところ日本人の治外法権アリの…」

「それじゃ！　案内の将校が笑っとった。内地で食いつぶした満州ゴロが、日の丸を掲げりゃ軍の虎の威を借りてアヘンの栽培ができる。それを軍が買うてくれる。そういう地区だというんじゃ。満人も日の丸をアヘンの商標と思うて買いに来よる。日本国旗がアヘンの看板じゃ。日本人、ついにここまで腐ったか！　わしゃ恥ずかしかった！　国務院や関東軍は一体何をしとる！　館長、これをどう思う？」

この老人は面白い。衛藤も話に手応えを感じ始めた。

「満州の日本人の現状はまさに仰せの通りです。わたしからもお尋ねしたいことがあります。わたしは一介のライブラリーマンに過ぎません。経済界とも縁遠い者ですが、総裁、株式とは一体どのようなものでしょう？　資本を吸収するためのマジックなのですか？」

「マジック？　君は真面目な大衆投資家をマジシャンだというのか？」

鮎川が鋭い目を衛藤に向けた。

「お尋ねしているんです。株式が生み出す機械化された工業生産方式は、こと産業だけではなく宗教、学問、芸術など人間の教養までを支配しつつあるとしたら、そこに日本人の今日の教育および文化の根本問題があるのではないでしょうか？　だから、他人の国へ行って一儲けしようなどという不埒な心も生まれて来る」

鮎川は直ちに反論した。

「それはおかしいぞ。アヘンと企業への投資は違う！　第一、あんたのその、工業の世界と教養の世界が互いに対立する、質を異にする別世界のごとき考えは間違うている！　少なくとも工場の設立者、創建者の至誠の情熱は、宗教における宗門の祖師らのそれに劣るものではない！　一職工の品性人格が学者や宗教者のそれに劣るとでも君は言うつもりか！」

「そうではありません。あなたの仰る事にわたしも賛成です。だからこそ、一職工の品性人格をどのような学者、宗教者にも負けないものだと本当にあなたが思うなら、そんな日の丸の使用法を何故認めないよう関東軍に申し入れないいんですか？　そのアヘン工場を爆破するためにこそ、関東軍は出動すべきじゃないでしょうか！」

「いやいや、わしもそう思う。ところが満州庁の星野直樹や、満州に財閥は絶対に入れんと息巻いておった板垣征四郎や石原莞爾までが、近頃急にワシのところへ来ては満州へ来い来いと誘う。どうも商工省の岸信介も蔭で動いておるらしい。岸が満州へ乗り込むという話もある。だが衛藤さん、ワシがもしも満州へ来る時は、これ以上戦争をさせんためなのだ」

衛藤は驚いた。

「戦争をさせないため？　そりゃ本当ですか？　どうしたらそんな事ができるんです？　ぜひともお聞きしたい」

「マネーでサーベル組を黙らせる。アメリカでも誰でもいい。資金は出すところから出してもらい、自由経済方式で国と国とを結ぶ。稼いだカネを自分で使うようになったら、これほどツマラン人生はない！」

「ほう、面白い。じゃ、カネは何に使うんです?」

「貧しい人のために使う！　みんな喜ぶ、これが人生無上の快楽なんじゃ」

「これも面白い！　戦争もしない！　人生無上の快楽！」

「もし万一じゃ、わしが満州へくるとなったら、あんた、わしに力を貸すかネ?」

「それは願ったりかなったりです。事変の折り、わたしは艱難辛苦して集めた満蒙関係本20万冊を一気に燃やされそうになりました。もう、駆けずり回り、這いずり回って本の避難に命がけでした。戦争をなくすためなら、何でもお手伝いしますよ」

「それには先ず、満州の鉱物資源の関係でお世話になりたい。関東軍や国務院の連中以外の情報が欲しい。それと、この土地と人間じゃ。その情報が欲しい」

「協力しましょう！」

こうして二人は意気投合し、再会を固く約して別れた。

(二) 岸VS関東軍

1936年（昭和11年）10月、鮎川の言った通り、商工省から満州国へ出向となった岸信介が、日本郵船の信濃丸で玄界灘を越えた。

大連港の埠頭の大時計は内地と同じ統一標準時を刻む。満州国承認問題で日本が世界を敵に回した国際連盟脱退の全権・松岡洋右が、今は大連の満鉄本社総裁室で甥の到着を首を長くして待っていた。

松岡は岸にとって母の弟の縁戚で、叔父に当たった。満州国中枢に乗り込む39歳の甥と手を組んで満州経営の中核たらんと期待していた。

翌日、岸信介は松岡の見送りを受け、大連から南満州鉄道特急「あじあ」号に乗って大荒野を走った。

新京（現長春）駅頭には国務院総務長官星野直樹、国務院禁煙総局長難波経一、先鋒隊の椎名悦三郎、岸の東大法学部後輩に当たる国務院財務部の古海忠之などが岸を出迎え、夜は盛んな歓迎の宴が催された。

国務院総務庁総務司長に着任した岸が第一番目に訪れたのは、威容を誇る関東軍司令部だった。岸はかつて神楽坂で、現・関東軍参謀長板垣征四郎少将と現・関東憲兵隊司令官東條少将とが同席する宴席に招かれたことがあった。

当時板垣と東條はまだ佐官クラスで、石原と共に昭和新軍閥「木曜会」の中枢だった。

あれから7年位か。岸は板垣参謀長に会うと、開口一番こう切り出した。

「初めにお断りしておきたいのですが、私は内地を食い詰めて来たわけではありません。お国のため、満州の産業経済の確立こそが最も必要だと考えたから参ったのです。統治や政治の問題ではご相談に参りますし、ご指示も受けますが、こと産業経済についてはわたしに任せてもらいます。もし任されんというなら、代わりを寄こしますので、どうぞそう仰ってください」

板垣は穏やかな笑みを浮かべて肯いた。

「君が右向け右に従う人じゃないと聞いたから来てもらったんだ。産業経済は君に任せる。もうじき石原の日満産業五カ年計画もできあがってくる。どうかしっかりやって下さい」

国務院に戻って、岸が結果を椎名に報告していると、古海忠之、総務部の武藤富雄ら若手官僚たちも集ってきた。

「岸さんが来た以上、これからは関東軍に目にモノ見せてやるゾ！」

新官僚を自負する彼らは、出陣式のごとく、雄たけびを挙げたという。


確かに満州は別天地だった。満州ゴロのようなダメ右翼も多いが、国務院や満鉄には、内地だったら官憲に追われそうな急進左翼までがいた。しかも優秀な人材ばかりである。そこには自由の気風があり、威張り散らす軍人を嫌う雰囲気もあった。

岸の噂は満鉄関係者の耳にもたちまち伝わり、奉天の衛藤利夫の耳にも届くほどだ。


あるとき国務院財務部の古海忠之が、農産物への課税新基準を徹夜で書き上げ、翌朝関東軍の承認を貰いに出かけた。すると若い参謀が書類をチラッと見ただけでつっ返した。

「やり直し。持って帰れ！」

古海は仕方なく平身低頭しながらも食い下がった。

「年一回の国務院議事の締め切りが明日なのです。申し訳ないことですが、どこをどうやり直せばよいのか、お教え下さい」

あくまで低姿勢だった。ところが、

「教えろだ？　東大出のお坊ちゃんに誰が教えられるか！　そっちで考え直して来いと言うのだ、いつまでもそこに突っ立ってると、叩っ切るゾ！」

軍刀を引き寄せた。その少佐には、些細な事で激昂し、クーリーを斬殺した前歴があった。古海は震え上がって持ち帰り、頭を抱えて次長に相談した。次長もどうにもできない。実業部の椎名に泣きついた。関東軍の承認がなければ課税原案ができ上がらない。椎名は岸に相談した。

「わかった。わたしがナニしてみよう」

岸はその場からその少佐へ電話した。

「このたび、国務院総務司長を拝命致しました岸信介でございます。少佐はご存じなかったかもしれませんが、実はこの課税書は板垣参謀長の了解を得ている新基準です。もしご不審あれば、参謀長に直接お確かめになって戴いて結構です」

驚いて一瞬声を失った相手に、すかさず、

「如何でございましょう？　これもご縁です。お近づきの印に今夜あたり、新京駅裏の八千代で一献さしあげながら詳しいご説明をさせて頂くわけには？　そうすれば必ずご納得いただけると思うのです」

ハナから相手を完全に呑んでいた。

「わかった。今夜出向こう」

「では、その際、念のために認印をお持ち下さい」

向こうはホウホウの態で電話を切った。

「今夜中にハンを押させるから課税書をわたしによこせ。明朝それを持って司令部へ行けばいい。正印をもらえる。今夜は酔いつぶすから、その参謀は明朝出勤できない」

その夜の宴席は、むろん岸の独壇場だった。

商工省時代から吉野信次にもらった小遣い銭で赤坂、神楽坂と毎晩磨きに磨いた酒と遊びの延長である。まだ緊張している相手にさりげない猥談で場を和らげ、最後は女をあてがった。宴席の高額の会計は古海が引き受ける。

「今度来た岸信介とかいう新官僚は只モンじゃない。板垣征四郎関東軍参謀長や東條英機関東憲兵隊司令官までバックにしている」

その噂は、たちまちにして満州国政府全体に広がった。


衛藤満男は、中学校が退けたあと、奉天図書館二階の館長室の丁度真下にあたる一階閲覧室で本を読み漁るのが常だった。

ある日、見慣れぬソフト帽の長身の男が訪れ、受付に申し入れする声を聴いた。

「この度、国務院総務庁に着任いたしました岸信介と申します。今後ともいろいろとお世話になりたいので、館長にお取次ぎをいただきたい」

誰だろう?　ここ奉天は国務院のある新京からは満鉄アジア号でも4時間はかかる。総務庁の役人が何をしにここまで？

　やがて父の利夫が館長室を出て、階段を下に降りてくるのが見えた。いつも普段着のカーディガンを引っ掛けただけだ。満男は物陰に隠れて聴いていた。

「ここは満鉄図書館でも随一の蔵書数を誇るそうですな。つきましては、面倒をかけますが、公務の関係で調べ物にも人目を避けたいのです。資料を運んでいただき、どこかお部屋をお借りして調べたいのですが」

　すると利夫が答えた。

「蔵書は全て公開を旨としています。ここにある蔵書や資料は満州五族、どなたも秘密に閲覧するようなものではない、という事です。したがって国務院の方も関東軍も、一般閲覧者と全く同じ処遇のもとに閲覧していただく。これが本館の方針です」

　いつもながら胸のすくような父の応対ぶりに、満男は思わず拍手したい気持ちだった。


　その日から時折り、閲覧室の片隅で他の閲覧者に混じって資料を調べ、記録を取る岸信介の姿があった。あるとき満男がわざと岸の隣りに座った。

　岸がこっちを見た。だが「岩波文庫」と「のらくろ上等兵」のマンガを読む少年と知ると、安心して作業に戻った。

　岸が去った後、満男は閲覧係の知り合いの女性司書に話しかけ、彼女が本を探しに席を立ったスキに岸の閲覧申し込みカードを覗いた。

岸が調べていたのは、「関東軍予算書」「満州国国務院国家予算書総攬」「満鉄予算書詳細」など満州国中枢の予算に関するものだった。

岸の調査目的は、満男の口から衛藤利夫も知るところとなった。鮎川の予言どおり、統制経済理論の岸信介が満州で活動を開始したのである。

岸は恐らく、関東軍、満州国、満鉄に、表向きの予算書とはケタ違いの膨大な裏金があることを知った。満州国には国会がない。予算は全て関東軍と国務院の自由になる。それがどのくらいの規模で、何処からどう賄《まかな》われるのか。それが岸にとっての問題だろう。

エヴァンストンの夜が明け始めた。ふく子心尽くしの朝食を食べながら、老ジョージは二人に語り続けた。

「衛藤さんによれば、ここから満州における岸信介の活躍は始まった。岸が凡百の官僚と異なるのは、関東軍を使える高級官僚だったことだ。文句を言う者は軍の力で封ずる。古海を通じてカネも自由に使えた。清貧を重んずる星野直樹総務長官にはない、絶大な権力を持つことになった。そして例の杉原千畝、鮎川、岸の満州トライアングルに最初の種がまかれるんです」

「満州トライアングル…では三者は満州で出会ったのですか？」

武三が思わず身を乗り出した。

「いや、三者が共に出会う事はなかったようだ。でもまだ先の話になるがね、この3人の力が合わさって杉原の『人助け』は可能になった。そこに岸や鮎川のカネの問題、そしてユダヤマネーが絡む。むろんスギハラは金ヌキだがネ…」

その時、室内に朝の光が射しこんで来た。

1936年（昭和11年）8月、東京で「満州重要産業五カ年計画」が出来上がり、石原の命を受けた参謀片倉衷少佐と満鉄調査部の宮崎正義が、千代田区三番町の鮎川義介邸へ向った。「新興財閥」として世の注目を集める大衆投資会社「日産」鮎川総裁を計画に組み入れる方針が動き出していた。

ところが先客があり、片倉少佐と宮崎は待たされる。

先客は、奉天図書館長衛藤利夫の紹介状を持って鮎川を訪れた杉原千畝で、現在は東京の外務省本省にいた。ハルピン総領事大橋忠一を補佐し、対ソ連北満鉄道譲渡交渉にロシア通として辣腕を振るい交渉を成功に導いたが、ロシア人妻クラウディアの父親からソ連北満州鉄道の情報を得たと疑われ、ハルピン憲兵隊によって満州を追われたのだった。

しかし同時に杉原は、交渉成功の褒賞によって外交官としての長年の夢、モスクワ大使館入りを成就させていた。だが、白系ロシア人クラウディアはモスクワ入りを強く恐れた。

「モスクワ河に死体で浮かぶわ！　世界のどこにでも従いて行く。でもモスクワだけはイヤ！」

クラウディアとの生活は破綻し、二人は離婚した。杉原はモスクワ行きのため、友人の紹介で日本人女性菊地幸子と再婚したが、その頃になってソ連政府は、杉原のモスクワ大使館入りを拒否してきた。北満州鉄道譲渡交渉の辣腕が仇となったのだった。

こうなると杉原は満州が恋しくなった。満州は杉原の原点である。自分には満州しかない。流浪のクラウディア一家と出会い、ヤポとはユダヤ自治区実現の約束をしていた。もう一度満州へ！

満州移駐の噂日に増す日産の鮎川と会って、手伝いたいと打ち明けた。

「わしがあんたと会ってみたいと思ったのは、あんたが外務省のキャリア組じゃないからじゃ。早稲田の中途っから満州へ渡り、後藤新平のハルピン学院へ飛び込んだそうじゃいのう？」

「はい、現地で直にロシア語を学びたいと思ったんです」

「わしも帝大の機械科を出たが、学歴を隠して芝浦の工場に飛び込んだ。それでも物足らず、アメリカへ渡ってバッファローの鋳鉄工場に就職した。一職工としてだ」

「職工で、ですか！」

杉原が驚きの声を挙げた。

「二年間アパート暮らしして働いた。何しろ2mはある大男どもと混じって働くんだ。ドロドロに溶けた鉄屑や鉄塊、彼らと同じ重量を天秤棒で担がにゃならん。もうヘトヘトになった！　だが要は、天秤棒のリズムに自分を慣らすことだと気づいた。それからはスーイスーイ、ホレ、この通り」

鮎川が立って、ヒョイと天秤棒を担いで歩く動作をして見せる。

「アレは大発見じゃった。日本でも同じものを同じ条件で作れる、と確信した。学士様でございとおさまっとったら、一生かけてもわからん。だからあんたとわしは同じようなモノさ」

杉原は鮎川に心酔した。

「ボクは満州でやり直したいんです！　外交官もやめます。一緒に満州へ連れて行って下さい！」

杉原は「ユダヤ人自治区」の立ち上げも支援したいと言った。「ユダヤ」の一言に、鮎川の目が光った。

米国帰りの鮎川には、誰にもまだ言わないが、日産の満州移駐はイコール米国ユダヤ資本の導入という夢があった。

ところが、下見の満州旅行から帰った鮎川は既に決断していた。

「判った、と言いたいところじゃが、残念ながらわしは満州には行かん」

杉原がハッとして鮎川を見た。

「その理由は、ここに残っておれば判る」

そう言って鮎川は、別室にもうかなりのあいだ待たせていた片倉と宮崎を部屋へ呼んだ。

二人は陸軍省から政府に提出され、目下閣議決定の段階にきた「満州産業五カ年計画案」を鮎川の前に示し、説明した。

日産を満州に招聘し、自動車、飛行機その他の重工業の一大生産拠点を満州に作り出す。日本を一気に高度国防国家へ成長させる。予算は日本政府と日産で折半する。

「総裁。ご同意いただけますね？」

片倉衷少佐が尋ねた。

鮎川はただ一言、

「再考する！」

げえっ…。

今に及んで再考?　この返事を予想だにしなかった二人は言葉が出ない。杉原も同じだ。

「理由を申し上げよう。第一、既存の日満産業統制要綱の存在が困る。満州は一事業一特殊会社方式で全て独占企業だ。わしが後から入る余地がない。しかも外国資本との連携も排除、これでは移駐できん。出直していただこう」

言い捨てると、鮎川は部屋を出て行ってしまった。後には凍りついたような二人と、未来に当てどない若い外交官が残された。

丁度その頃、満州では岸信介が、「あの男とは会っておいた方がいい」と板垣征四郎に言われた奉天特務機関長甘粕正彦元憲兵大尉（45）を、総務司長室に迎えていた。

甘粕は元軍人らしいキビキビした態度で一礼し、あとはおし黙ったまま微動もしない。5才若い岸が折れることにした。

「甘粕さん、あなたはわたしにとって満州の大先輩ですヨ。ご承知のようにわたしは満州の初心者です。大連港で初めてクーリーを目にしたときは、度肝をぬかれましたな。これでも人間かと!」

甘粕の目がキラリと光った。

「いや、彼らも人間です。あの人たちを手足として使うには、金と誠意です。これ以外にない。相手の目をシッカリと見て、相応の金額を渡してやるんです。絶対にケチってはいけません。彼らはそれで塩とアヘンを買う。使った金は必ず還元されてきますよ」

「金と誠意、ですか。これは覚えておきましょう」

それから岸は、自分の思いを率直に述べた。

「満州に産業が育たず内地の財界もソッポを向いている第一の原因は、軍人が威張ってるからですヨ。わたしは軍人から産業と行政を取り上げるために満州へ来ました。そのためには、あなたの力を貸して欲しいんですヨ」

「といってもわたしも元軍人ですからね」

一見冷ややかに突き離したようだが、反発ではない。こちらを見定めようとしている。岸は、当たり障りのない話題に切り替えた。そして甘粕の例の古傷には一言も触れなかった。やがて――、

「どうか、今後ともぜひ時々お会いしたいものですな。これは当座の活動の元手の一部としてどうぞお持ち帰りください」

岸は小型ボストンバッグを一つ、手土産を持たせた。それは経済部の古海忠之が用意してくれたものだが、中身が金であることは岸もわかった。1万円（現1千万）は入っている。甘粕は当然のように黙って受取り、来たときと同様に上体を10度前へ傾け、それから出て行った。

岸はそのあと、椎名と古海に甘粕について感想を洩らした。

「意外に素直な人だネ。まあボクが大杉殺しの甘粕という目で見なかったからかもしれんが。板垣さんや東條さんは、アイツは大杉をやってない、陸軍の汚名を背負っただけだと言っていた。それで満州で使ってやろう、というわけだ」

「そうでしたか」

と古海が肯いた。古海は、椎名によれば、国務院におけるアヘンの収益金の分配を裏で一手に束ねている。

それには、次のような事情があった。

3年前の1933年（昭和8年）、板垣高級参謀・小磯国昭参謀長指揮の関東軍が北支の熱河地区へ侵攻し、良質で知られる熱河アヘンを全て押えた。以来、関東軍とアヘンは不可分の関係にあることが表面化した。これについて天皇が心配しているという情報が、満州国政府内に流れた。恐懼した星野長官が緘口令を敷き、余計に広がった。

岸も国務院に特別会計がある事はスグに心得た。新京のお座敷での自分の遊興費は内地とはケタ外れだが、これも古海が処理してくれる。

岸は疫病の流行を理由に家族を東京に残してきていた。それもあって、新京に構えてもらった自宅にはほとんど帰らない。毎夜東京と比べても比較にならないほど豪勢な芸者遊びだが、これも古海が一手に引き受けていた。

アヘン1両（テール・約30グラム）は、内蒙古の張家口で20円、それが天津で40円、上海では80円、シンガポールへもって行けば160円にハネ上がった。

アヘンはどこでもすぐ換金でき、莫大な利益を生む。甘粕の宣撫工作においても非常な効果を発揮した。クーリーはアヘンのためならどんな辛い仕事も引き受ける。アヘンは麻薬なので表向きは満州国の禁煙法によって取り締まられていたが、即通貨でもある。満州やシナではアヘンで解決のつかない事はなかった。

満州に少し慣れた頃、岸は裏金の出所を椎名悦三郎に尋ねた。

「驚かないから、本当の事を教えろよ」

椎名は声を潜めた。

関東軍が獲得したアヘンは、軍のトラックで運ばれて新京へ行く。さらに軍用機で上海へ送られ、甘粕の親友で上海広済善堂を主宰する元の国通（満州国通信）記者里見甫《はじめ》によって売りさばかれていた。イギリスからくるペルシャ産アヘンの売買も里見が一手に捌いている。

こうして得られた莫大な資金は、おおまかに言えば関東軍と満州国政府の古海忠之と特務の甘粕で山分けされる。甘粕はその金で鉱山を買ったり、満州における宣撫工作、謀略活動を行なう。国務院は口ではアヘン漸減政策を言い、裏ではアヘンで特別会計の資金を得ている。岸が奉天図書館で調べても疑問だった事は、そういう仕組みになっていた。

「今後も岸さんが関東軍や満人の対策に使う金は古海君が一旦濾過してお渡しします」

そう椎名は言った。古海は金の出所は岸にも明かさない。だから岸さんも尋ねないでほしい。古海は自分が岸の政治資金の濾過器になると言っている。禁煙局長の役職の難波経一は、古海と大蔵省の同期だ。椎名は笑ってこう言った。

「満州ではね、国務院も関東軍もアヘンなしでは成立しません」

(三) 岸、日産鮎川を満州へ引っ張る

1937年(昭和12)年3月1日、石原莞爾が少将に昇進、参謀本部第一部長(作戦部長)の要職に就いた。満州事変、統帥権干犯問題のほとぼりがさめたらしい。

7月1日、岸信介は総務庁次長(次官)兼産業部次長(次官)に昇格。満州国経営の事実上のトップに立った。

その7月7日、北京郊外盧溝橋で日中が衝突した。それは8月13日に上海へ飛び火し、第二次上海事件となった。上海派遣軍司令官松井石根が北進を開始し、事態は一挙に支那事変(日中戦争)へ発展する。

参謀本部石原莞爾作戦部長(少将)は戦線の拡大に反対したが、関東軍参謀長東条英機(中将)は無視した。近衛首相も東條に追随し、石原の進言を容れない。石原は「満州では自分が統帥権を干犯して軍を出し、今度は止めるのか?」と下位の武藤章大佐(軍務課長)にまで嘲笑されたが、何故か一線を越える事に反対し続けた。満州事変後、石原は考えを修正したのかもしれない。

秋10月、中国戦線の拡大を見て、岸信介が空路立川へ飛び、千代田区紀尾井町に移った鮎川義介を訪ねた。

風邪を引いたという鮎川がヨレヨレの浴衣姿で応接間に現れた。

「叔父貴、いよいよ満州産業五カ年計画を推進しなければなりません」

「何を言うか！　戦争を始めておいて、何が五カ年計画じゃ」

「叔父貴が満州へ来ないと、日本はこの戦争に負けますよ」

「信介。言っておくがワシはお前の叔父ではない。赤の他人同然の遠縁だ。いいか、満州はわしもだいぶ調べたが、ハッキリいってダメイのう！」

長州弁で一括され、さすがの岸も顔色が無い。

「資源の種類は確かに多いが埋蔵量がそれほどでない。博物館の陳列棚みたいなもんじゃ。しかも満州は一事業一特殊会社方式、既得権益組の結束が異常なほど堅い。満鉄、満州炭鉱、日満商事なんぞ鉄の団結だ。こっちの入るスキなど何処にもありゃせん。そこへもってきてこの戦争だ。一体、軍部は何を考えとる！」

「上海の事変は、一旦停戦協定で収まるかに見えたのですが、支那駐屯軍の牟田口連隊長が断固戦闘開始を命じたとか」

「バカが！　アイツのやりそうなこった」

「しかしですよ、わたくし岸信介は、日産の満州移駐を信じたからこそ満州へ来たんです。梯子を外さんで下さい。日産が来なくて何の満州開発ですか！」

岸は食い下がった。

「それに、ですよ。戦争は銃後の産業を活性化させます。事変が拡大する限り、その後ろで生産地満州は栄えます！　日本政府も満州へ出資する機運になる。絶好のチャンスじゃないですか！」

「何を言うか！　ワシは大砲で壊して、爆撃で燃やして儲けるようなバカはせん。そんなもん、いっときの景気浮揚策に過ぎん。わしゃ戦争せんで儲ける！　それが日産のため、お国のためじゃ」

そのとき、岸の目が応接間の壁に掲げられている「夢」の一文字を見た。鮎川の揮毫らしい。そうか…この男には「夢」が必要なんだ。

「ならば叔父貴、この戦争をやめさせるために日産は満州へ行く。これでどうです？　以前叔父貴がアメリカのユダヤ資本に関心をおもちだと、東洋経済で読んだ事があります。ユダヤ資本の導入が満州で実現すれば、日米は戦えなくなる。中国戦線の拡大も中止です。一石二鳥じゃないですか！　日米合弁、満州共同経営ですよ！」

咄嗟の機転のつもりだったが、鮎川の目が光った。

「松井石根は南京へ北進中だゾ！　世論も沸騰しとる！　それをどうやって止める？　戦争が続けば蒋介石の後ろには英米が控えとる。逆に石原が言った日米最終戦争じゃ！」

「ですから！　叔父貴のからだ一つ、署名一つでいい。そうすれば戦争が止まるんです、その幟を上げるんです！」

「ワシの署名が戦争を止める？　何のこっちゃ」

「実は叔父貴、この12月1日で満州における日本の治外法権の全てが消滅します」

「なにィ？　あとひと月ちょっと？」

鮎川がギョッとして、岸を見た。

「その前に叔父貴一人でも満州に日産事務所を開設する。そうすれば満州国の法人資格が取れます。その上で情勢が良くなったら移駐すればいい」

「ダメイのお！」

鮎川が吠えた。

「一人で行って何がでける！　行くなら日産の資産、株主総挙げで行かにゃならん！」

「えっ、日産を総揚げ？」

岸の方が驚いた。

「12月1日か…ノブスケ、いい事を教えたな。日産コンツェルンは一持ち株会社にすぎんが、世界の何処へでも1ヶ月で移駐できる！　そうしてユダヤ資本の動きを探る！」

冷静な岸は逆に出た。

「しかし、と言ってもですよ、それはどのように…」

「惜しい事をした。満州には連れて行きたい男がおったのだ…」

「誰です」

「元満州国外交部書記生杉原千畝。彼から聞いたが、ハルピンに数千、上海には2万のユダヤの流浪の民がおる。彼らはユダヤ人自治区の設立を強く望んでおる。これを、ドイツとは一線を劃して満州国が保護をする。と、なれば同胞愛に厚い米国中のユダヤが動く。ドイツがユダヤを迫害すればするほど、こっちが有利だ。そこを捉えて米国ユダヤ資本を満州へ呼ぶ。信介、お前この段取りができるか？」

「満州国と関東軍と満鉄はお任せ下さい。政府中央も東條さんを通して近衛内閣の五相会議で決定させてみせます」

「チョット待て、走りションベンじゃ!」

別人のようにシャンとした鮎川が部屋を走り出て行く。

残った岸信介は、「夢」の一字を見上げ、ニヤリとした。


岸はこの話を東條にもちこんだ。

東條は「わかった」と答え、今度はこっちが相談だ」と別件を岸にもち出した。

「不拡大方針を曲げない石原莞爾は作戦部長を解任だが、あの男のことだ、何をするか判らん。これをどうするか…」

石原は当初から精神論者加藤完治の満州百万戸農業殖民運動に熱心で、いつでもロシアに対して銃の取れる民兵にする考えだ。従って五か年計画の満州重工業化にはやや消極的だった。満州を重工業化し、軍の後ろ楯とするにも石原の存在は不安の種だ。

岸も考えた。日支事変に湧き立つ日本人の目を、もう一度満州五カ年計画へ引き戻す上で石原は必要かもしれない。

「では、いっそのこと、火中に栗を拾ってはどうでしょう?」

岸は決断が早い。

「どういうことだ?」

東條が鋭い眼で岸を見た。

「石原さんをですよ、関東軍参謀副長で呼び戻すんです。満州なら絶対に来ます」

石原莞爾は満州国の生みの親だ。だから支那事変は時期尚早と考え、やり過ぎれば満州を壊す、と考えて苛立ったのだ。もっとジックリと取り組みたい。その満州国の立役者を、関東軍参謀副長で満州へ呼び戻す。東条参謀長の膝下に敷いて、五カ年計画推進の形を取らせれば、本人も日本国民も納得をする。

「そもそも五カ年計画は石原さんですし、日産の鮎川を満州へ呼ぶことにも熱心でした」

岸が頭が切れるとは聞いていたが、これほど豪胆とは！　東條は自分は緻密な計算はできるが豪胆ではないと思っていた。東條にとって岸は無くてはならないブレーンとなった。

元はといえば岸は、石原によって満州へ貰われてきた。だが今や、予備役寸前の立場にある石原の顔を立て、しかもその威力を封じて東條の側に立つ。

鮎川に対しても、岸は頭を下げる立場から、鮎川を呼び込んで満州を日本の一大重工業地帯に育て上げる立場に替わった。

岸信介は、名実ともに「満州国」の頂点に立つことになった。後ろ盾は関東軍東條英機中将と国務院。軍官両輪、鉄壁の権力図である。

10月22日、岸の進言によって近衛内閣は「満州重工業確立要綱」を正式に閣議決定した。日産鮎川総裁は記者会見で「日産移駐と外資導入」計画を正式発表し、直ちに日産満州移駐を満州国に届け出た。

帝国ホテルの日産事務所には米国のメーカー、商社など、投資家たちが次々と訪れた。

その12月12日、日本の海軍機が揚子江を航行中のアメリカ軍艦パネー号を撃沈した。そのため米国の対日世論が一気に悪化した。

日本では、鮎川の外資導入計画を日露戦後の米国鉄道王ハリマンの日米提携による満州鉄道乗っとり疑惑になぞらえ、第二のハリマン事件として騒ぐ右翼が日産の満州移駐反対運動を起した。

だが、こうなると鮎川ももう後へは引かなかった。アメリカ資本の導入を一旦中止し、日産と満州国が50％ずつ出資して、資本金4億5千万の満州重工業開発株式会社を首都新京に発足させた。鮎川の巻き返しも始まった。

1938年（昭和13）正月、東条中将の関東軍参謀長室に満州国の「二キ三スケ」が勢揃いした。関東軍参謀長東條英機、満州国総務庁長官星野直樹、満鉄総裁松岡洋右、満州重工業開発総裁鮎川義介、満州国総務庁次長岸信介である。

満州重工業開発株式会社誕生へ型どおりの祝辞の後、待ちきれぬように鮎川が星野に持ちかけた。

「星野長官、わしは大満州を空から回ってみて悟ったが、満州は重工業もいいが、農業にとっても無限でありますな。若いころカリフォルニアで見た農業機械と大農法をここに持ちこんだら、現在の十倍の収穫が可能となる」

星野がニッコリした。

「さすが鮎川総裁です。工業と農業は車の両輪ですな、この満州では」

「早速ご賛同戴き、かたじけない。そこでもう一つ、手始めに満州の大豆の枠を1万トンわしに戴けませんか。ドイツへ持っていってヒットラーに話し、工作機械と農業機械に代えてきます」

「畏まりました」

松岡が話に割って入った。

「鮎川さん、正月早々景気がいいじゃないか。しかし、鮎川さんの豆にヒトラーがどう食いつきますかな。さしずめ鳩が豆鉄砲を食らった、ような」

松岡がヒトラーの顔を演じて、一同から爆笑を引き出した。だが鮎川はニコリともしない。

「冗談ではない、松岡さん。わしは頭を痛めておるのです。移駐の前と後で、満鉄の言うことに全く違う処がある」

溜まりに溜まったモノをブチまけた。

「満鉄は交通事業に一本化し、満鉄撫順炭鉱は満州重工業へ吸収。これが移駐前の約束だったじゃないですか？　ところが話は一歩も進んどらん」

「いやいや、申し訳ない。この松岡洋右には異存がないんです。ところが満鉄古参社員らの中に満重の傘下には絶対入らんと言うのがおる。いま少しお時間をいただけるとありがたいですな」

松岡は甥の岸信介が鮎川を呼びこんだ手前、低姿勢でそう答えた。

岸が言った。

「松岡の叔父貴、満鉄に未だそんな社員がおるんでしたら、この際クビにしたらいいじゃありませんか」

松岡は甥に弱い。

「そうもいかんのだ、信介。内輪もめが一番いかん。日本はいま大変な時だ。南京をブチ抜いて重慶を目指す。そういう時代の満鉄の使命は鉄道事業への一本化だ。満州里、蒙古、天山山脈を越えてヨーロッパ、東京発パリ行きじゃよ。この戦争に日本が勝ち、満鉄も大陸横断鉄道事業に脱皮する！」

松岡らしい大風呂敷を広げて見せた。

だが、撫順炭鉱以外の全ての炭鉱を所有する国策会社満州炭鉱を満州重工業へ吸収する問題も、満州炭鉱理事長の河本大作元大佐が猛反対をしていた。河本はかつて張作霖爆殺事件の首謀者である。

岸信介が東條へ向き直った。

「東條さん、河本理事長を説得できる方はですヨ、満州広しといえど東條参謀長以外にありません」

東條は苦笑いした。

「吾輩は陸士17期なんだ。河本さんは15期、満州最古参だよ。正直、やりにくい。よし、石原参謀副長からボクの意向を河本さんに伝えさせよう」

この東條の発案に、大の東條嫌いの石原がどう出るか。皆、内心固唾を呑んだ。だが東條はアッサリと、

「副官。石原参謀副長に、参謀長がスグお越し願いたいと伝えてくれ。ここにおられる方々のお名前も言え」

副官が緊張した面持ちで命令を復唱し、部屋を出て行く。

石原参謀副長の部屋はその階の真下にあった。

副官が行くと、石原には来客があった。軍人だ。副官が参謀長室までお越し願いたい旨を伝えると、石原はニベもなく断った。

「用があるなら東條上等兵の方から来いと言え！」

東條の部屋へ戻ってきた副官は目を白黒させ、脂汗をかいていた。

「あの、石原閣下が、と東條…閣下の…」

「そんな報告のしかたがあるか！　元へ！」

「あ、あの…ご、御用がもしおありであ、あられるなら…」

苦悶の表情である。

見ていた岸がハッキリと言った。

「東條参謀長、石原さんにはムリですヨ。河本さんはですよ、現在は一民間人ですが、かつては関東軍の高級参謀で、石原さんの先輩です。しかも満州某重大事件の統帥権干犯問題で退役しています。敷居が高すぎます。やはり東條参謀長ご自身から河本さんに直接なら、きっと聴いて下さいますヨ」

東條が苦笑して肯いた。

二ヵ月後、岸の言葉通り東條が動き、満州炭鉱は河本を理事長職に残したまま、満洲重工業（満重）の傘下に入った。

岸の力は今や誰しもが認めるところだった。

満重は満鉄から譲渡された昭和製鋼所も加え、翌1938年（昭和13年）、東辺道開発株式会社と満州飛行機製造工業株式会社を興した。

さらに旧日産の内地諸会社を加え、化学工業、金属工業、自動車工業、電気・ガス、鉱業など多業種を一本化した満州重工業開発株式会社として生まれ変わった。

総裁鮎川義介は、自動車工業はGMの技術を取り入れるよう岸を通じて商工省に交渉させ、その他の分野も技術革新に熱心に取り組み、満州の山野に点在する満重各社工場をニッサンのトラックに乗って走り回った。


岸は、特殊会社も含めて満州国全体の重化学工業の整備に努めた。岸の下にきた大蔵出身の武藤富雄も、岸の活躍ぶりには舌を巻いた。何しろ「物」についての知識が非常に豊富なのだ。自動車についても材料、製造機械、各部品のメーカー、原価など、たちどころに口をついて出る。

岸は、満人の国務院総理大臣や各大臣を使うのも巧みだった。相手はみな清朝政府の流れを組む相当な家柄で、教養もありプライドも高い知識人だったが、「これは政治の修行になる」と言い、付き合いを厭わない。

「なぜ、満州人は日本人よりも給料が低いのか？」

そうハッキリと聞いてくる満人官僚に、岸は他の日本人官僚のように「日本人は欧米列強から満州を助けるために来ている。キミたちの10倍の犠牲を払っている」など見え空いた言い訳はしない。

「確かに日本のやっていることには矛盾がある」

そう認め、反論しない。代わりに甘粕流の「誠意と金」で、彼等の家族や子弟の面倒まで見た。そして夜毎、酒席を回る。最後はなじみの芸者と何処かへ消えて行く。

これは衛藤が鮎川から直接聞いた話だが、あるとき甘粕が蒋介石の重慶政府を援護している英国を妨害するための工作資金として、関東軍を通して総務庁へ２０００万円（現２００億円）を要求して来た。

天皇が満州国のアヘン資金への依存を知って怒ったという情報があり、星野直樹総務長官は建国の主旨にもとるとして甘粕への支出に反対した。

これを聞いた岸信介は、星野には内緒で古海の親友「上海宏善堂」の里見甫と直接に交渉し、その額に当るアヘンを新京へ軍用機で送らせた。

岸は礼を言いに来た甘粕にこう答えて笑ったという。

「何んですな、思うように仕事をするにはやはりカネですな。わたしが満州へ来たとき初対面であなたから教えていただいたじゃないですか」

二キ三スケが集う新京の高級料亭の前を、贅沢を嫌って出勤にも公用車を使わない石原莞爾が、持病の膀胱炎をかかえて杖を突きながら、足を運ぶ姿があった。

鮎川は、岸の後押しで、一旦頓挫した米国資本の導入へ再び準備を開始した。

1938年8月、東條・岸・鮎川のラインから完全に外された石原莞爾が、満州の重工業化推進で、鋤一丁鎌一本、百万戸の民草を植え付ける対露屯田兵政策の夢敗れ、持病を理由に予備役編入で満州を去った。

鮎川は、その石原の紹介で大連特務機関長安江仙弘《のりひろ》大佐と出会っていた。

以前、東條参謀長室に呼ばれた石原が、東條上等兵の方から会いに来いとからかって断った時、鮎川は走りションベンを口実に石原の部屋へ出向き、丁度そこへ来ていた安江と知り合った。鮎川の行動力がモノを言ったのである。

安江は石原と同じ陸士21期で、イスラエルへ旅して国家を失った民族の悲哀を目の当たりにし、ユダヤ人に強い同情心を持っていた。そのため、鮎川から話を聞いてたちまち「在満ユダヤ人を保護すべし」で一致した。

(四) 在米ユダヤ資本で日米「満州」共同経営案

鮎川は、「ユダヤ問題研究会」を新京の満州重工業本社の一室に発足させた。

メンバーには安江大佐、内地へ帰った石原の代理で関東軍参謀の片倉衷少佐、衛藤利夫奉天図書館長、そして衛藤がハルピンの杉原の家で出会ったヤポ・デルトライを加えた。

そこへ時々特別顧問の岸信介総務庁次長が現れる。ヤポは次のユダヤ人大会を目指し、鮎川の下働きをしていた。

安江は平素は軍服を着ない。ダブルの背広にステッキの出で立ちで、東京の外務省でユダヤ問題について講演もした。

「皆さん、日本はユダヤ人にドイツのごとき迫害の方法はとるべきでありません！　八紘一宇、満州国の民族協和の精神からしても日本人は人種差別をしないのであります。即ちユダヤ人を排撃するは不可！　これぞアジアの叡智を世界に示すものなのです」

ベルリンでは大島浩武官が駐独大使に就任し、日独伊三国同盟の締結へ奔走していた。

ドイツでは「水晶の夜」事件で一夜にして数千人のユダヤ人が襲われ、殺傷された。そういう時だから出席した人々は目を白黒させて安江の講演を聴いたが、本人は超然として構わず熱弁をふるった。


その頃、北欧など中立国駐在の日本の外交官たちは南のドイツ、北のソ連に挟まれてドイツ情勢がどう動くか、その情報収集に追われていた。

フィンランド公使館勤務の杉原千畝のもとにもヨーロッパを逃れたユダヤ人難民がモスクワを目指すらしいという情報が、クーリエ（伝書使）によってもたらされていた。

杉原は満州の衛藤に時々手紙をよこしたが、満州への望郷の念を述べるだけで、ユダヤ難民についてそのままは書けなかった。至るところでドイツ諜報機関の目が光っていたからである。

「欧州からモスクワへ向う旅行者たちの中には、我が懐かしのハルピンを目指す人々もいるようです」

このように、杉原はそれとなく「ユダヤ人難民問題」を衛藤に伝えた。この情報は衛藤から鮎川へ届けられた。

「ユダヤ人難民」問題は次第に満州へも波及し始め、東條参謀長から岸に相談が来た。

満州国北方満州里駅に、ドイツを逃れたユダヤ人が週一便のシベリア鉄道直行便で数人ずつ、ある時は百人近くも辿りついていた。彼らはハルピン、大連、上海を目指すと口々に言うが、この問題にどう対処すべきか。

岸は急きょ「二キ三スケ」を召集した。

国際連盟脱退の松岡洋右は、現在の世界を米、露、欧、東亜の四ブロックに分け、その橋渡しとして満鉄東京―パリ間直通列車の夢を語る熱狂的な世界平和論者となり、ユダヤ人保護にも熱心だった。松岡は同じ長州閥の鮎川と組んで、従来からある関東軍「対猶太人対策要綱」に沿ってユダヤ人保護に乗り出すべきだと主張した。二キ三スケもそれが王道楽土の本道であるとして一致した。

このため、満州里駅に着いたユダヤ人難民に満州国外交部が無条件で満州国通過ビザを発行し、関東軍が切符代を与えることになった。

さらに岸の求めで星野長官が近衛内閣に働きかけをした。

１９３８年（昭和13年）12月６日の五相会議（近衛文麿首相、板垣征四郎陸相、米内光正海相、有田八郎外相、池田成彬蔵相）は関東軍の方針を追認し、「猶太人対策要綱」を政府方針として決定した。

日本政府の満州ユダヤ人保護方針は世界各国の日本領事館に向けて通達された。

「ドイツと同様に極端なユダヤ排斥の態度に出ずるは、対米関係を悪化させることを避ける観点からも不利なる結果を招来する」

杉原千畝はフインランドでこの政府回訓電報を見て、深く感動した。

当然ながらベルリンの外交筋は直ちに日本大使に厳重抗議し、大島大使は本省へ怒りの電報を打った。だが、この政府方針は12月23日のハルピン「第二回極東ユダヤ人大会」を成功させた。

杉原は、衛藤からのさりげない手紙でその事を知り、ユダヤ人大会がついに第二回を迎えたことに感動の涙を流した。


情勢は外資導入路線を後押した。

1939年春、犬塚惟重海軍大佐が上海に着任し、犬塚機関は2万人の上海ユダヤ人への工作を開始した。3万人のユダヤ難民居住区を上海に開設する。その見返りとして、米国ユダヤ資本を上海に投下させる計画だ。

これに刺激された鮎川が、政府に「外資問題経過報告」を提出し、ユダヤ系米国資本導入の本家はこっちだとばかり意欲を燃やした。

開戦から2年を経た北支戦線は、表向きは日本の連勝だが、奥地へ奥地へと誘い込まれ、戦線が異常に長く伸びるだけで完全に行き詰っていた。

その情況を見て、1939年（昭和14年）8月末、鮎川は満州重工業新京ビルの奥まった一室で「ユダヤ問題研究会」を開いた。岸信介、安田大佐、片倉衷少佐、衛藤利夫館長、ユダヤ人協会のヤポ、鮎川の秘書美保勘太郎が参加した。

美保が鮎川の「外資問題経過報告」を全員に配布し、鮎川が立ち上った。今日の鮎川は詰襟、薄茶の協和会服である。

「本日は、満州における外資導入問題の進捗について、何しろ戦争をこれ以上拡大させんためにも、日頃お力になって頂いておる諸君と会談し、忌憚なきご意見を賜りたいと思う」

安田が先ず発言の口火を切った。この日の安田は白い麻のスーツに茶のステッキだ。

「本年五月、日本軍はノモンハンで大敗し、独ソは手を結び、毛沢東の八路と蒋介石の国民党軍は日本軍との徹底抗戦を宣言しておる。アメリカは日米通商条約の延長をせん、と言ってきた。もしアメリカの石油が来なくなれば飛行機も軍艦も動かん。我々はユダヤ資本導入問題を出来る限り急がなければなりません」

ヤポが驚いた顔をしてみせる。

「安田さんはその昔、大のユダヤ嫌いだったそうですが」

「おお。パレスチナを旅し、シオニストたちと話をし、百八十度変わったぞ！　ユダヤ民族が二千年間も放浪し、なお失わぬ祖国復帰の熱情に打たれたんだ。ユダヤのためなら命がけでやる！」

鮎川が口を挟んだ。

「上海特務機関の犬塚大佐もユダヤ難民自治区を作る計画を押し進めておる。そこへユダヤ資本を投下させる計画なんです」

「しかし犬塚はそれをフグ作戦と称しましてな、ユダヤは毒にも薬にもなるという。誠に不埒千番！　奴はユダヤを利用しようとしておるだけです。こっちは違う！」

鮎川も肯く。

「犬塚さんのお考えはわたしらとは相当隔たりがある。わたしたちは満州国の中にユダヤ国イスラエルを作る。どうでしょう皆さん、わしは一気にかかろうと思う！」

一同が驚いて鮎川を見た。それを待っていたかのように岸が口を開いた。

「これはナンですな、先ずは満州国の既成の大都市、わたしは新京ないし奉天がいいと思いますが、先ずそこに隣接して衛星都市を作る。人口3万から7万規模のユダヤ人自治区を商業都市あるいは工業都市として整備し、そこへ米国ユダヤ資本を投下させるんです。開発と住民の生活向上を同時にはかれれば、ユダヤ難民も喜んで定着をする」

「しかし関東軍には他国の資本導入を絶対に許さんという連中がおります」

片倉が一言挟んだ。

鮎川がキッとなって反駁した。

「関東軍と国務院は満州で強力な統制経済を推進すると言ったが、期待した内地からの資本の投下は行なわれなかった。そこでわしが満州へ来た。一方、アメリカでは日本軍の支那侵攻に非難の声が高まっておる。アメリカも支那を市場として考えておるからだ。従ってこの状況を一挙に打開する国際的で合法的な一手こそ、米国ユダヤ資本の満州への投下である！　アメリカ人もそう考えておるのだ」

この時、それまで下を向いていた衛藤が顔を上げた。

「総裁。一つお尋ねしたいことがあります」

「衛藤館長。何なりとどうぞ」

鮎川が手を差し伸べた。

「その資本投下への担保は何でしょう」

「担保？　そりゃ衛藤さん…」

鮎川が不意を衝かれて言いよどんだ。

「米国のユダヤ資本投下に対する担保です」

「何をいう！」

安田大佐が思わずステッキを握った。

「そりゃぁ何んですな。担保はこの満州だ。それ以外にありません」

岸がサラリと言ってのけた。

衛藤は岸に向き直った。

「岸さん。その満州は誰のモノです？　少なくとも日本のモノじゃぁない。石原中佐たちが一夜にして銃弾の力で奪ったモノじゃないですか！　わたしの三男が最後まで身から離さなかった聖書の、栞の挟まれたページに書かれておりました。『剣を取るものはみな、剣によって滅ぶ』。剣で奪い、それを担保に金を借りれば、わたしたち日本人は火点け強盗、人殺しの類になる」

ハラハラしてヤポが叫んだ。

「衛藤さんの息子さんは先週、病院で亡くなられたんです！」

「息子さんが?」

鮎川も驚く。

「わたしと一緒にユダヤ教会に通い、ユダヤ人大会を応援して下さった方でした！」

片倉がニヤリとした。

「関東軍は満州を支那から切り離し、傀儡政権を作った。つまり満州は我が領土じゃないですか！これは、領土を担保とする正々堂々の商取引ですよ」

しかし衛藤は引き下がらなかった。

「満州は、満蒙の人の土地、財産、権益、資源です。世界中が知っている！　だから、ユダヤ資本の導入も、日米による詐欺、掠奪、強盗の類ですよ！」

安田が唸った。

「詐欺、掠奪、強盗だとぉ?」

鮎川が手を挙げて安江を制した。

「衛藤館長。仰る事はわかる。我々は当然満人からモラルを問われる。それには答えなければならない」

「ならばお聞きします。鮎川さんの目的は何ですか?　五族協和、王道楽土は嘘っぱちだった。

それに代わる目的は何ですか」

その時、それまで黙って聞いていた岸が割って入った。

「衛藤さん、あなたの目的は何です?」

衛藤が岸に向き直る。

「逆にお聴きします! 岸さん、あなたは満州庁の総務副長官だ。あなたは満州の人々に何をするためにここへきたのか? 何をしているのか? あなたは満人のために何をしたいと考えるのか? 満人のクーリーのために何をするか?」

「わたしは満人のためではない、日本人のために満州に来たんですよ」

「日本人のため?」

「そうです。だから満州へ来た」

「日本人のためなら、日本にもクーリーはいる。その人たちのためなら、満人のクーリーのためもあるんじゃないですか?」

岸が腹を抱えて笑った。

鮎川が口を開いた。

「では聴く。衛藤君、君の目的は何だ。満州をどうすればいい?」

「満州自由経済圏。十年後までに満州に産業を整備し、関東軍は引き揚げる。永世中立国満州国を世界に宣言する! クリスティの理想には遠く及ばない。でも、その第一歩がユダヤ資本の導入ならばわたしは賛成です!」

安江が愛用のステッキを握りしめた。

「ええい、四の五の言いやがる！　てめえはヤソと一緒か！　外へ出ろ、根性を叩きなおしてやるッ」

ヤポが安江のステッキに縋った。片倉も安江と衛藤の間に割って入った。衛藤はやめなかった。

「鮎川さん、わたしが貴方についてきたのは、マネーでサーベル組を黙らせると仰ったからです。ところが満州重工業は今やサーベルに使われている。これではわたしはついていけない」

岸は何も言わず微笑していた。

鮎川が厳しい顔で乗り出した。

「わしには議論をする時間はない。なすべきはユダヤ資本の一日も早い満州への導入、日米戦争の回避だ」

岸が続く。

「ユダヤ資本の投下、アメリカによる中国戦線の仲裁、ですな」

鮎川が大きく肯いた。

「こうなったらわしが動く。本年中にヨーロッパへ旅立つ。機を見てアメリカへ渡り、ローズベルトに会う」

「ローズベルト！」

全員に衝撃が走った。

「ローズベルトに直接、資本投下とシナとの和平工作を頼む。衛藤君、どうだろう？」

衛藤は無言だった。

「信介、関東軍の同意を取れ！」

この日から一週間後の1939年9月1日、ナチス・ドイツとソ連は同時にポーランドへ侵攻した。第二次世界大戦の火蓋が切って落とされた。

独ソ侵攻によって、阿部信行内閣は戦時体制の整備を急いだ。「満州の岸信介を内地へ呼び戻せ」の声が高まった。元満鉄理事の伍堂卓雄商工大臣は、岸の商工次官起用を決めた。


1939年（昭和14年）10月、岸は満州から商工次官として帰国することになった。

在満国務院の少壮官僚たちが、岸の栄転を祝って歓送会を開いた。

それよりもまえ既に、腹心椎名悦三郎は国務院産業部鉱工司長を辞し、商工省第五課長として帰国していた。満州へ来たときと同じ岸の「露払い」だった。

岸は、国務院少壮官僚一同を前にして、こう述べた。

「満州でやるべき事は全てやった。内地に帰ったら、今後わたしは政治家を目指そうと考えている。諸君も政治家を目指すべきだ。今後もし諸君が選挙に出ようとするならば、資金が要る。その場合、如何にして資金を得るかが問題だ。当選して政治家になった後も同様だが、政治資金というものは濾過器を通ったものでなければならない。つまり、表向きキレイでなければならない。濾過をよくしてあれば、問題が起こってもそれは濾過器のところで止まり、政治家その人には及ばない。この事をわたしは、この満州で学んだのだ」

末席に古海忠之がいた。語り終えた岸は黙って座の奥の方を向き、丁重に頭を下げた。岸のろ過装置とは、古海忠之その人だった。

帰国した岸は阿部信行内閣、米内光正内閣の商工次官へと地歩を固めて行くことになる。

岸が満州を去って2ヶ月余、1939年の12月末、鮎川はシベリア鉄道経由でヨーロッパへ旅立った。あの時の言葉を実行に移したのである。

鮎川は、ヨーロッパに3ヶ月滞在し、渡米のチャンスを待った。

だが在米秘書の美保貫太郎、日本水産の白洲次郎らによる鮎川の渡米工作はベルリンの大島大使の知るところとなる。ナチスドイツの秘密警察ゲシュタポの脅威が鮎川の身に迫り、それを察知した白洲次郎の知らせで、鮎川は一歩手前で渡米断念に追い込まれた。

1940年（昭和15年）3月末、失意の鮎川は、持病の気管支喘息に悩まされながら帰国の途に着いた。だが、鮎川はまだ完全には諦めていなかった。モスクワへ向かう途中、北欧リトアニア国カウナスの日本領事館を訪れたのである。

そこに今では領事代理の杉原千畝がいることを、衛藤利夫から教えられていた。リトアニアは、親ドイツではあるが、何時ソ連軍が入ってくるか、時間の問題だった。諸外国の領事館は次々と立ち退きを迫られている。

その夜、夕食後、カウナスの日本領事館の食堂には、身重らしき杉原の後妻の幸子、杉原の妹高子、鮎川の三人が杉原千畝の弾くピアノ曲に耳を傾ける姿があった。

杉原が鮎川との久々の再会を喜び、弾ける曲はこれ一曲だけと断わった上で、自らピアノの前に座ったのだ。

ピアノはカウナスから引き揚げる英国領事が残したものだという。曲は、テクラ・バダジェフスカの「乙女の祈り」だ。

杉原は無事弾き終えた。ソファの3人が一斉に拍手した。

「ブラボー、ブラボー、もう一曲所望！」

鮎川が大声で叫んだ。

「先ほどお断りした通り、本当にわたしはこれ一曲きりなのです」

領事代理はピアノから立ち上がり、恥かしそうに一礼した。

「本当なのでございますよ、鯉川様。主人は正真正銘これしか弾けないんですの」

幸子が口を添える。

「一芸に秀でるとはこの事か…」

鮎川は何かに気付いた。それがハルピンの杉原の宿舎で衛藤が聴いたという、クラウディアの弾いた曲であることに気づいたのだ。

「兄さんの思い出の曲なのよね」

高子がそっと呟く。幸子がさりげなく話題を変えた。

「鯉川様、日本をお立ちになってもう三月におなりとか。さぞやお疲れでいらっしゃいましょう。

よろしければ暫らくここにご滞在遊ばされてはいかがでしょうか。ねえあなた？」

「幸子。そうしていただければわたしも嬉しいのだが、鯉川さんは大変にお忙しいおからだだ」

「奥さん、今夜はユックリと休ませてもらいますよ。ですが明朝モスコウへ発たねばなりません。スターリンに会わなければならんのです」

「ほら、言った通りだろ。それよりお前、もう休んだ方がよくはないか」

杉原は、鮎川がなぜここへ来たのか、さっきから気になっていた。何か話があるはずだ。

「そうですわね。殿方だけのお話もございましょう。ねえ、お義姉さま」

高子が幸子を促す。

「では、上の子も待っておりますゆえ、これで失礼をさせていただきます。どうか、ごゆっくりお過ごしくださいませね」

幸子が深く一礼して立ち上がった。

「鯉川様のお部屋は右手奥にございます。では失礼をいたします」

高子も言い添え、二人は出て行った。

「ささ、どうぞ」

杉原が新しいワインを開けて杯に注ぐ。

「旅のご成功を祈って」

「ありがとう、杉原君」

鮎川が二度目の乾杯に応じた。

「わたしが初めて鯉川さんのお宅をお訪ねしてから、もう四年がたちますねえ…」

「あれは昭和十一年、２２６の後の夏だ」

「奥様がわたしに出してくださったコーヒーを、鯉川さんがお呑みになって。ハハハ」

「わしは自分の目の前のものは自分のものだと思ってしまう。美子《はるこ》にいつも叱られる」

「一目でわかりましたよ。奥様と鯉川さんの睦まじいお間柄が。実にお羨ましい」

「ハッハッハ、わしは一穴主義、ハルだけだ。第一女と遊んでおる暇がない。しかし満州ではヤポや衛藤君やみんなが言うとったゾ。杉原君は白系ロシアの奥方に本心ホレておったとな。なんと仰ったのかな、お名前は…」

「ユリコ・クラウディア・アポロノフです。ロシア語からロシア人の考え方まで、わたしは全てを彼女から学びました。それで外交官になれたようなものです。ソ連から北満鉄道を驚くほど安く買うことができたのも、彼女や彼女の父親のお陰でした。いわばわたしを作った女です、大きい声では言えませんが…」

と今の妻に聞こえる事を気にした。

「じゃ、ユリコ・クラウディアに！」

鮎川が低い声でそっとグラスを挙げた。

「ところで、今日は君に折り入って頼みがある。そのためにここへ寄ったのだ」

「ハイ、わたくしごときに一体何ごとかと、さきほどから…出来ます事ならなんなりと…」

杉原が真っ直ぐに鮎川を見た。

「わしはこの旅行でヒトラーと会った。満州の大豆でドイツの機械を買い入れたいと言った。ところがヒトラーは軍事一色、人間生活のことなど眼中にない。唯一の関心は日本の天皇制だ。どうしたら天皇のようになれるのかとしつこく聞いてくる」

「これからお会いになるスターリンも、同じでしょう。彼はもの凄い数のボルシェビキを粛清しました」

「この二人は、独ソ友好条約なんぞ結んで世界をアッと言わせたが、ヒトラーは共産主義が大嫌い、スターリンも日本との二正面作戦を嫌ってドイツと結んだだけだ。独ソは必ず戦うぞ」

「わたしもそう思います」

「いまの日本はドイツの言いなりだ。わしは今回、ヨーロッパ情勢を探ると称し、ポーランド、オーストリー、イタリア、チェコと回ったが、本当の狙いはスエーデンからアメリカへ渡る事だった」

「えっ、アメリカへ？」

「在米秘書の美保をロンドンへ先行させ、英米に知己の多い白洲次郎君に旅の目的を伝えておいた。白洲君がイタリーまでわしに会いにきてくれて、ローズベルトとわしの直接会談を段取りした」

「ローズベルトと！」

「わしは、出発前、岸信介の仲介で駐日大使グルーの内諾をとった。在米ユダヤ資本の導入と支那事変の仲介役をローズベルトに頼むのだ。ところがあと一歩の処で、ベルリンの大島に感づかれた。そしてゲシュタポだ！」

「それでご帰国を…」

「ここからが今夜の話だ。帰りにドイツに併合されたチェコのプラハへ寄った。そこでわしはナチスのユダヤ人対策の驚くべき計画を知った。ポーランド軍技術将校からの正確な情報だ」

杉原が恐れるように鮎川を見た。

「君も知るとおり、ドイツおよびポーランドではユダヤ人はゲットーに囲われておる。まだこれは青写真の段階だが…」

鮎川は一瞬言い澱み、声をさらに潜めた。

「ナチスが各分野の科学者を集め、大勢の人間を一箇所に集合させる誘導法や、短時間に大量殺戮するには如何なる方法が最もチープかつ迅速か、その研究に着手した」

「馬鹿な！　いくらなんでもそんな…」

「ナチスのユダヤ人への憎悪は、君、想像を絶するぞ。これに感づいたユダヤ人たちは、早晩先を争ってヨーロッパを逃げ出す。難民の一部は北へ向かう。すでに徒歩で夜道を北へ向かっておるかもしれぬ」

杉原が鮎川を見たが、慌てて下を向いた。

「そしてシベリヤ鉄道で満洲、日本経由アメリカを目指す」

杉原が恐怖の目を上げた。

「では、このカウナスへ？」

「ここが通り道になる。彼らはこの領事館へ日本通過ビザを求めてやってくる」

「待って下さい！　もしや鯉川さんは…」

「そうだ、彼らに通過ビザを出してやってほしい」

「何ですって?」

「日本が困窮するユダヤ人難民のために動けば、在米ユダヤ人社会はナチスの友好国日本を見直す。少なくともナチスのような、ユダヤ人を襲って殺す残虐な民族とは同一視しない。反対に日本人を中国人以上に東洋の友と考える。そして、日米開戦に反対し、ローズベルトに圧力をかける」

杉原は沈黙した。長い沈黙が二人を遠く隔てた。

「杉原君…君の力を貸して欲しい!」

杉原はビクッとした。慌てて声を張り上げた。

「わ、わたしのような、高文も通ってない一外交官に、ユダヤ人救助とか反ナチとか、そんな行動が出来るとお思いですか? 買い被ってもらっては困ります」

思い切って、ハッキリと告げた。

「わしはダメもとでここへ来てはいない。君という人物を見込んで来ておる。このとおりだ」

鮎川が深く頭を下げた。

「申し上げた通り、わたしなどには…」

「そうではない。君だからこそできる」

「ハハ、わたしは根無し草のような人間です。何の頼りにもならない。白系ロシアの難民の女と結婚し、女を使って外交官になり、挙句女を棄てたんだ。行方さえ知ろうとしない人非人です」

「自分のことを何の力もなく、冷酷だと言いたいのかね?」

「今、わたしはナチとソ連、そして大島大使、この三方から監視されています。ヨーロッパの果てまでついて来てくれた今の女房、子ども、生まれてくる子ども、わたしの妹を、ゲシュタポやゲ・ペ・ウから守るだけで精一杯です。第一、外務大臣がそんな大量の通過ビザの発行を認めるわけがない。そんな事したらわたしは外務省を解雇されます。ベルリンの大島だって何をするか判りゃしない。国境にわたしの死体が放り出されます！」

鯉川がゆっくり立った。窓から外を見た。遠くカウナスの街の灯が瞬いている。

「君は、ぼくがまだ若い頃アメリカへ向かったように、満州へ渡った。寝泊りしたロシア人家庭で君は自分と同じ流浪の根無し草クラウディアさんに出会い、愛しいと思った。それが君の一番奥深くに根を張る感情だ。今でも夜一人になれば、その思いに浸る。それが君という人間だ。根無し草と言うが、だからこそ満州で外交官になった。もうじきここには、命からがらユダヤ人難民が押し寄せる。クラウディア一家がやってくるんだ！」

「許して下さい！　もう、彼女とは別れたんです！」

たまりかねて杉原は叫んだ。

「満州とはその程度のものか？　君は、その自分を今でも許せないでいる…衛藤君がそう言っていた」

「やめて下さい、おねがいですから…」

「わしは…ポーランド将校と会って、話を聞いた瞬間に君を思い浮かべた。君は必ず彼らを助ける。流浪する民を助けることは、クラウディアさんへの義務を果たすことなんだ！」

杉原の頬を涙が滴り落ちた。

「鯉川さん…わたしはもう休みます。明朝、出発前にわたしがそっとクビを横に振ったら、どうか諦めて下さい…」

「何を言う！　イザという時は、外務大臣宛の他に、わしに直接『乙女の祈り』と電報を打て。わしは君を守るため全力を尽くす！　幸い今の外務大臣は海軍米内内閣の外交官有田八郎だ。大島浩の三国同盟推進に反対しておる。外相から君へ返事が来る。その文言に注意しろ。もし断わりであっても、それが婉曲な断わり方だったら、それはワシが手を回した証拠なのだ…」

鮎川は最後の言葉をそう残し、先に立って奥へ向った。

後には杉原が残された。


翌朝、領事館の玄関で車に乗り込む鮎川を、杉原は家族、ドイツ人の秘書とともに見送った。首を横に振る仕草はしなかった。

鮎川はモスクワを経て、発熱した身体で4月半ばに満州へ着くと、即日入院した。

妻美子を飛行機で新京に呼び寄せ、十日間の入院でベッドから起き上がった鮎川は、医者の止めるのも聞かず看護婦を連れて飛行機で東京立川へ飛んだ。海軍の条約派米内光政の下で外務大臣を務める有田八郎に会うためだった。

有田とは初対面だったし、一方の鮎川は関東軍に近い陸軍派と見られていた。だが鮎川が率直にユダヤ難民の直面する事態を打ち明けると、三国同盟絶対反対の有田は満州にも親英米派がいたのかと感激し、協力すると言った。

「その事態になったときには、鮎川さんに相談してから対処を致します」

鮎川はその旨を米内内閣藤原銀次郎商工大臣の下でも引き続き商工次官をやっている岸信介に伝えて、満州へ帰った。


鮎川がカウナス領事館に一夜を過ごした日から3ヵ月半がたった。

1940年(昭和15年)7月18日(日本時間17日)朝、カウナスの日本領事館はいつものように白い霧に包まれていた。

いつもと違うのは、低いざわめきのような声が領事館を取り囲んでいたことだ。

夥しいほどの数の人々、親に手を引かれた子どもたちの姿もあった。赤子を抱く母親もいる。

ガウン姿でカーテンの隙間から外を見た杉原の眼をその光景が射た。そうする間にも人々の声は低い怨みの呟きのように高まりつつあった。

今は無事に出産を終えた幸子が、部屋着で起きて来て外を覗いた。高子も起きてきた。

「何です、この沢山の人たちは!」

「ポーランドから逃れてきたユダヤ人難民だろう…」

「どうしてここへ?」

杉原が何か思案していると、ドイツ人秘書のグッチェが駆け込んできた。

「領事、三百人以上の難民が領事館を取り囲んで『通過ビザ、通過ビザ』と叫んでいます。どうしたらいいでしょう！」

杉原は答えた。

「目的は、日本通過ビザだ。グッチェ、至急代表を五人選んでもらえ、わたしが会って話す、そう言ってくれ」

杉原が答え、グッチェが駆け出して行った。

この日から杉原の苦闘の50日が始まった。

センポ・スギハーラ（杉原を難民たちはそう呼んだ）は難民代表と会い、彼らがナチス・ドイツの迫害を遁れてソ連と日本を経由し、カリブ海のオランダ領キュラソー島を目指していることを知った。

世界でそこだけが彼らを無条件で受け入れてくれる場所だという。彼らはそのための日本通過ビザを求めていた。

杉原は、一目彼らを見たときから、鮎川が口にした「己の一番奥深くに根を張る感情」に従うことにした。難民の陥っている事態を幸子に話すと、彼女も深く肯いた。

先ずソビエト総領事館へ出かけ、極めて事務的に打診してみた。すると、日本が通過ビザを発行するならソ連通過は国際法上何の問題もない、と回答された。

7月19日（日本時間18日夜）に、杉原は妻幸子の協力を得て電文を暗号化し、本省外務大臣宛の請訓電報を打った。

「ビザ発行は人道上の問題である。発給対象は、パスポート以外にも領事代理が適当と認めれば可としたい。トランジットであるからソ連通過の日数を20日、日本滞在を30日、計50日とする。ご承認の返信を待つ」

同時に杉原は、満州の鮎川にも打電した。

「これから乙女の祈りを弾きます。センポ」

領事館を取り囲んだ難民たちは領事館周辺で焚き火をし、野宿して待った。この間にも難民の数は日に日に増えて行った。

このとき、日本政府は重大な岐路に立っていた。5月末頃には、有田・グルー会談が行なわれ、日米交渉が成立する情勢にあった。

これに対し、三国同盟締結を主張する陸軍省青年将校らは、米内内閣打倒に乗り出す。日米交渉を中断せよ、有田外相では独伊との連携が取れぬと主張し、畑陸相を突き上げて陸軍大臣の辞職を表明させた。軍部は常に、勅令「軍部大臣武官現役制」を利用する常套手段によって軍部の意向を押し通してきた。7月16日、米内内閣は閣内不一致で総辞職した。

6月1日から内大臣となっていた木戸幸一は、直ちに重臣会議を召集し、後継首相に近衛文麿を上奏した。7月17日夜、第二次近衛内閣が成立した。

杉原の請訓電報は、この18日の深夜、外務省に届いた。その時有田は既に外務省を後にし、所在不明だった。

18日深夜に杉原から打電を受け、内閣総辞職も知っていた鮎川は、19日朝、飛行機で東京へ飛んだ。

ところが有田外相の所在が判らない。

誰が後任か。鮎川は夕刊を読み、近衛が後任に選んだ外務大臣候補が独伊派の松岡洋右と知って失望した。この問題には有田八郎の方が数段良かった。

鮎川は直ちに商工次官の岸信介邸へ向った。

「杉原の領事館にユダヤの難民が押し寄せた。ところが、外務大臣はあの松岡のバカだ！」

岸信介の顔も曇った。

「頼む信介、ここはお前以外ない！」

鮎川が初めて岸信介の軍門に下った瞬間だった。岸が肯く。

「わたしも満州の夢は果たしたい。それにはアメリカのカネが必要です。松岡の叔父貴と会いましょう」

その19日夜、近衛の別宅「荻外荘」に陸海軍大臣候補と外務大臣候補が集められ、四者会談が開かれていた。外相候補の松岡は陸相候補の東條中将に注文を付けた。

「西の方はドイツに任せ、こっちはアジアで大東亜共栄圏を目指す。その外交は俺に任せてくれ。ならばこれを引き受ける」

東條は了解した。満州二キ三スケ以来の松岡ならどうにでもできる。

「では外務大臣をやりましょう」

松岡は良い気分だった。俺は陸軍に強い外務大臣になる。

荻外荘《てきがいそう》会談から一夜明け、松岡洋右は20日朝、外務省へ登庁した。

その玄関ホールに岸信介が待ち構えていた。

「叔父貴、話があります」

そこへ松岡の登庁を聞いた元満州国外交部ハルピン総領事大橋忠一が飛び出してきた。

松岡は大橋に、もし自分が外務大臣を受けた時はお前が外務次官だ、と言ってあった。

しかし大橋はその事ではなく、緊張の面持ちで一通の電文を差し出した。

「これをご覧下さい。大至急新大臣のご判断を頂かなければなりません」

大橋のかつての部下、リトニア領事代理杉原千畝からの請訓電報だった。

「わたしの用向きもその件です」

と岸信介が言った。

請訓電報を一読すると松岡は、大橋に厳重秘密を言いつけ、岸と二人で外務大臣室に籠った。

国際連盟脱退以来、松岡は世界中から不評を買い、不運を囲っていた。もう一度奴らをアッと言わせ、日本外交に松岡アリと言わせたい。それには日独伊三国同盟を自分の手で締結し、「西はドイツ、東は日本の大東亜共栄圏」と、ソ連、米英を向うに回して大立ち回りを演じて見せてやる。

そこへ杉原の電報と、併せて鮎川からのユダヤ難民救済のビザ発行への要請が、甥の信介の手で持ち込まれたのだ。

「こら信介、おまえ、これから三国同盟締結へ進もうって俺に、ドイツを裏切れとでも言うつもりか！」

松岡は顔面朱を注いで甥を睨み据えた。

「そうじゃありませんよ、叔父貴」

岸は落ち着いて言葉を返した。

「叔父貴の一番の目標は大東亜共栄圏の設立でしょう？」

「当たり前だ。日本は常に大東亜の中心だ」

「それには先ず、出発点でナチス・ドイツのいいなりにならないことです。ナチスは最近、世界でアーリア人種が最も優れていて、日本人はアジアのアーリアンだなどとエセ科学を言い出しています。全てが自分中心です。三国同盟と言いながら、どうせ締結した後はカサにかかって主導権を握りに来る。今が日本の独自性のチャンスです。片やアメリカ資本と連携し、対日経済封鎖を封ずる。そのためにユダヤを助ける。リトアニアはまだソ連にもドイツにも占領されてないから、最後のチャンスです。人道主義が叔父貴の最初の外交になる」

愛する甥の頭脳的な説得が松岡の直情径行を止めた。

「太平洋を挟む日米が手を結べば、世界平和疑いナシ、か…」

「すぐ回訓電報を打って下さい。ゲシュタポの目がありますからね、やんわりと婉曲に、それは今はあまり望ましくはないって程度に書く。後は鮎川さんが手を打ってあります」

杉原の元上司大橋の手で、ビザ発行を表向き婉曲な言い回しで柔らかく否定する外務大臣回訓電報の文案が練られ、至急電で送られた。

それが、日米戦争回避に繋がるユダヤ人保護政策と一致し、日本政府および、ついこの間まで東條参謀長を戴いていた関東軍の「対猶太人対策要綱」とも合致する一大ユダヤ人救出プロジェクトを生むこととなった。


7月21日朝（日本時間20日夜）、カウナスの杉原は新外務大臣松岡名の回訓電報を受け取った。

「集団で入国するは公安上の問題もあり、敦賀・ウラジオストック間連絡便船会社の同意も現在のところ未だ得られてはおらず、通過ビザの発行はあまり望ましくない」

不許可だ。妻の幸子は落胆した。

だが杉原は、鮎川が言った最後の言葉を思い出していた。

「もし婉曲な断わり方なら、それはワシが手を回した証拠だ」

この回訓を杉原がそのまま弱気に受け取れば、難民たちはたちまち立ち往生していた。彼らには来た道を戻る選択肢はない。それは死への道だった。

ソ連軍リトアニア進駐の気配は日に日に濃く、日本領事館自体も立ち退きをせまられる可能性があった。難民は行き場を失えば、弱いものから順に必ず死ぬ。鮎川の一言「婉曲な断わり方」に頼るには事態は大きすぎる。だが最後は杉原の決断だった。

杉原は、鮎川の言った「己の深処の感情」に従った。

「あの人たちを見棄てるわけにはいかない。そうしなければわたしは一生、死ぬまで後悔する」

幸子も肯いた。カウナス領事館で杉原千畝による通過ビザの発行が始まった。

それから数カ月後、噂は満州里に着いたユダヤ難民の口から、関東軍や満州国外交部を経て、次第に鮎川の耳に届き始めた。

杉原は腱鞘炎になりながらもビザを書き続け、それは9月5日朝、ソ連の立ち退き要求で杉原一家が領事館を去るギリギリの時間まで続いたらしい。その総数は六千枚に昇った。

ビザの発行を受けたユダヤ人たちは、途中ウラジオストックなどの港で日本人の姿を見かけると必ず微笑をうかべ、深く頭を下げたという。

ジョージとサカナリと河辺の三人に、衛藤利夫はこう言って語り終えた。

「わたしは東條さん、星野さん、松岡さん、岸さん、鮎川さんたちを戦争犯罪で裁くべきではない、とは思っていません。でも、彼らを告発する時は、わたしも告発されるべきです。同じ日本人ですから…」

ジョージは、衛藤がいま、息子満男の聖書にあった言葉『剣を取るものはみな、剣によって滅びる』を思い出しているのだな、と思った。

三人は衛藤に深く頭を下げ、日比谷図書館通いを終えた。

(一) スガモプリズン最終訪問・プロミス

衛藤利夫からの聴き取りは、ジョージとサカナリの手で長文の報告書にされて、ウイロビーに提出された。だが、ウイロビーはそれを河辺にも、有末、服部にも見せなかった。

有末・服部班は、調査対象とするA級戦犯容疑者三人の名を特別セクション合同会議に挙げた。

○正力松太郎　警視庁官房主事として1923年（大正12）6月に第一次日本共産党員一斉検挙を指令し、同年9月1日の関東大震災の際には暴動に備えると称し、社会主義者や朝鮮人の取り締まりを指令して朝鮮人虐殺を誘発した疑いがある。その直後に警視庁刑務部長に昇進している。のち読売新聞社主。

○笹川良一　超国家主義的暴力的愛国的ファシストとして活動。

○児玉誉士夫　右翼政商。日米戦争前夜、上海に出店し、「児玉機関」の名でタングステン、ラジウム、コバルト、ニッケルなど軍需物資を海軍航空本部へ一手に納入して巨富を築いたことは間違いない。

ジョージの興味を引いたのは正力松太郎だった。有末が巣鴨で正力に面会すると、正力は「あなたにならら話そう」と言い、関東大震災直後、大正12年9月14日に、陸軍憲兵隊がアナキストの大杉栄と民本主義者で大正デモクラシーの旗手と言われた吉野作造及び日本労農党委員長の大山郁夫の３人を殺すと言うのを耳にした、と言った。

大杉栄虐殺は、満州の甘粕正彦を生んだ。吉野作造は商工省で岸信介が直属した統制経済論者吉野信次の兄である。

大山郁夫は昭和６年、満州事変の年にアメリカへ亡命した。彼はジョージの在学していたノースウエスタン大学でコールグローブ教授の助手を務めていたが、日本が敗戦した今も帰国していない。米国で帰国を待っているのだろうか？

正力へのＩＰＳ検事による尋問は、ジョージが日本通のハーバート・ノーマンから小耳に挟んだ吉野作造の死に方にも及んでいた。

何故なら吉野は１９２６年（大正15年・昭和1年）に自宅を何者かによって放火され、さらに１９３３年（昭和８年）には結核で入院した翌日の未明、何者かによってサナトリュウムを放火され、その数日後に死んでいる。

吉野作造と大山郁夫に代表される大正デモクラシーや共産主義運動を潰した治安維持法や特高警察、陸軍憲兵隊の弾圧の手、その上に立って昭和新軍閥石原莞爾、板垣征四郎、東條英機や、新興財閥鮎川義介、新官僚岸信介等が登場して、太平洋戦争に至ったことが判る。

ジョージはこれまでの調査から、岸信介は、吉野作造や大山郁夫、満州の衛藤利夫等とは対極にある世界の住人だと思った。新興の軍・官・財の勢力と常に補完し合い、満州では半ば公然とアヘンによる政治資金を獲得し、統制派官僚として頂点に立った。さらにユダヤ資本の満州導入による軍産複合体の創出を目指し、その基礎的部分を実現し、そのような国家経営の指導者として成功の途上にあったことは間違いない。

1946年4月上旬のある日、ジョージは父勝正から航空便を受け取った。最近の一家の写真とともに手紙が同封されていた。

「いま、戦後にこちらへ転住してきて急増した日系シカゴ市民のために、戦前よりかなり部数を拡大した新聞の発行を計画しています。その名も『シカゴ新報』と決めました。ノースウエスタン大学にいる大山教授も応援してくれています」

ジョージは思わず歓声を挙げた。父の新聞を読む人が増える！　しかも大山はまだエヴァンストンに居て元気だ！

父は、お前はいつ頃帰国できるのか？　と尋ねていた。ジョージは今は全く判らない、何しろまだ戦犯の裁判も始まっていない、日本の先行きはメドが立たない、と返事した。

それにしてもなぜ大山教授は未だ帰国しないのか？　何時までアメリカにいるのだろうか？　そう思ったが、何か事情があるのだと考え、書かなかった。

国際検察局のキーナン検察局長が、CICに通告して、一旦逮捕した戦争犯罪容疑者の釈放をはじめた。局面が変化するらしい。

1946年4月12日、マッカーサー総司令官が声明を出し、財閥三菱重工業会長の郷古潔および皇族の梨本宮守正元帥、酒井忠正貴族院副議長、東條内閣の井野碩哉農相を釈放した。

財閥の釈放と東條内閣の閣僚一名が許された事は日本中から驚きをもって迎えられた。

しかしジョージとサカナリは驚かない。ウイロビーの意図が動きだしたのだ。獄中の岸も、よく知る井野が自分よりも先に出た事にショックを覚えなかったはずだ。岸は、自分が今後GHQに活用される可能性があることを知っている。

4月29日の天皇誕生日、A級戦犯起訴第一次28名の氏名がキーナン局長から発表された。

その日、巣鴨プリズンでは大変動が起きた。

28名が突然名前を呼ばれ、理由を告げられないまま即刻持物を持って別棟への移動を命じられた。別棟へ移された者の中に東條英機がいたことから、見送った者たちの誰からともなく「起訴だ！」と、どよめきが起きた。

同時に起訴組には自殺防止策らしく、監視が厳戒態勢に入った。

起訴の人選は、ウイロビーが事前に特別セクションに話したものと同じだった。東條内閣の閣僚では東條元首相を筆頭に鈴木貞一、星野直樹、賀屋興宣が起訴され、岸信介、岩村通世元司法相、橋田邦彦元農相、寺島健元鉄道相（海軍中将）の四名は残された。

だがキーナンは声明の中で「今度の起訴から除かれた者も後日起訴されないとは言えない」と釘を刺していた。

ウイロビーの意図を知るジョージたちには、国際社会を意識した声明であると判ったが、起訴組に入らなかった者たちは悩むことになった。

何故自分は今回の起訴に入らなかったのか。別棟に移された者たちと自分の違いは何なのか。希望はあるのかないのか必死になって考えたろう。自分の生存可能性を見つけようとするのは人間の本能だ。そして想定される第二次起訴へ向け、悩みに悩むこととなった。

だが商工大臣兼軍需次官として戦争遂行の中核にいた岸には、起訴から漏れた事は日系2世将校二人によってもたらされた話の信憑性を高めるものとなった。それは正力や笹川、児玉にも当てはまる。ジョージ・サカモトはそう考えた。

いや、岸もやがて悩んだかもしれない。G2の2人の日系2世将校は3月には4回も来たのに、あれきりで来ないではないか?

あの時、将校の一人が不意に突きつけた開戦決定御前会議の石油問題、あれが掘り返されたかもしれない。だから第二次起訴に回されるかもしれない。人間は最悪を考えないではいられない生き物だ。岸はいまや疑心暗鬼に陥っているかもしれない…。

ジョージは、あれ以来ウイロビーが岸のことなど忘れたかのように、何か他の仕事にかかりきりでいる事が気になっていた。岸の身にもなってみろ、とさえ言いたかった。

東條内閣以外のA級戦犯起訴者は次のとおりだった。
軍―荒木貞夫元陸相、土肥原賢二元奉天特務機関長、橋本欣五郎元砲兵大佐、畑俊六元陸相、板垣征四郎元関東軍参謀長・陸相、木村兵太郎元ビルマ方面軍司令官、小磯国昭元首相、松井石根中支那方面軍司令官、南次郎元陸相、武藤章陸軍省軍務局長、永野修身海軍軍令部総長、岡敬純海軍省軍務局長、佐藤賢了元陸軍省軍務局長、梅津美治郎参謀総長、大島浩駐独大使（中将）の15名。
これは木戸証言によって岡海軍軍務局長、佐藤陸軍軍務局長、武藤軍務局長が起訴組に加えられた結果だ。
文官―平沼騏一郎元首相、広田弘毅元首相、木戸幸一内大臣、松岡洋右元外相、重光葵外相、白鳥敏夫駐伊大使の6名。
言論界―大川周明の1名。
起訴された者二十八名中十八名が軍高官だった。

ジョージはマシビア大佐から、最近吉田茂外相が帝国ホテルのウイロビー少将の部屋をよく訪れているという情報を得た。それもホテルの裏庭からだという。

吉田はマッカーサーとは次第に肌が合わなくなり、ウイロビーを通して天皇不訴追の確定を急いでいるのではないか、とマシビアは言った。

国際軍事法廷の開廷が迫り、宮内庁はその法廷で天皇を訴追すべきとする発言がなされる場合を考え、薄氷を踏む思いでいるはずだ。

この問題は、天皇不訴追を内々で固めていた米国務省とマッカーサーも、天皇が開戦を拒否できなかったことに連合国内から非難の声があからさまに上った場合、天皇自身が弁明の裏付けを示せない事態に大いなる不安を抱えているのだという。

オーストラリアを筆頭に、米国内でさえ第一に天皇を処刑せよという声は現在でも根強い。従ってマッカーサーは、いざと云う時の弁明の証拠になるものを確保したいと考えているはずだ。

そのためのGHQへの「情報の提供者」が、吉田がウイロビーに紹介した寺崎秀成なのだ、とマシピアは言った。

寺崎秀成は、開戦時に駐米日本大使館員として来栖大使とともに日米開戦阻止に奔走した外交官だという。彼の妻グエンはアメリカ人で、開戦翌年の日米交換船で夫秀成、娘マリコとともに日本へ帰国していた。

開戦からの半年間は、現在GHQに来ている国務省のアチソンがワシントンで抑留生活を送る寺崎一家の一切の面倒を見ていた。この一月に国際検事局の二代目の捜査課長として来日したロイ・モーガンも、当時FBI捜査官として寺崎一家に親切にした。

しかも寺崎の妻グエンはマッカーサーの軍事秘書ボナ・フェラーズ准将と親戚同士の関係だから、そのような関係の持ち主寺崎が、日米双方から余計に期待を高めさせた。

日米開戦についての天皇の弁明を用意するようマッカーサーから命じられたウイロビーは、吉田の助言によって、天皇が11歳の時からつけてきた「日記」の存在することを知った。そして開戦決定御前会議における天皇の「開戦消極論」を日記から引き出せれば、極東軍事法廷でアメリカが「天皇への免責」を非難された場合に使える。その引きだし役を寺崎にさせよう、と考えた。

このような情勢の中で、ウイロビーと吉田は寺崎を宮内省御用掛けに登用する事にしたらしい。天皇が自らの「日記」をテーブルの横に置き、4人の宮内省高官たちに開戦時について語る。聴き取りは数回にわたって行われ、寺崎がその記録をし、読んで添削し、英訳する。それを寺崎からボナ・フェラーズ准将へ、フェラーズからマッカーサーへ届ける。天皇の免責に激しい国際的非難が起きた場合、マッカーサーはそれを使うのかもしれない。

ジョージ・サカモトが、この聴きとりを明確に知ったのは、実は四十年も後、寺崎とグエンの間の娘マリコがアメリカに帰国し、後に受け取った父寺崎秀成の遺品の中から日本語による「天皇日記」の聴き取りノートを見つけて、日本の総合雑誌「文芸春秋」に「昭和天皇独白録」として発表して以後のことだ。

当時はまだ、寺崎が宮内庁御用掛けに採用されたことしか知らなかった。

「昭和天皇独白録」には日本語版と英語版があり、日本語版の「結論」部分にはこう書かれていた。

「開戦の際、東條内閣の決定を私が裁可したのは、立憲政治における立憲君主としてやむを得ぬ事である。もし己が好む所は裁可し、好まざる所は裁可しないとすれば、これは専制君主と何ら異なる所はない。…（中略）私がもし開戦の決定に対して『ベトー（注・拒否）』したとしよう。国内は必ず大内乱となり、私の信頼する周囲の者は殺され、私の生命も保証出来ない。それは良いとしても結局凶暴な戦争が展開され、今次の戦争に数倍する悲惨事が行はれ、果ては終戦も出来兼ねる始末となり、日本は亡びる事になったであろうと思う」

ジョージはこれによって後に、天皇の開戦決定時の心情に初めて触れたのだった。

天皇が独裁を嫌っていた事が判る。

しかし同時にジョージは、南洋諸島で累々として重ねられ、硫黄島、沖縄と続いた日本軍全滅の悲惨、銃後で無差別に行われた東京大空襲、そして広島・長崎の原爆焦熱地獄を思うと、この天皇の「わたしがもし開戦の決定に対してベトーしたとしよう」以下の陳述に言いようのない憤りを抑えられなかった。

「今次の戦争に数倍する悲惨事」とは、一体何のことか？　どのような悲惨を言うのか？　あれ以上の悲惨があったろうか？　大元帥の天皇は一度でも南太平洋の最前線を視察したことがあったろうか？　餓死した日本兵の死体の山を見ただろうか？　日本のみならず、朝鮮、満州、中国、アジア全体の人々の上に行われたこの戦争の悲惨を、果たしてどれだけ知っていたと言うのだろう？

ウイロビーが東京裁判の米国人判事の一人に面と向かってこう言ったという話が、ジョージとサカナリの耳に入ってきた。

「この裁判はよろしくない、もしも戦争の前に米国が日本と同じ立場に居たら、現在主客は交換しただろう」

そのうえウイロビーはA級戦犯への起訴は現在の28名にとどめ、後は釈放すべきだ、とも言ったという。

さらにある日、ウイロビーは特別セクションを招集してこう宣言した。

「キーナンは第二次起訴と言ったが、わたしは第二次起訴は無いと考えている。我々は今や、GSのニューディーラーたちの行き過ぎた自由主義と進歩主義の弊害を批判しなければならない。GSはあたかも釈放された共産主義者たちのように、A級戦犯全員の抹殺を企んでいる。だが、彼らはついこの間までは一国の指導者だったのだ。中には鬼畜米英を叫ぶだけの好戦的で無教養な戦争指導者もいたが、戦争犯罪人として抹殺すべきではない人材、優秀な能力を持つ者も多数いる。彼らが反共精神の持ち主で、且つ我々と共感できる人々であれば、我々は手を結ぶべきなのだ。でなければ日本は、GSが解放する左翼勢力によってソ連へ売り渡される」

二人だけになった時、ジョージはサカナリに尋ねた。

「岸についてはあれきりペンディングだ。ウイロビーは一体どうしようというんだろう？」

サカナリはこう答えた。

「これはね、ジョージ・ケナンのロング・テレグラムに端を発している。大陸では国民政府の蒋介石軍に、ソ連を後ろ盾にした中国共産党軍が大攻勢を仕掛けてる。でも蒋介石軍への援助にアメリカは以前より消極的だ。だからウイロビーは日本をアジアの反共の砦にしたいんだ。日本を復興させなくてはならない。岸の起用はその一環だ。もうじき再開されるさ」

1946年5月3日、極東国際軍事法廷が開廷された。法廷となった市谷台旧陸軍士官学校の講堂に全世界の関心が集まった。

いよいよ太平洋戦争へ、連合国側の総括が始まったのである。

ところが翌5月4日、4月10日の戦後最初の総選挙で帝国議会第一党となった日本自由党の総裁鳩山一郎に、民主制の洗礼を受けた初代首相だったにも関わらず、突如GHQは公職追放を言い渡した。鳩山の総理就任は不可能となった。

かつて大正11年に浜口内閣の海軍軍縮条約批准問題で、批准した内閣を統帥権干犯であるとして攻撃したことのある鳩山一郎は、昭和8年には文部大臣として京大滝川教授弾圧事件を起こしていた。GS・民政局がマッカーサーにこれらを進言し、鳩山の首相就任は絶対にノー、とした形跡があった。理由は表に出されなかった。

GHQ内では、ウイロビーがこれは民主主義に反すると、カンカンに怒った。

「民政局は民主主義者とは似て非なるモノ！　奴らはコミュニストだ！」

ウイロビーの怒りの声はG2部長室の外にまで響いた。

5月22日、鳩山に代わって第一次吉田茂自由党内閣が発足した。

その翌23日早朝、ジョージとサカナリは帝国ホテルのウイロビー少将の部屋へ呼び出された。そして岸への最終訪問を命じられたのである。

午後、二人はMPの運転するジープで巣鴨プリズンへ出発した。季節は初夏を迎えるころで気温も上がり、九段下を経て池袋へ向かう石畳の道路の両側は、戦後に息を吹き返した街路樹の新緑でまばゆいほどの美しさだった。

　プリズンの洗濯場では、他の未決拘留者と共に、岸信介が陽を全身に浴びて自分の下着類を洗濯していた。金盥に斜めに挿し込んだ洗濯板で、米軍用の大きな立方体の石鹸を使いゴシゴシと気迫を込めて洗っている。

　その姿を、ジョージとサカナリは金網越しに物陰から見た。二人とも今日これから岸にどう切り出すか、それに彼がどう答えるか、それらを自問自答しながら岸を観察したのである。

　まるで今後に備えて、身体を鍛えようと洗濯日を利用しているかのようだ。巣鴨にいるA級戦犯の中では誰よりも若く、満50歳までにまだ半年ある。ジョージは内心、ウイロビーは49歳という年齢も計算に入れたんじゃないか、と思った。

　やがて看守の米兵が岸を呼びに来て、取調べ室へ来るようにと言ったらしい。だが岸は頷きながら、洗濯場をなかなか離れようとしない。岸がムキになって洗い続ける姿を後に、二人はその場を離れた。

　廊下を歩きながらジョージはサカナリに尋ねた。

「岸は何故スグに洗濯をやめなかったのかな？」

　サカナリが低い声で答えた。

「3月以来放っておかれた。最初の訪問で俺たちが言った事が2カ月間彼の心を占めていた。絵空事か、真実か、今日わかる。軽い気持ちで洗濯を切り上げる気にはならなかった」

「じゃ、岸は提案に乗るかな?」

「わからん。岸にとっては身を売れって話だからな」

「そうかな……?」

「そうさ」

向こうから来た看守の米兵が二人に敬礼した。二人は敬礼を返し、それきり黙って取調べ室へ急いだ。


今日も二人は立ったままで岸を迎えた。

岸が席に着くと、ジョージから口を開いた。

「今日が、あなたへの訪問の最終日になるのではないかと思います。では、先ず最初の質問にお答え下さい」

「はい、何でしょう?」

岸は落ち着いた様子でジョージを見た。

「あなたはご自分を反共主義者だと思われますか、どうでしょう? お答えになりたくなければそう仰って下さって結構です」

久しぶりだったせいか、岸は何を今さら、という笑顔を見せた。

「これではまるで入学試験みたいですな」

君達とは昵懇の筈だ、ということだろう。

だが目は笑っていない。

「恐縮ですが、我々の上部から、改めて最初に確認するようにと命じられた大切な質問なのです」

「むろん、わたしは共産主義には明確に反対です…」

用心深く岸は答え、サカナリの方も確認するようにして見た。今日はサカナリが逐語記録を取っている。

「次の質問です。あなたは出来ればもう一度、日本の国政に携わりたいというお気持ちをお持ちでしょうか?」

岸の目が輝きを見せた。

「それとも二度と政治はおイヤかどうか、率直にお答え下さい」

岸はすぐさま答えを出した。

「それはなんですな。わたしも若い頃は官僚でしたが、最後は政治家志望です。それを目指してきた。もしも、仮にですよ、ここを出られれば、その時はこの混乱した日本のために政治家として、全力を尽くしたい。日本のためにね」

遂に引き出しの一つを開けた！　そう岸は思ったに違いない。だが目から警戒の色は消えてはいない。これではまるで誘導尋問で、ウイロビーの指令だから仕方ないが、ジョージは自分の質問を少し気持ち悪いと思った。

二人の背後の存在を感じ取ったためか、ジョージは岸の態度に次第に奇妙な自信が出て来たような気がした。ジョージはハッキリ不快になった。

「判りました。そのご意思がおありであると。岸さん、もう一つお聴きします。もしあなたに、我々があなたのこれまではこれまでとし、今後は今後としようと申し上げた場合、あなたが米国との間に、密接でしかも非常にフレンドリー、最大限友好的な関係を作るご意思がおありかどうか。この質問にお答え頂きたいと思います」

さすがの岸も、一瞬言い淀んだ。

「密接かつフレンドリー、最大限友好的な関係と申しますと…それは何ですな、御承知のようにわたしはあなた方からA級戦犯容疑で逮捕までされておる身ですから…」

こちらを注意深く伺っている。

「ですから、これまではこれまで、今後は今後として許された場合、米国との密接かつ友好的な関係を、という意味なのですが…」

サカナリが横から言い足した。

岸の目が驚きで光った。

「許された場合、とは…？　具体的に仰って頂きたいものですな」

「実は、それほど先のことではないのですが、ＧＨＱが政策転換を行う場合を申し上げているのです。現在はまだ仮定のような段階ですが、早晩そうなるでしょう、そうなった場合、とお考えになって頂いていい」

「ＧＨＱが政策転換を？」

「新聞は毎日お読みでしょうか？」

サカナリが続けた。ジョージが記録する。

「ええ、ほとんど唯一の外部情報ですからな。それだけはアメリカさんも良い事をしてくれている」

「では、大陸と朝鮮半島で共産勢力が大規模な攻勢に出ていることについてはご存知のはずですね。日本で復活した左翼勢力がこれと結びつく場合、日本は共産勢力に食い潰される。この事態に対抗するためには先ず荒廃した日本を復興させなければならない」

「そういう意味ですか！」

「この前お話ししたように、それには占領政策の舵を切り替えなければなりません。この考えは、戦中戦後の駐ソ連大使館参事官として共産党の動きを最も身近に見てきたジョージ・ケナンの考えに基づきます」

「確か2月に日本へ来た…」

岸は新聞をよく読んでいる！　ジョージは驚いた。でも、内容を読み取れた筈はない。それについて日本の新聞には何も書かれていない。

「はい。そこで我々の上部は、A級戦争犯罪人の名のもとに日本の政界財界の頭脳を軒並み排除することは愚策であると気づいたのです。あなたへのアプローチもそのためです」

岸が大きく吐息するのが聞こえた。

「そちらも率直に仰った。ならば、ですよ、お答えしましょう。アメリカが我々日本人を尊重し、大事にするのであればですよ、日米が仲良くすることにわたくしは異存がありません。わたくしはこれまでもそうしてきたし、今後もそうするでしょう。ただ、それはわたくしがもし此処を出られた場合の事ですが」

　こちらを探るような、からかうような目である。だが油断無く、息を潜めて次の言葉を待っている。サカナリが頷いた。

「よく判りました。次の質問に移ります。あなたは鮎川義介さんが満州で米国資本の導入に動いたとき、それに賛同し、支援されたと聞いております。それをもう一歩進めようというお考えを現在でも持つことが出来ますか？」

「現在でも…？　それはどういう意味でしょう？　満州国は、もう存在しませんが」

「ええ、いまの荒廃した日本をかつての満州と見立てれば、質問の意味はお分かりになるでしょう。政治経済の両面で5カ年計画十カ年計画を実施する、という意味ですよ」

「ほほう…それは面白い」

「満州では日支事変で成功しませんでしたが、今度こそアメリカの全面的な賛同のもとで日本を復興させる」

「その、アメリカの賛同のもととは、具体的には」

「わたしどもの上部は、反共のための日米同盟を築きたいと考えております。そのために必要なことは、第一に荒廃した日本の経済復興です。第二はアメリカに協力的な日本軍の再建でしょう」

　ジョージは思わずサカナリを見た。ウイロビーは「日本軍の再建」と言えとまでは指示しなかったからだ。だがサカナリは構わず先を続けた。

「この壮大なプロジェクトの先頭に、岸さんに立って戴けないか、と。もしこれに心から賛同され、同調されるなら、上部は出来る限り早い岸さんの釈放に努めるでしょう。むろん今スグ、とはいきません。目下の国際情勢を見ても釈放までに時間はかかります。でも、先ずあなたは起訴させない。次に必ず釈放に持ち込みます。その後は、公職追放を解き、あなたに政治的、資金的支援も行う」

「資金的支援…？」

岸が鋭い目で尋ねた。

「ハイ。あなたの五カ年計画に米国が賛同した場合、当然ですが米国から支援が行われます。あなたが日本の政治の中心に復帰し、日本の経済復興計画と米国のパートナーとなる軍の創設を円滑に実現できるよう、政治資金を支出します。これがわたしどもの上部があなたに提案する長期的な計画です」

パートナーとなる軍の創設…？　明らかにサカナリは一歩先へ踏み出し過ぎた。ジョージは目配せした。いま、戦力放棄を規定した憲法草案が帝国議会に掛けられようとしているというのに！　それなのに米国のパートナーとしての日本軍などと言っていいのか？　だがサカナリは、あえてジョージの合図を無視したようだ。ジョージは身を固くした。

「非常に結構なお話だが…一つだけ質問があります」

少し考えてから、岸が言った。

「その、あなた方の上部機関とは何か…それをお聴かせいただかなくては、この話は判断をしかねます」

さすがに急所を衝いてきた。

「誠に申し訳ないことですが、それを現段階で明らかにする事は許されておりません。ただ、わたしたちの上部は、その質問があなたからなされた場合、あなたに対するこの働きかけに、あなたもよくご存知の元駐日米国大使ジョセフ・グルーが、もろ手を挙げて賛同の意を表したと答えてもいい、と申しました」

「ジョセフ・グルーが！」

岸が思わず、唸るような声を上げた。

「グルーはこの戦争の末期に、トルーマン政府の国務長官代理として日本への原爆投下に反対しました。彼は、岸信介氏は将来我々の考えうる最も優秀な米国のパートナーとして日本国首相になる資格がある、と言ったそうです」

岸が下を向いた。考えている。サカナリがそこに言葉を挟んだ。

「岸さん。ご存知かもしれませんが、このような情報の分野における取り決めにおいては、あなたのご賛同を得ながらもし我々があなたを裏切ったような場合は、あなたはこの話を暴露すればいいのです」

「それはですヨ、わたしがここを出られた場合に限られますな」

岸がやや皮肉な笑いを浮かべた。

「もちろんその前提です」

ジョージが、たまりかねて割って入った。

「しかし逆に、我々にもその権利があるんです。その場合、仮に釈放された場合でも二度とあなたは政界に復帰することはできないでしょう。一旦同意した後の変更も許されません。変更は全てにおいてあなたに不幸な結果をもたらすでしょう。このことをお忘れなきよう」

間があった。サカナリは一気に畳みかけた。

「何れにしましても、本日われわれはお答えを戴いて来るようにと言われております」

再び間があった。ジョージは耐えられなくなった。その時、岸が口を開いた。

「…それならば、ですヨ。わたしはこのお話を、お受けしましょう。そのようにお伝え下さい」

岸は一言一句を慎重に答えた。

「ご返事を感謝します」

サカナリが頭を下げた。

「釈放の暁には、英会話の勉強の機会を用意します。それがこのプロミスが実行に移される最初の兆しとお考え下さい」

サカナリは言い終わると、さっと立ち上がった。ジョージも立った。岸も立った。

サカナリが軍靴の踵を鳴らした。

「未来の日本国首相に、敬礼！」

岸に向かって敬礼した。ジョージも仕方なく倣った。

岸が部屋を出て行く。ジョージにはその後ろ姿が、入って来た時よりも大きく見えた。

「この男は、アメリカへの開戦に賛成しながら、なぜ今度は米国に使われようとするのか？」

ジョージが密かに自問していた時、満州の衛藤に、岸がサラリと言ったあの言葉が蘇えった。

「そりゃ何んですヨ。旦保はこの満州だ」

岸は今度は日本を担保にするのか？　何のために？　だって、岸は日本人だろう？　いや、岸にとって、政治家岸信介にとって、一体何が一番大切なのだろう？　それが解けなくては、岸は判らない。

それがジョージの心がその時発した問いだった。政治とは、誰のための政治か。政治家とは、岸にとって何なのか？　岸にとっての国家とは日本がアメーバの如く大陸に進出し、次第に奥深く触手を延ばした際限のない拡張の夢であったろう。でもその夢は大敗北したはずだ。その満州で見た「夢」を、岸はもう一度ここで心に蘇らせたのだろうか？

アメリカは日本を、満州経営の体験者岸信介を使って反共の砦として復興させたい。岸はアメリカと密約し、己の政治家としての再起を図ろうとしている…。

岸のような日本人が、いま再び目を覚ますのだろうか？　目を覚まさせるのはウイロビーであり、自分たちだ。ジョージの目に、帰り道の若葉の色は狂気で燃え立つように見えた。

「成功だったな！」

サカナリは帰りの車上で上機嫌だった。

「しかし、軍の創設とはウイロビーは言わなかったじゃないか！」

ジョージはサカナリをなじった。

「でも、日本の復興に当然軍も織り込まれる」

「ジョージ・ケナンの封じ込めも軍事的封じ込めではないと言われてる。日本国憲法草案にも一切の戦力を放棄すると書かれたんだぞ！」

　初めてサカナリに乱暴な口をきいた。

「あれはＧＳが書いた。ウイロビーは当然反対さ。でも、大した事じゃないよジョージ。君が気に入らないんなら、その点は報告では伏せよう」

　ジョージはサカナリに裏切られたように感じた。ジョージとサカナリの間に生じた初めての溝だった。ジョージはもうその事に触れるのもイヤで、サカナリにその日は口をきかなかった。


　翌日、サカナリとジョージから報告を受けたウイロビーも、上機嫌だった。

「御苦労！　岸はわたしが考えた通り、謀略の意味の判る男だ。これで一歩も二歩も進める事が出来る。日本は政治改革より経済復興だ。その方が達成も容易だ。国土も工場も破壊されたが、優秀なブレーンが残っている。今後はＡ級戦犯の起訴と処刑を最小限に済ませる。ただ岸その他の未決拘留はまだ続く。でないと世界中が納得しない」

　冷戦の激化が巣鴨に残留中のＡ級戦犯にとって有利に働くことは、岸の場合、既に月一回、30分と決められている家族や友人との面会時間に、東大時代の岸の同窓で現在は社会党右派の代議士である三輪寿壮の口からも岸に伝わっていたらしい。サカナリとジョージからの話に岸は裏付けのあることを感じた。だから腹を括ったのだ。

　だがそれだけでは、アメリカへの開戦に賛成しながら、なぜ今度は米国に使われようとするのか？

　このジョージの疑問は限りなく悩ましい難問となった。

ウイロビーは、岸が今後本当に餌に食い付くかどうか。長く監視を続けなければならない、と付け加えることを忘れなかった。

また、これら水面下で進行させた事柄を、戦史編纂室の日本の元将軍たちには知らせなかった。

6月26日、結核の悪化によって裁判途中で米軍病院から東大病院に移されていた松岡洋右が死んだ。これで満州の二キ三スケは二キ二スケとなった。


7月4日、ジョージとサカナリは情報部の一員として帝国議会衆議院本会議の憲法審議を傍聴した。

政府草案の憲法第九条「戦力不保持」を巡り、共産党の野坂参三が自衛のための戦力は必要ではないか、と政府に詰め寄っていた。これに対し、自由党総裁吉田茂首相が激しく反論した。

「自衛権による交戦権、侵略を目的とする交戦権、この二つに分ける区分そのことが有害無益なりと、私は言ったつもりであります！　今日までの戦争は、多くは自衛の名によって戦争を始められたということが、過去における事実なのであります！　自衛権による交戦権、侵略を目的とする交戦権、この二つに分けることが、多くの場合において戦争を誘発するものであるが故に、かく分けることが有害であると申したつもりであります！」

吉田は、他の場面でもこの答弁を何回も繰り返した。ジョージは、一緒に傍聴している大部分の日本人が憲法第九条に抵抗感を持たず、肯定している事を感じた。国民は皆、要するにもうあんな戦争は懲り懲りなのだ。二度とやりたくない。だから、大真面目に議論している。それなのにアメリカは、裏では岸その他と自国の利益のために取引を開始している！

ジョージはサカナリと話す気にはなれず、国会の帰りはＭＰのジープに乗らず、独りで日比谷公園へ行った。公園の花壇に花を植えている人々がいた。ジョージは日本人にもようやく多少の余裕が出来たのかと思い、暫くの間、彼らの姿を眺めて時を過ごした。

その頃、国際検察局長キーナンは多忙を極めていた。東京国際軍事法廷の審理を進行させる一方、第二次起訴にも備えなければならない。

巣鴨プリズン内では、横浜軍事法廷で絞首刑の判決を受けたＢＣ級戦犯への死刑執行が、連続的に行われていた。

キーナンは、Ａ級について去年までとＧＨＱ内の空気が微妙に変化したことに気づいた。世界の注目も東京裁判の法廷に集中し、プリズンに残されているＡ級戦犯未決囚への関心は薄れている。

いま急ピッチで進められているのは、ＧＳが主導し、ＥＳＳ（経済科学局）が担当する、軍国主義を支えた五大財閥（三井、三菱、安田、住友、富士）の解体だったが、これには吉田政府が難色を示していた。

キーナンは直接ウイロビーに目下の情況を聴き質した。

「Ａ級戦犯の第二次起訴について、将軍はどうお考えか」

ウイロビーは否定も肯定もせず、ズバリこう言った。

「国際情勢の急激な変化は検察局長もお分かりの筈だ。このうえ日本を弱体化させて米国にとって何の利益があるだろう？　G2は、すでに今後へ新たな対処と準備を開始している」

キーナンと話し合った後、ウイロビーはCISのジョージとサカナリをG2の部長室に呼び、こう言った。

「わたしはキーナンから、A級については第二次起訴は行わない、との感触を得た。岸についても不起訴確定だ」


1946年秋、ジョージにとって生涯の「事件」が起きた。

GHQで一日の仕事を終えたジョージは有楽町へは向かわず、日比谷公園を右に見て新橋方向へ足を向けた。

近頃のジョージは時々は私服の背広上下だ。日本人に「進駐軍」と思われるのがイヤで、御徒町のヤミ市の古着屋で手に入れた。質は良く、日本人の金持ちが手放したものかもしれない。PXのランドリーで洗濯を済ませてあった。

内幸町のNHKビル前を通り過ぎると、爆撃で鉄骨がむき出しのビルも急に増える。窓に内側から板を押し当てて住んでいる者もいた。

ジョージは日本人の開けっぴろげな声を聞きたくて、新橋駅烏森口近くの一杯飲み屋へ顔を出すようになっていた。最初は軍服で店に入ったのでジロジロ見られたから、日本人の中で酒がのみたいときは私服にしている。

最初は男たちが顔をしかめて呑む「バクダンショーチュー」を「ワタシにも」と注文したのだが、匂いを嗅いだだけで、これはとても口にできるものではない、と知った。「ビール」は無いという。「高くて良ければ、ウイスキーならあるよ」と主人が言った。進駐軍横流しのジョニ赤だった。それにブッカキ氷を入れて、値段は「バクダン」の５倍。日本人は誰も手を出さない。ジョージの目当てはそれだった。

日本語で話しかけ、「イッコン、イカガデスカ？」と問うと、相手は驚いたようにジョニーウオーカーのラベルを見て、目を剥いた。イヤー、イエスイエス、サンキュウベリマッチ！　と相好を崩してくれる男もいたが、卑屈さが顔にこびりついていたので、二度としないようにした。

前回「ニコミ」というドロドロのミソスープで「トウフ」と得体のしれない肉を煮込んだモノを食べた。かなり好きになった。

今日も「煮込み」で高価なウイスキーを呑む俄か日本人は、やはり注目を浴びた。

「駐留軍の二世だよ…」

誰かの囁くような声が背中でした。ヤッパリあの臭い「バクダン」でなくちゃ溶け込めないのだろう。

急に自分がバカなことをしているような気がした。金を払ってツリは要らぬと手で制し、外へ出た。小便くさい横町を彷徨った挙句、新橋駅東口を後ろにして、銀座方向を目指した。

汚い河にかかった古いコンクリートの橋を渡ると、「ＳＨＯＷ　ＢＯＡＴ」というピカピカする英語のネオンで飾られたビルが見えた。米軍用のキャバレーらしい。そこへ入る米兵の客を狙うのか、前の路上に赤いコールテンのハンチングに前掛け、両腕に銀行員がやるような黒い事務用のサポーターをはめた白髪の靴磨きの老爺が、坊主頭の少年靴磨きと並んで路上に座っている。

二人連れのGIの一人が老爺の靴磨き台に足を乗せ、連れのGIが少年の台へ足を乗せた。チューインガムを噛みながら互いに早くしろ、他の野郎に女を取られるぞ、と急かしている。これから店に入るらしい。

靴磨きと反対側の「SHOW　BOAT」入り口には、米兵を呼び込む数人の日本人女性やセーラー服姿のボーイたちが時々黄色い声を上げている。

ジョージはその前を通り過ぎた。

背後で何か大声がした。振り向くと靴磨きの老爺が前こごみに磨き台を抱いてうつ伏せになり、坊主頭の少年が介抱している。

二人のGIが笑いながら店へ向かって行く。彼らが何かした！　そう思ったジョージは、咄嗟に踵を返し、店の入り口に消えて行こうとする米兵の一人の肩を背後から掴んだ。

「ウエイト　ア　モーメント　ソルジャース！」

振り向いた二人の大柄な米兵の前に、私服のジョージが立った。米兵は肩を掴んだ相手が日本人だと思った。自分たちより背も低い。

「ジャップ！　ホワイ　ハブユータッチドミー？」老爺に磨かせていた方の米兵が怒鳴った。

ジョージは無言で身分証明を突きつけた。

そこには「GeneralHeadquarters lieutenant George・Sakamoto（最高司令部中尉　ジョージ・サカモト）」と印刷されている。

「わたしはユナイテッドステーツアーミイのルーテナント、ジョージ・サカモトだ。君たちの所属と階級と氏名を言え！」

伍長と一等兵は驚いて威儀を正し、ジョージに向かって不動の姿勢を取り、所属・姓名を名乗った。GHQ所属ではない。埼玉県所沢駐屯の部隊だ。

ジョージは二人を老靴磨きの前へ連れて行った。

「わたしはGHQに勤務する陸軍中尉ジョージ・サカモトです。あなたはこの二人から今何をされたか、仰って下さい」

と日本語で聞いた。

老爺は鼻血を出し、髭も赤く濡れていた。少年が老爺に代わって必死の口調で申し立てた。靴磨き代十円ずつを請求したら一人が拒否し、老爺が抗議すると、もう一人が老爺の髪を掴んで靴磨き台に打ちつけたという。

いつの間にか周囲を人垣が囲んでいた。ショーボートの、一般女性と比べたらかなり派手な衣装のホステスやセーラー服を着たボーイたちだった。

ジョージはボーイに警察を呼べ、と言った。ボーイもビックリしたが、二人のGIはもっと顔色を変えた。

「我々は米軍兵士だ。MPを呼ぶべきだ」

ジョージに向かって抗議した。

「ダメだ。ここは日本だ。君たちは日本で日本人に対して罪を犯した。日本の法律で裁いてもらう」

英語で答えた。

踏み倒した方の男が涙を浮かべた。

「日本の警察には行きたくない。何をされるか判らない」

「ダメだ」

「どんなことでもするから、それだけは許してくれ！　プリーズ！」

「何でもするんだな？」

二人は肯いた。

「それじゃ先ず、この人たちに謝って、二度としないと誓え。それから靴磨き代十円と、他に百円の慰謝料を払え。それならばＭＰに引き渡してやる」

二人が、どこで知ったのか日本流に土下座して老爺たちに謝った。百二十円も支払った。

「じゃ、ＭＰを呼んでくれ」

ジョージはボーイに日本語で言った。

その時、それまで黙っていた老爺が、ジョージの袖を引いた。

「待って下さい、中尉さん。この人ら許してやることはできませんか？　ＭＰに引き渡すのは可哀そうです。こんなに謝ってるんです…」

目が真剣に訴えていた。ジョージは感動した。これは敗戦国人の卑屈さではない。この老人が優しい人だからだ。それと引き換え、戦勝国のアメリカ人の姿が浅ましい。遊ぶ金を少しでも浮かせるために…。

ジョージが大きく溜め息をついた。

「あなたがそう仰るんなら…」

と頷いた。周囲の女たちから一斉に拍手が湧いた。

この日のことが、それほど経ないうちにジョージ・サカモトにとって生涯の出来事となるとは思ってもみなかった。

父から分厚い航空便が届いた。ジョージが何かと思って大型封筒を開くと、日本の新聞を読む亡命政治学者大山郁夫夫妻の笑顔の写真が一面トップを飾る「シカゴ新報」の1946年5月1日号だった。父の発行した「新報」のバックナンバー数号も一緒に同封されていた。とうとう父が発刊に漕ぎつけた！

写真の大山夫妻が読んでいる新聞こそ、ジョージとサカナリが初めて岸を巣鴨プリズンに訪ねた今年3月7日の「政府、日本国憲法改正草案要綱を発表」と大見出しを打った朝日新聞だ。

大山は「シカゴ新報」に、日本政府発表の新憲法草案を読んで感激し、その感想を語っていた。その大見出しは『後ろから来た雁が先になる』。それが日本国憲法草案への大山の感想だった。

大山はこう述べている。

「後の雁が先になったり、先の雁が後になったりする目まぐるしい光景が転々変化の形相において間断なく今、わたくしの視野に入ってくる…」

亡命者大山が、画期的内容の日本政府草案（ＧＨＱ草案）を後の雁に例え、独立宣言や人権宣言に基づくアメリカ合衆国憲法を先の雁として、後の雁が先の雁を越えるがごとき、目まぐるしく変化する現在の日米の憲法状況を、興奮しつつ見守る気持ちを語っていた。

それは、ジョージの父や母、弟妹たちを砂漠へ追いやったアメリカンデモクラシーへの痛烈な批判だった。新聞発行人の父勝正の米国への渾身の抗議でもある。ジョージは感動した。

1946年10月7日、日本国憲法が帝国議会で審議を尽くされ、通過、成立した。

議会を経た新しい日本国憲法にジョージが目を通してみると、政府草案（ＧＨＱ草案）と大筋は変わらないものの、あちこちに修正が行われていた。

第三章「国民の権利及び義務」の第十二条「この憲法が国民に保障する自由及び権利は、国民の不断の努力によって、これを保持しなければならない」の後に「国民はこれを濫用してはならないのであって、常に公共の福祉のために…」の但し書きが付け加えられた。

第十三条も「すべて国民は個人として尊重される。生命、自由及び幸福追求の権利については、公共の福祉に反しない限り…」と、ここにも「公共の福祉に反しない」の但し書きが付けられている。

「基本的人権やこの憲法が国民に保障する自由や権利」と「公共の福祉」が対立的に置かれ、自由や権利が制限を受けるかもしれないという「意図」がハッキリと出ていた。これを読んだ場合、果たして大山は「後ろの雁が前になったり」と言うだろうか？　大山が感動したのは、あくまでも

「3月7日の政府草案（GHQ草案）」なのである。

ジョージは、憲法前文が一番優れていると感じた。

「日本国民は、恒久の平和を念願し、人間相互の関係を支配する崇高な理想を深く自覚するのであって、平和を愛する諸国民の公正と信義に信頼してわれらの安全と生存を保持しようと決意した」

日本の敗戦直後、１９４５年10月に正式に成立した国際連合のことを言っているのだ。

ジョージは、以前ならサカナリに感想を尋ねたろう。だが岸との問題があった今、そういう気持ちになれない。

もしジョージが尋ねたら、サカナリは岸に「日本軍を創設」と言った以上、第九条を否定するだろう。

だが、亡命者大山郁夫の言うように、この憲法は第九条（戦争放棄）と第十一条以下（人権）によって「先の雁」米国憲法を越えたのだった。

第九条は、永遠に世界から注目されるだろう。そしていつか、世界から目標にされる。何故なら第九条は、衛藤利夫が満州で息子の死によって学んだ聖書の言葉なのだ。日本人がこの戦争から学んだ理想だ。理想を捨てた時、人間はどうなるのか。

新橋「SHOW　BOAT」の心優しい靴磨きの老人は、この戦争で息子を失った父親かもしれない。浮浪児の少年を引き取り、路上で靴磨きをしていたかもしれない。だからこそ優しい人になれた…きっとあれが、戦争から生れた日本人の心なのだ。

ジョージは、生まれたばかりの日本の憲法に思いをめぐらし、夜、戸山ハイツの家へ帰ってからもすぐには眠れなかった。

窓を開けて目の前に立ち塞がる黒々とした夜のハコネ山を見上げると、山の端に冴えた月が出ていた。

鹿児島の祖父の家で暮らした中学生時代、同じように山の端にかかる月を見て、祖父が口にした「中秋の名月」という言葉を思い出した。祖母が縁側に皿に盛った団子とススキを飾ってくれた。

「あれが日本人なんだ…優しい人たち…」

その日本がいま、第九条の日本国憲法を持った。いまの日本の方が、あの南の島々で東條英樹の「戦陣訓」で狂ったように戦った日々より、どんなに日本の自然に相応しいか…と思った。


それから数日後、ジョージはロッカー・ルームで再び私服に着替えてGHQを退勤した。SHOW・BOATの辺りへ、もう一度行ってみたい気がした。

第一生命ビルの玄関へ出ると、向いの皇居のお濠の上の木立に秋の気配が漂っている、と感じた。ジョージはいつの間にか自分の感性が日本人に近くなったのだな、と密かにクスリと笑った。大理石の階段を日比谷通りへ向かって降りて行った時、不意に女の声がした。

「エクスキューズミー　サー。アーユー　ミスタ　ジョージ・サカモト?」

かなり使い慣れた英語だ。階段の下に、日本人としてはやや長身の、髪を後ろで無造作に結わえた若い日本女性が立っていた。

もう辺りは薄暗く、階段の上には銃を肩にしたMPが二人で立哨していたが、彼女は全く怖れず、ツルリと秀いでた額の下からキラキラと光る美しい黒い目でジョージに微笑んだ。

地味なコートを羽織り、いつかジョージが日本女性の風俗を写真で調べた際、機能的だナと思ったキモノ地の「モンペ」を履いていた。足元は白い足袋と赤い鼻緒の草履である。

「わたくし、新橋のショー・ボートの前であなたとＧＩと靴磨きのおじいさんを囲んでいた女たちの一人です」

今度は日本語だった。ジョージは驚き、自分も日本語で応じた。

「ああ、あの時の！」

「ええ。それで、できればサカモトさんにもう一度お会いしたくて。今日はショー・ボートがお休みなので、ダメモトで参りました」

「ダメモト？」

グレンが聞き返した。

「ダメデモ、モモトモト。ガッカリシナイ。ですから、断わられても全く構いません。お会いできただけでも幸運ですから」

「ここでわたしを待っていたのですか！」

「ええ。出来ればお話させて頂きたいナ、と思って。あなた、アメリカ軍の日系2世の中尉さんなのでしょう？」

「そうですが…わたしに何のお話を」

「あなたが、この11月3日に公布された日本国憲法をどうお考えか、お聞きしたいと思ったのです」

いきなり憲法と言われて、ジョージはビックリした。

「わたしが、新憲法を…？」

「わたくし、ショウボートの前であなたがなさった事、新憲法の人権条項と非常に関係があると思いました！」

ジョージの心に、猛烈に興味が湧いてきた。話にも彼女にも。

「そうですか。じゃ、どうしましょうか…ええと…」

ジョージは少し慌てたが、心は決まっていた。

「失礼ですがあの、お食事はもうお済みですか？」

「いえ、まだです」

物怖じしない声で返事が来た。

「では丁度これから夕食をとろうと思っていました。もしよろしければ、ご一緒していただけないでしょうか。そこでお話を伺えれば…」

すると彼女は小躍りするようにした。それはひどく愛らしかった。

「御迷惑でなければ、ぜひ」

ジョージは、サエキフクコと名乗った彼女を、目と鼻の先の日比谷公園内、以前サカナリと入った「松本楼」へ案内した。真っ暗で外灯一つない日比谷公園の中で、そこだけは煌々と灯が点されていた。

ジョージは高校時代、アメリカ人女子高生とデートした事があったが、それは型通りのアイスクリームデートで、ステディになったことなど無い。そして開戦を迎えたのだから、日本へ来てこの夜、ほとんど初めて女性に接した事になる。

店内には米軍の高級将校の姿が多かったが、それでもジョージは平気でフクコを連れてテーブルに向かい合った。

明るい灯のもとで改めて彼女を見ると、SHOWBOATの彼女がどんなファッションだったたか、全く見当もつかない。米兵相手のホステスだから、あの時はかなり派手にしていたのかもしれないが、コートを脱いだサエキフクコは、アイロンのかからないブラウスと野暮ったいセーターの質素な女性だった。秀でた額と聡明な目を持っている。ジョージは慌ててあの夜の周囲の女たちの像を頭から追い払った。

彼女に食べものの希望はあるかと尋ねると、ナイという。そこでボーイに簡単なコース料理を二人前注文した。

料理がまだ来ない時、彼女の口から予想もつかない言葉が発せられた。

「わたくし、ショウボートの源氏名、つまりお店での名前もふく子です。昼間は大学の法学部に通っています。今は一年生でまだ専門課程ではありません」

法学部の大学生！　ようやく「新憲法」と言った意味が少し判ってきた。だが、続いて彼女の口から出た言葉はもっと思いがけないものだった。

「サカモトさんがあの時ＧＩに仰ったこと、占領軍の兵士でも、自分が犯した罪についてはその国の法律で裁かれるべきだ、だから自分は占領軍の将校として日本の警察に告訴する、という。靴磨きのおじいさんが告訴するなら自分が証人になる、とわたくし、受け取りました。そうですわね？」

「そういう気持でした」

「刑法の基になる日本国憲法は、ついこの前衆議院を通過して成立したばかりですから、法整備はまだ進んでいません。それでも米軍は米軍兵士の犯罪はＭＰと軍法会議で処理して、日本の法律には渡さないでしょう。でも、あの夜わたし、これは日本で行われた米軍人の犯罪に泣き寝入りせず、占領下にある国民の人権を世界に発信するチャンスだと思ったんです！」

ふく子の意図が次第に明らかになってきた。

「つまり、そうするとあなたは、わたしが結局は、あのＧＩたちのやったことを勝手に丸く納めてしまった、と？」

ジョージは自分がなぜか自分の意思に反し、開き直るように返事した気がした。

フクコは驚いた。目に涙が光った。

「ノー、ノー！　だって、あの優しいおじいさんは、ＧＩを許してくれと、言いました！　自分には告訴の意思はないと言いました」

「でも、あなたはやはり…」

ジョージは自分が少ししつこいと感じていた。この日本女性の意思をハッキリ確かめ、それを肯定したいのに！　すると、ふく子は思いがけない事を打ち明けた。

「いいえ。これはわたし自身の問題なんです！　実は、わたしの妹の問題で、わたしが米兵を告訴すべきだったの。ごめんなさい」

ジョージの目が大きく見開かれた。

「では、あなたの妹さんに何か…？」

「ええ、米軍の兵士に乱暴されました」

ふく子は悲しそうに小さな声で言った。

ふく子は横須賀の生まれで、この４月から、再開された東京の大学に通い出した、という。去年暮、高校生の妹が横須賀の旧海軍軍港の田浦港近くで、米兵のジープにさらわれ、悪戯されて放り出された。両親はそれをひた隠しにし、隠すことに反対したふく子はいたたまれずに家を出た。

戦時中密かに独学で英語を勉強していたふく子は，夜は新橋のＳＨＯＷＢＯＡＴに勤め、昼間は大学へ通う生活を始めたという。

法科を専攻したのは、進駐軍の被害者の弁護士を目指すためだと言う。

「でも今わたしが疑問に思うのは、憲法も、それを基にした諸々の法律も、所詮その国のその時の状況や範囲を出ない、ということです。占領下にある日本では、占領軍の兵士は日本の法律を無視します。法よりも力、弱肉強食です。むろん新憲法そのものは画期的な憲法だと思います。でも、個人の人権も公共の福祉に反しない限り、と但し書きが付きました。国に取って都合の悪い事が起きたときにも対応できるようにしてある。早い話、占領下の公共の福祉って何ですか？　弱肉強食を認める事ですか？　そのためには、被占領国の国民は一歩下がるのが当然とする考え方です！

おかしいじゃないですか？　米軍の兵士はデモクラシーの国から来たのでしょう？」

ふく子は日系2世のジョージの黒い目を直接覗き込み、必死に訴えた。

その時ジョージは自分の思いを何と言って伝えればよいのか、ただ言葉にできないほどの全面的な賛同を、ふく子に感じていた。

「ねえ、どう思います？　あなたが間違っていると仰るのなら、考えなおしてみますわ。何しろ私にとってあなたは、私のできなかった事をして下すったアメリカ軍の中尉さんなんですから！」

ふく子は言い終わってから自分の言い方がおかしいと思ったのか、恥しそうにちょっと笑った。

グレンはその笑顔を美しいと思った。

「あなたは間違ってなどいません。何故ならアメリカ人はしばしば自分の国の憲法も守らないんです」

「えっ、本当ですか？」

「そうです。ましてや他人の国の法など守らない。腕力にモノを言わせて、今で言えば占領軍という力で解決する。そういう考え方に、戦争に勝って余計馴れっこになっている。戦争はそういう力を生むんです。日本軍兵士たちが捕虜になって初めて素直な人になったのと正反対に」

「戦争が法を無視する。立場が逆なら日本人が威張るでしょう。だから新憲法は戦争を放棄したんです。他を傷つけないためだけじゃなく、自分自身の人間性を守るために」

「その通り。本当の憲法は国家を超えてどんな個人にも当てはまる人権を規定しなければ。だから日本の新憲法は第十五条から後で、国民が国家から守られる、と連続して書いています。憲法はどの国にあっても人間にとって普遍的な言葉で書かれるべきです」

「とっても賛成です！」

「いや、これは日本からアメリカに亡命した大山郁夫という政治学者が言ったことです。軍部に命を狙われて、昭和7年にアメリカへ亡命しました。戦争が終わったのに何故か未だ帰国していません。彼が今度の日本国憲法の草案をアメリカで読んで、後から来た雁が先へ行く、つまり米国憲法より先へ行ったこと」

「日本の憲法が、ですか？」

「ええ、アメリカ合衆国憲法を抜いたと、大山は言うんです」

ジョージは、自分がかつて高校で学んだアメリカ合衆国憲法のジェファーソン修正第一条と第二条とを、ふく子の前で暗唱してみせた。
○修正第一条　連邦議会は、宗教上の行為を自由に行うことを禁止する法律、言論・出版の自由を制限する法律、人民が平穏に集会する権利、政府に対して請願する権利を侵害する法律を制定してはならない。
○修正第二条　規律ある民兵は自由な国家にとって必要であるから、人民が武器を保有し、携帯する権利は、これを侵してはならない。
「ですから、新日本国憲法の第十一条『永久の権利としての基本的人権』と、アメリカ合衆国憲法修正第一条とは表裏一体です。でも、新憲法第九条は独立戦争を色濃く残しているアメリカ憲法修正第二条よりずうっと先へ行った。これを見ても、大山教授の言う通りです！」

ジョージの法律論に、ふく子が興奮した声を挙げた。

「こんなお話が出来るとは。あなたに会えて本当によかった！」

「第九条は日本軍の解体で、マッカーサーと連合国による報復だと言われます。わたしもそれはあると思いますが、同時にそういう意見は『戦争をよし』、『軍をよし』とした戦争前の日本を肯定したい人の意見だと思います。いま、日本人が本当に感じているのは第九条です。もう戦争はしたくない、懲り懲りなんだ！」

ジョージは今、聖書の言葉を引いて岸や鮎川や安江に反論した衛藤利夫を脳裡に思い浮かべていた。しかも衛藤は自分は彼らと同じ日本人だと言って、苦しそうにした。

「ぼくはアメリカで日系移民の子として生まれました。処が日本軍の真珠湾攻撃で家族を砂漠の強制収容所に送られた。家族を人質に取られ、日本との戦争に参加しなければならなかった。ですから、亡命と戦争で日米の間に引き裂かれた大山先生の言葉が身にしみます。憲法は国家や国民を越えなければ…」

ふく子が深く肯いた。

この日以来、ＳＨＯＷＢＯＡＴが休みの日には、ジョージとふく子が夕暮れの松本楼で語り合う姿が見られるようになった。

（二）ウイロビー、ＧＨＱを掌握す

ジョージは吉田茂首相がマッカーサーやGS民政局を嫌ってウイロビーに接近したことは知っていたが、ウイロビーが、新憲法草案をまとめたGSのケーディス大佐と鳥尾子爵夫人鶴代のプライヴェートな関係を暴いてくれと吉田に依頼したことは後に知ったことだ。

吉田の部下で終戦連絡事務局次長の白洲次郎が警視庁に頼み、私服刑事が尾行して、二人の密会の証拠写真を撮った。ケーディスが激怒して警視庁幹部をGSに呼んで詰問したことから、この一件はたちまちにしてGHQ内の噂になった。

ウイロビーがGSに仕掛けた戦いは、それだけでは終わらなかった。

年が明け、1947年1月27日発行の「ニューズ・ウイーク」誌のトップに、同誌記者ハリー・カーンの署名記事が出た。

「日本における公職追放の裏側―米国軍人の対立」

GHQ内に日本人の公職追放問題で対立がある、というスッパ抜き記事である。

「GSが一方的に公職追放を財界にまで広げたので、日本の財界人5千人から2万3千人が職を追われ、そのうえ3親等までがその職に就けないとしたから、犠牲者は25万人に上る。これによって日本の全経済機構の知能が取り除かれた。アメリカと協力しようとした階層も取り除かれた」

これがアメリカで一大センセーションを巻き起していることを、ジョージはノーマンから教えられた。

ノーマンは、これは戦後の日本をアメリカの反共主義へ取り込もうという目的で設立へ動いているジャパンロビー「ACJ（アメリカン・カウンシル・オン・ジャパン　アメリカ対日協議会）」

の旗揚げだ、と言う。

アメリカのジャーナリズムは背景に財界など利益団体や特定勢力を持っている場合が多い。それが日本を舞台とするGHQ内のつばぜり合いに介入して来た。

ACJの設立準備メンバーの一人が「ニューズウイーク」東京支局長のコンプトン・パケナムで、パケナムが最近の情報を本社外信部のハリー・カーンに送ってこの記事になった、というのがノーマンの見方だ。

カーンはその記事の中でマッカーサーの対日政策を公然と批判し、マッカーサーとGSの離反を策した。これは絶対にウイロビーも絡んでいる、というのだ。

このため、米国内ではGSを中心に占領政策を押し進めてきたマッカサーへの疑問が公然と口にされるようになった。

その頃、長い間その手足となってきたウイロビーに最近些細なことで叱責を受けたマシビアが、こんな情報をジョージに囁いた。

元駐日大使ジョセフ・グルーもACJの準備委員であり、ハリー・カーンとも通じ合っているというのだ。

ウイロビーがグルーと繋がる以上、当然ACJとも繋がるのではないか。マシビアによれば、彼らは皆、アメリカ生え抜きの反共保守で、それがGSを叩きに出た。

マシビアはもう一つ重大な事をジョージに教えた。

「この所、ウイロビーが日米間を頻繁に往復しているのはね、やがて国家安全保障法が成立した暁には国家安全保障会議直属の情報機関ＣＩＡ（中央情報局）を立ち上げようとしているんだ。ＡＣＪもＣＩＡ設立バックアップの一員だ。マッカーサーはＣＩＡなどいらん、日本ではＧ２で充分という立場だから、ウイロビーはマッカーサーにも内緒で動いている。ジョセフ・グルーとも会って、欧州の元ＯＳＳ（戦略情報局）活動家アレン・ダレスとも繋がりを持っているらしい」

従って、日本からＧＳの追い出しを図るニューズウイークのキャンペーンも、米国内で進められているＯＳＳの格上げ、ＣＩＡ設立の動きとも同時進行の動きになる。

ということは…とジョージは考えた。

ウイロビーは岸や鮎川についてもグルーから情報を得ている。ウイロビーが岸を選んだ裏にはグルーの推薦がある。つまり、アメリカの反共保守が岸を使おうと考えている…。

ＧＳがＧ２に反撃を開始した。ホイットニー准将自らウイロビー少将を訪ね、ケーディス大佐を擁護し、抗議した。

ＧＳ・Ｇ２間に抗争が始まった。

ウイロビーは手を緩めない。４月23日付で「連合国軍最高司令部への左翼の浸透」と題する長文の報告書をマッカーサー総司令官に提出した。

民政局員十人に「共産主義者」とレッテルを貼って、そのリストを提出したのである。

標的は、日本の財界人の公職追放を一手に手がけたミス・エリノア・ハードレーとトーマス・ビッソン、ＥＳＳ（経済科学局）労働課長のセオドア・コーエンと補佐官のアンソニー・コンスタンティーノ、日本国憲法草案人権条項（男女平等）の作成に関ったミス・ベアテ・シロタ他である。やがて米国大統領を目指すかもしれないマッカーサーは、フイリピン以来の手足であるGSのホイットニーとG2のウイロビーの、どちらにも肩入れすることを避けた。

1947年3月、中国大陸で蔣介石が国共内戦の方針を「全面侵攻」から「重点攻撃」へと転換した。攻撃の対象は共産党軍の根拠地延安だが、毛沢東は延安を撤退し、山岳地域へ国民党軍を誘導した。この作戦によって、47年5月から6月にかけ共産軍は国民党軍83000を殲滅した。

ジョージは、急激な国際情勢の変化と密接に、GHQ内では次第にGSに代わってG2がヘゲモニーを握るのを感じた。やがてケーディスやベアテ・シロタらニューディーラーと呼ばれる民主勢力が続々とGHQを離れ、帰国するようになった。

中国共産党員は46年の136万から276万へと急増し、兵力も120万から195万へ増大した。これに対して国民党軍の兵力は、アメリカの援助にもかかわらず、430万から373万へ減少した。ソ連はまだ背景にいるものの、明らかにアジアにおける東西冷戦は共産主義側有利の方向へ動いている。この情勢下、ウイロビーが正式にマッカーサーに、占領当初以来の東京裁判の方針を変更すべきだ、と進言した。国際検察局もこの影響を受けることになった。

A級戦犯の訴追についても、旧軍部・財界・政界・官僚の中から国際共産主義の進出に対抗し、日本を復興させるための人材を掘り起こすべきだというウイロビーの主張が公然と前面に出た。

米国の目的と利益に合致する者を選び、早期に釈放、次期釈放、無期・有期刑と「選別」する方向へ動き始めた。

河辺・有末らの戦史編纂室に、元英国大使館付き武官で、現在は吉田茂首相のブレーンである辰巳栄一元中将や、敗戦時東久邇内閣の陸軍大臣だった下村定元大将が加わった。

彼ら自身もウイロビーの力でA級戦犯の逮捕を免れ、A級戦犯の中から「今後に活かせる」人材の発掘へ、意見を述べる立場に変わって行った。

ある日、ウイロビーは特別セクションに、A級戦犯鮎川義介に対する検察官尋問の逐語記録を検討させた。

逐語記録はこうだ。

検事『昭和十六年八月一日の米国による『対日石油輸出禁止措置』以後もあなたはユダヤ資本の導入に努力したと申し立てているが、その事実を挙げて下さい」

鮎川「昭和十六年の九月に駐日米国大使ジョセフ・グルーとの間でローズベルトと近衛のアラスカジュノー沖洋上会談の企画を進行させた。わたしは在米秘書の美保勘太郎にわたしの構想を打電した」

検事「その構想とは」

鮎川「『アメリカが日本の満蒙指導権を認め、五十億ドルの借款を満州に行うなら、日米戦争を回避するべく手を打つ』。美保は折り返し『これならローズベルトも納得する、日米間の暗雲も一挙に吹き飛ばせる』と返信してきた。美保はB・バークと密談を重ねていた」
検事「B・バークとは？」
鮎川「ローズベルトの財政指南番だ。二人は意気投合し、わたしの構想を日米双方で進めようと約束した。ところが洋上会談が松岡など日本の独伊派と軍部の妨害によって流れ、近衛が内閣を投げ出した。そこでわたしたちは次の首相に望みをかけた」
検事「次は開戦を決定した東條だが…」
鮎川「東條は必ずしも日米開戦に積極的ではなかった」
検事「東條に望みをかけたわたしたちとは？」
鮎川「岸信介君、わたし、内大臣木戸幸一だ。東條なら開戦を避け、中国から撤兵すると考え、昭和16年3月、8月、9月、11月とわたしは木戸と伊藤文吉邸で密談した。もしアラスカができない場合、近衛は内閣を投げ出す。その時には東條だ、と話し合った。『ハルノート』の求める『日独伊三国同盟』の破棄と、ベトナム及び支那からの撤兵を陸軍に命令できる唯一の実力者は東条だった。ところがこれが裏目に出た！」
検事「何という読み違いだ！」
鮎川「それでもわたしは諦めなかった。十二月三日、『日米戦争回避策』と題した建白書を東條首相に提出するため、陸軍省に武藤章軍務局長を訪ねた。すると武藤は二日遅かったと。一日の御前会議で開戦は十二月八日と最終決定していた…」
検事「この一連のあなたの話を、真実と証明できる人がいるのか？」

鮎川「ジョセフ・グルーに聞け！」
担当検事はＧＨＱからアメリカの前国務次官ジョセフ・グルーに電報を送り、鮎川は日米開戦回避派かどうか尋ねた。グルーは即座に「間違いない」と返電してきた。

ウイロビーはこの日、この尋問を根拠に、センポ・スギハーラのユダヤ人日本通過ビザの一件も合わせ、鮎川を釈放すべきとする意見書をＩＰＳへ提出することにする、と言った。

会議が終わろうとした時、河辺が「質問があります」と手を挙げた。

「岸さんについては釈放を求めないのですか？」

ジョージもサカナリもビクッとして、ウイロビーの顔を見た。何と言うだろう？

「キシはアユカワとは格が違う」

ウイロビーはケムに巻くような一言で席を立った。


翌日、ウイロビーはジョージとサカナリを自室に呼んで、こう命じた。

「君たちがキシから返事を聴いて、やがて一年だ。鮎川が先に出た場合、キシに動揺がないかどうか。鮎川が釈放されたら、時折交代でプリズンを訪問し、彼の近況を内偵して報告しろ」

１９４７年８月、鮎川義介は巣鴨プリズンから釈放された。

鮎川義介が出た後も、岸信介は放っておかれた。

最初、サカナリが岸を内偵した。

月一回の面会日には、山口県田布施から妻の良子、息子信和、娘洋子、それに弟の佐藤栄作、東大同窓の社会党代議士三輪寿壮らが訪れていた。ＥＳＳ（経済科学局）が財界人追放について岸の意見を求めに来たことも判った。ニューズウイークのハリー・カーン記事の影響で、ＧＳと同じ幕僚部に所属するＥＳＳが動いたのだ。Ｇ２がＧＨＱ全体のヘゲモニーを握った証拠である。岸は喜んで応じ、財界の弱体化は日本の復興にマイナスだ、と答えたそうだ。

「岸は、満州の盟友鮎川の釈放には動じる様子を見せていません。我々の意図を信頼している証拠と考えられます」

サカナリはウイロビーに報告した。

昨年5月23日のあの「プロミス」には一枚の証文もない。にもかかわらず絶対に秘密厳守、誰かに漏らせる内容ではなく、面会で相談できる内容でもない。現実には現在も獄中にあって、第二次起訴を待つ身の岸には安心できるものは何もないにもかかわらず、である。

サカナリはウイロビーにこう自分の意見を言ったという。

「プロミスを疑っても、何一つ彼の利益にはならないのです。彼はあのプロミスを心の奥ふかく、持ち続けているのだと思います。これまで岸について調べた経験から、そう感じます。つまり彼は閣下が仰った謀略家の要素を十二分に持つ人物だと私は見ます」

するとウイロビーは満足そうにニッコリし、こう呟いたという。

「ノブスケ・キシ　アズ　ジャパニーズプライムミニスター　インフユチャー！　パートナー

フォーアメリカ…」

それから半月後、サカナリの帰国が突然決まった。ジョージはＣＩＳ特別セクションに、ただ一人の日系2世として残された。

ある夜、ジョージは、自分からＳＨＯＷ ＢＯＡＴを直接訪れた。

外人のストリッパーが出演していた。客として「ふく子」を指名したジョージの前に、彼女は思いがけないほど質素で地味なワンピース姿で現れた。

他の女たちが華やかなドレスや派手な色彩の和服で着飾る中で、それはジョージをホッとさせた。

ジョージは無言でビールを口に運び、ふく子も黙ってショーを見ていたが、幕間にジョージがそっとふく子の耳もとに囁いた。

「君が一番美しい…」

ふく子が頬を赤らめた。

「いつかぼくの家を見に来ない？　家の目の前に東京で一番標高の高いハコネ山が聳えてる。新宿駅から戸山ハイツ行きのバスもある」

ふく子がそっと肯いた。

それから間もなく、ジョージはふく子から、ショー・ボートをやめ、銀座の日本人向けのあまり大きくないクラブに移ったと知らされた。まだ慣れないが、米兵が少なく、少し気が休まる、と言う。ジョージは、自分がショー・ボートへ出掛けた事が原因となったような気がした。

１９４７年10月３日、大山郁夫・柳子夫妻が横浜港に着き、満州事変の１９３１年以来の16年間にわたる米国亡命生活に終止符を打った。

父勝正からの一報で帰国を予め知っていたジョージは、たった一人のＧＨＱ職員として横浜港へ出迎えた。だがあまりの数の群衆に遮られ、一言も言葉を交わすことが出来なかった。

翌日の新聞に新聞記者と大山の間にこんな問答があったことが載っていた。

記者「大山先生がアメリカで日本の新憲法を作った、という噂がありますが？」

大山「そういう事実はありません。ただし、非常に良くできた憲法だと思います」

記者「連合国軍最高司令官マッカーサー元帥が大山先生にお会いしたいという話もありますが、その場合お会いになりますか？」

大山「なぜ僕がアメリカの軍閥の代表に会わなければいけないんです？　僕はその必要を全く認めません！」

一週間後、ジョージは８月にＣＩＣからカナダ代表部主任に移ったハーバート・ノーマンから大山郁夫の旧住所を聴き、訪ねた。

山手線の高田馬場駅に近い新宿区高田馬場に、大山夫妻が息子の聡を親戚に託して亡命したとき残して行った家があった。戦後は軍隊から帰った聡が住み、そこへ郁夫・柳子夫妻は帰国した。

柳子さんは帰国後ドッと疲れが出て、二階で横になったままだという。

大山は、ノースウエスタン大学の学生だったジョージのことをボンヤリとだが、覚えていてくれた。私の父はシカゴ新報の坂本勝正ですと言うと、相好を崩した。

「そうだったのか！　お父さんも苦労された。しかしシカゴ新報を復刊なさった。非常な意義があります」

大山の家は老朽化していたが、昔ながらのしっかりした日本家屋で、百五十坪あるという敷地が、主なき間に鬱蒼としてしまったという生垣に囲まれていた。

「関東大震災の数日後にネ、朝メシを食べながらフト見ると、あの垣根の間から銃剣が光っていた。この家がネ、グルッと陸軍憲兵隊に囲まれていたんだ」

朝鮮人や社会主義者を町内会や自警団や民間人が取り調べていると、危険を知らせに来た大山の弟子の学生が一緒に食事中だった。二人とも検束され、小滝橋の憲兵隊屯所へ連行されたという。

「ところがネ、運よくボクを取材に来た新聞記者がこれを目撃してくれて、大山が行方不明になったと言って、警視庁に捜索願を出したり騒いでくれた。それで憲兵隊の方が困って、その日の夜には仕方ない、帰れと」

「危なかったですねぇ！」

「危なかった。あれから一週間後、大杉栄が麹町の憲兵隊本部で殺された。全く命拾いだったよ…」

大山は十六年ぶりに帰った我が家で、元気よく語った。

ジョージは、エヴァンストンへの亡命に話を向けた。

「最初は非常に歓迎されたんだ」

保守でもリベラル派と言われたコールグローブ教授が、持ち前の温情と自らの日本学に使えるという打算もあったのか、半ばノースウエスタン大学の助手のような形でスタートした亡命生活だった。ところが日米開戦と共に、不条理なほどの冷酷さへ一変する。

コールグローブが、大山に露骨な対日戦争協力を促した。

「立場上、無理もないがネ…」

ラジオによる日本軍への降伏の呼び掛け、これから南太平洋地域へ出征する米兵への日本語教授。大山が拒否すると、FBIが大山の留守に家宅捜索に来て、家中をひっくり返し、柳子に「収容所送り」を匂わせて脅迫した。

大山夫妻は経済的にも困窮した。日米開戦の前は、中央公論、朝日新聞などからの原稿依頼もあり、中央公論は書いても書かなくても定期的に一定額を送ってくれた。それも途絶えた。

しかしコールグローブの妻ルイーズが、スエーデンのフェミニストで社会思想家のエレン・ケイから影響を受けた人で、エレン・ケイは平塚雷鳥の雑誌「青踏」にも影響していた。ルイーズと柳子は友情で結ばれ、彼女は柳子が絵を描くのを知ると、夫婦喧嘩までしてコールグローブに推薦状を書かせ、シカゴのガラス器製造会社に売り込んでくれた。

柳子は絵付けの職を得て、細々と収入を確保した。そのころ「戦後日本占領政策」立案の必要から、コールグローブが大山に美濃部達吉『憲法精義』英訳の仕事を回してきた。それはコールグローブの日本学を大山の詳細極まる注釈の力で支えることになる。夫妻は何とか糊口を凌いだ。

日本の敗戦が確実となった1944年、大山は心労から重症の胃潰瘍に陥ったが、「鮮血輸血」は前線の兵の為に回り、敵性外国人には使えないと言われ、手術を断られた。

この生命の危機も、ルイーズ母娘がノースウエスタン大学の女子学生たちに献血を呼びかけ、あと一歩というところで手術に間に合って、大山は命拾いをしたという。

その時の写真、手術の結果が快方に向かい、ベッドで数人のうら若い女子学生たちに囲まれている写真を、大山はジョージに見せてくれた。それは穏やかだが意思の強い大山の人柄が自然ににじみ出たような写真で、女子学生たちの笑顔が素晴らしい。

シカゴ新報に大山が語った「後の雁が先へ行く」について、ジョージは尋ねた。

「ぼくは昔からアメリカ独立宣言が大好きで、今も暗記しています。『我らは以下の諸事実を自明なものと見なす』で始まって、『全ての人間は平等につくられている。創造主によって、生存、自由、そして幸福の追求を含む侵すべからざる権利を与えられている』です。バージニア権利章典第一条は『全ての人は生まれながらにして等しく自由で独立しており、一定の生来の権利を有している』で、アメリカ合衆国憲法の基本精神です。そこで、日本国憲法草案は本当に米国憲法よりも優れているんですか？」

大山はハッキリと頷き、こう応じた。

「合衆国憲法は日系合衆国市民には適用されなかった。ドイツ系やイタリア系米国人が君の一家のようにハート・マウンテン転住キャンプへ送られたかね？　それは、アメリカの憲法が普遍性を持って書かれていないか、国内法の整備が憲法より遅れている証拠だ。米国憲法はかなり普遍的に書かれているといわれるけど、わたしのような亡命者の眼や、君の一家のような日米二重の眼から見ないと、本当の姿は判らない。いくらデモクラシーを標榜しても、市民権を得ている人間に人権保障が出来なければ、その憲法はダメだ」

「普遍的な言葉も、一旦戦争になれば容易に崩れます。僕は占領下の日本でも、日系2世の米軍兵士として、アメリカ兵が犯罪を犯したのを知っています」

「それが二重性の眼だ！　だから、いま君のお父さんたちは転住キャンプの問題を、米国憲法に照らして連邦裁判所に提訴している。米国憲法の人権条項に照らして、戦争中の日系米国人に対する不当な処置で米国政府に損害賠償を請求する！　そうすべきとは米国憲法には書いてない。ところが日本国憲法は書いている！　第十二条『この憲法が国民に保障する自由及び権利は、国民の不断の努力によって、これを保持しなければならない』とね。そのうえ米国憲法は、対英独立戦争の民兵の歴史から抜け出せず、今だに市民の武器所有を容認する。日本国憲法第九条は戦力不保持、国の交戦権を認めない。日本は明らかにアメリカの先へ出た」

この日、大山の家を出たジョージは興奮した気持ちを冷ます為、高田の馬場駅へは行かず、歩いて戸山ハイツを目指した。

息子さんの聡さんが教えてくれた山手線のガード下を潜り、広大な戸山が原陸軍練兵場跡を横切って帰る。

その辺りは、コールタールを塗った厚紙で屋根を葺いた、軒の低い二軒長屋の都営住宅が密集していた。ガラス窓は一枚も無く、挙げ蓋式の板窓だけ、まるでマッチ箱のような家だ。ここには今の東京で一番貧しい人々が暮らしている。いや、ガード下や地下道に寝る人々も沢山いる。憲法は、これをどう解決するのだろう？

ジョージは、大山の言った「二重性の眼」を思い出した。政治家にはそれが必要なのだ！

ふく子は横浜に下宿して東京へ通学・通勤しているが、大学2年を終える冬、退勤したジョージと一緒に大久保駅から歩いて戸山ハイツへやって来た。

洋風コテージといった感じのジョージの家のドアを開け、リビングに入ったふく子は思わず歓声を上げた。自分の部屋はこの4分の1もない、という。しかもリビングの他に小部屋が2つ、バス、キッチンがあると聞いて目を丸くした。

「アメリカ人って贅沢なのね！」

ジョージはPXで買った真っ白いパンを電気コンロで焼き、バターを塗って、温めたコンデンスミルクと一緒にふく子に勧めた。

一口食べたふく子は眼を丸くし、松本楼のパンよりもおいしい、こんな白いフカフカのパンは食べた事もない、と言った。

ふく子の話では、日本人が食べるコッペパンは、トウモロコシの粉が60％も混じって、いつ食べてもボソボソだという。

バターも日本人が食べるものはマーガリンで、生臭いような脂の匂いがするらしい。ジョージは、勝者と敗者の違いに驚いた。大山に会った帰りに見た、コールタールを塗った紙で屋根を葺いた家々を思い浮べた。ふく子も、アパートとは言ったが、あんな家に住んでいるのだろうか。

ジョージが、この前買ったばかりの茶碗に茶漉しを使ってホーロー引きのポットからコーヒーを淹れてやると、ふく子は一口呑んで目を細める。戦争が始まる前は、横須賀の自分の家にもこういう生活があったんだけど、と言った。

ふく子が大学の話をした。2年生でも既に一部専門課程へ入ったが、4年生になったら司法試験を受けたいと考えている。どうしても弁護士になりたい。それも戦う弁護士に、とふく子は言った。

それから自然に、ジョージが大山と会って交わした憲法の話になった。

例の「あとの雁が先きになったり」は既にふく子は聞いている。

「その通りだと思うし、日本国憲法が優れた憲法である事は間違いないわ」

だが、ふく子はさすがに法律家の卵だ。

「でもね、アメリカ合衆国憲法は、その中に、アメリカ合衆国政府やアメリカ市民宛てだけじゃない、もっと普遍的なメッセージを持っていると思う。人間全てに対するメッセージ」

「全ての人間は平等につくられている。創造主によって、生存、自由、そして幸福の追求を含む侵すべからざる権利を与えられている。独立宣言だね？」

「そう。アメリカはアメリカを越える憲法を持っている。でも日本国憲法は、基本的人権を政府草案の段階で既に『国民に賦与セラル』とした。誰かが与える、という文言を使ってる。何が『GHQが作った』からおかしい、よ！　まだ天皇制が残ってる！　公布された憲法でも第十一条に『この憲法が国民に保障する基本的人権は、…現在及び将来の国民に与えられる』。誰かによって、与えられるものなの！　こんなフザケた話って無いわ！　大山さんは読み落としたんじゃない？」

「うーん…」

ジョージは思わず唸った。ふく子の勉強ぶりに驚いた。あの大山教授を、ふく子は批判できる！　それは、やはり日本人が、自ら仕掛けて、敗戦したという、命をかけた体験をしたからだ。ふく子という日本女性の体験から出た批判だと思った。

気がつくと、ふく子の最終電車が品川駅を出る時間になっていた。

「ぼくの家に泊まって行かないかい？　ぼくはダイニングのソファに眠ればいい」

だがふく子は、電車が無いと気付いた時からその積りだったらしく、首を横に振った。

「ここは寒そう。わたし、あなたのお部屋で一緒に休みます」

大人の女性らしく微笑んだ。ジョージは驚いた。自分の方が、いつの間にか大人になりそびれていたのか？

その夜、二人は結ばれた。それは、ジョージにとって人生を開く扉だった。戦勝国の兵士と敗戦国の女性、だが昔から会おうとしていた二人のように自然だった。

翌朝、目が覚めた時、二人は窓をあけてハコネ山を見た。ハコネ山には薄っすらと白い、その冬初めての雪が来ていた。

１９４８年３月１日、羽田空港に灰色のソフト帽の学者風の米人男性が軍用機を降りた。「対ソ政治的封じ込め作戦」の提唱者ジョージ・ケナンである。ジョージ・サカモトは、そのケナンの来日を翌日、GHQに出勤してから朝刊を読んで知った。

GHQ内の話では、ケナンはマーシャル国務長官が昨年（1947年）4月に作った国務省政策企画局の初代局長として来た。反共のための欧州の経済復興（マーシャルプラン）を極東においても米国の対外政策に取り入れるべきと、マッカーサー元帥に伝えにやってきたらしい。

極東における対共産政策も、軍事的封じ込めではなく、日本の経済的復興を最重要視し、昨年7月に発足したCIA（中央情報局）による対日情報工作と並行させて成功させる。これをSCAP（連合国最高司令官）マッカーサー元帥に納得させるための特使だ。

ジョージは、鋭敏な岸がこれに気付くのではないかと思った。岸が「ケナン氏きのう入京」の新聞記事をプリズンの図書室で読めば、新聞は入京の意味について一言も触れていないが、ケナンが「国務省政策企画局長」となっているのを見て、これは自分の身にも繋がる、と直感したのではないか。何故なら、一昨年5月のプリズンにおける最後の会見でサカナリが、これは駐ソ大使館参事官だったジョージ・ケナンの考え方に基づく、と言った。それを岸は思い出す。そしてG2との「プロミス」が進む可能性を実感するのではないか。

マッカーサーは長旅で疲れているケナンを自室に呼びつけ、「共産党は脅威ではない。日本人の考え方を民主主義とキリスト教で革命的に変化させる」と2時間の大演説をぶったという。

ケナンは辛抱強くマッカーサーの言葉に耳を傾け、その後日本各地を視察したそうだ。そして、日本の現在の占領政策について次のような「誤り」を指摘した文書をウイロビーに渡し、マッカーサーへの説得を頼んで帰国したという。その際、これと同じものをマーシャル国務長官に「報告」として提出する、だからトルーマンもこれを読む、と言った。

それをウイロビーはジョージにだけ示した。

ケナンの指摘は次のようなものだった。

『日本企業２６０社がＧＨＱから「過度の経済力集中」と指定されている。そのイデオロギー的概念はソ連の見解と非常に似ている。

１、中国やフイリッピンに日本の工業設備が賠償として引き渡され、日本の復興が阻害されている。

２、充分な国内治安対策が取られていない。共産主義者への対応は急を要する。

３、日本共産党は自由な政治的活動を認められ、急速に力を強めている。』

朝鮮半島はこの時代、38度線を占領境界線として米ソの軍政が敷かれていたが、１９４８年8月13日、アメリカの支援を受けて大統領に選出された李承晩がソウルで大韓民国の成立を宣言した。これに対し9月9日、金日成がソ連を後ろ盾に朝鮮民主主義人民共和国を宣言し、統一は不可能となった。

一方中国大陸では、農村部を中心に共産党勢力が増大を続けていた。国民党は衰退を続け、１９４８年9月から始まった「三大戦役」によって共産党軍は国民党軍に決定的な勝利を収め、その後も共産党軍は破竹の勢いである。アメリカにとって極東における日本の重要性の認識は喫緊の課題だった。
1948年11月4日、極東国際軍事法廷のウエッブ裁判長は物凄い早口でA級戦犯25名への判決言い渡しを開始した。そして12日、最終言い渡しを完了した。
絞首刑―土肥原賢二、広田弘毅、板垣征四郎、木村兵太郎、松井岩根、武藤章、東条英機の七名。
終身刑―星野直樹、賀屋興宣、木戸幸一、小磯国昭、大島浩、佐藤賢了、鈴木貞一、梅津美治郎ら十六名。

ウイロビーはこの判決により、プリズンが色めき立つと判断した。岸の動静を探る任務が、今度はジョージ・サカモトに下された。

プリズンはまさに騒然としていた。

しかも昨日、操縦不能に陥って不時着した米軍機俘虜を虐待した罪でB級戦犯（通常の戦争犯罪に問われた陸軍中尉に絞首刑が執行されたばかりだった。

判決が下ったA級戦犯7名の処刑がいつ行われるか？　同時に、残されたA級戦犯容疑者への第二次起訴の発表は今日か明日か。

ジョージは巣鴨プリズンの岸が収容されている舎房の担当看守長の大尉と面会し、そのほかの収容者と取り交ぜて慎重に岸の動静を探った。すると意外な結果が浮かび上がった。

岸は、昨年釈放された東條内閣井野碩哉農相や鮎川義介満州重工業総裁の釈放の例を引いて、第二次起訴はないだろうと周囲に話し、皆の動揺を抑えているという。

そのうえ、以前は下級米兵に掃除のやり直しを命じられるとムッとして、あのギョロ眼で睨みすえ、わざとサボタージュして殴打された事さえあったのに、最近は率先して清掃労働に従事し、時に笑顔まで見せて看守の米兵からの評判もいいという。

ジョージはウイロビーに、判決は岸を動揺させなかっただけでなく、岸は益々「プロミス」を念頭にしている、と答えた。それは「プロミス」の好影響としてウイロビーに確信を与えた。

(三) 岸、釈放

12月23日午前零時1分、東条英機以下7名のA級戦犯の絞首刑執行が開始され、零時35分、終了した。

満州の二キ三スケは生存一キ二スケ、となった。終身刑星野直樹、未決岸信介、釈放鮎川義介の3人である。

同じ23日、吉田内閣への不信任案が衆議院で可決され、吉田はその夜のうちに解散に打って出た。

翌12月24日午前、岸信介は、別セクションが担当する児玉誉士夫、笹川良一らと同時刻に巣鴨プリズンから釈放された。

新聞にその日の岸の様子が記者によって聞き書き風に書かれ、ジョージはそれを読んだ。

岸は米兵のジープに乗せられて巣鴨プリズンのゲートを出ると、3年3ヶ月ぶりに東京の街を走って首相公邸に乗り付けた。

解散を決めた吉田内閣は、生き残り策を練る臨時閣議の真最中だった。釈放を聞いた官房長官の佐藤栄作が、驚いて公邸の玄関へ兄を迎えに出た。

その夜は、栄作の五高以来の友人で大蔵官僚の池田勇人、商工省以来の岸の腹心椎名悦三郎、岸の妹の夫、岸の元秘書秋本健なども交えて、料理屋「永田倶楽部」に集まって岸の釈放を祝った。

椎名が岸に言った。

「岸さん、世の中は一変しましたよ。あの威張ってた兵隊ももういません」

すると岸は、こう言って上機嫌だった。

「世の中おかしなものだな、いまやわれわれはみんなアメリカ製民主主義者だ」

それはアメリカ製でない民主主義もある、という意味なのか、自分がアメリカに命を預けた、という意味なのか、とジョージは思った。

これからどうするんだ兄さん？　と弟が問うと、一旦田布施へ帰り、身体を休めてから東京へ出て来る。それからは英語の勉強でもするかな…と呟いたそうだ。

ジョージは岸が言った「英語の勉強」の意味を知る者は、この日本に自分とウイロビー以外にはない、と思った。

ジョージと河辺はウイロビーに命じられた。

「恐らく半年か一年後だろうが、岸が田布施から東京へ出てきたら、直ちにその動静を逐一報告せよ」

半年か一年…やっと、ジョージにゆとりが生まれた。

だが、ジョージの頭には「休暇を取って帰国する」考えはもうなかった。１９４８年12月31日の大晦日から佐伯ふく子がジョージの家で暮らすようになったからである。

ふく子が大晦日を一人で過ごすのがイヤだと言ったので、ジョージは自らジープを運転し、横浜のふく子の部屋から全ての荷物を我が家へ運んだ。

明けて１９４９年元旦、ジョージはふく子が作ってくれた「お雑煮」を食べた。

「お雑煮」はミシガン湖畔の我が家でも毎年正月の恒例の行事だったからよく覚えている。毎年、暮れに父が知り合いの日系人から杵と臼を借りてきて、母の合いの手で父とジョージが餅をついた。

ふく子の作ってくれた横須賀生れの雑煮は、ジョージの母の鹿児島流のイモや豚肉のドロドロした濃い味の雑煮ではなく、サラリと薄い都会風の鳥雑煮だ。

日本では、料理も夫々の地方で似て非なるものと言える。食文化もアメリカ流大雑把とはまるで違う。

ふく子が戸山ハイツで暮らすようになってから、ジョージはふく子を「その種の女」と見る周囲の目があることに気付いた。隣に住む大佐の目にもそれは明らかだった。ハイツに住む米人将校夫婦たちの目にも卑しげな「笑い」が含まれていた。

ふく子は「気にしない」と言ったが、ジョージはウイークデイに休みを取り、ふく子が大学に出かけるとき、少し早く家を出て新宿の歌舞伎町まで散歩しようと誘い、いきなり新宿区役所に入った。

「戸籍住民課の窓口へ行き、予め自分だけサインしておいた「結婚届け」を出し、ふく子に署名を促した。

初めは呆気に取られていたふく子も、やがて上気した顔で企みを理解し、サインした。窓口の女性が「コングラチュエイション！」と言ってくれた。アメリカ兵で日本女性と結婚する者もかなりいるらしかった。

ふく子が言い出し、隣の大佐の家にも紅白ののしで包んだ菓子折りを持って「結婚のご挨拶」に行った。何の劣等感もないふく子のサバサバした挨拶に、白人の大佐も「例の目付き」を改めて爽やかな笑顔を作った。

その事があってからジョージの家はふく子の方針で壁紙からカーテンまですっかり全て模様替えがされ、本当の「新居」になった。

一月の終わり、もうじき3年生のふく子は、司法試験の勉強を始めた。それを見たジョージは「節約すれば何とかなる」と言い、ふく子に仕事を辞めさせることにした。

第六章　ＣＩＡ　VS　岸信介

（一）岸、始動する

岸は、今年中は田布施だろう。そう思っていたジョージに、まだ１９４９年の正月が明けた2月初め、河辺がこう告げた。

「岸さんが、弟の吉祥寺の家を譲ってもらって、今月中頃に引っ越してくるそうです」

吉田首相の腹心佐藤栄作は、手狭になった吉祥寺の家から麻布の元伯爵の豪邸へ引っ越した。その後へ岸信介が娘の洋子とともに住むという。後から妻の良子も上京するらしいとの情報が、山口の警察から河辺へもたらされた。

岸はもう政界復帰の活動を開始するのか？　田布施で静養し、戦争の一部始終やA級戦犯虜囚生活の来し方について考える暇もなく、二ヶ月もたたぬうちに東京へ戻る！　これは「プロミス」を意識したとも言えるが、余りにも性急にすぎる。ジョージはそう思った。

最後にサカナリと巣鴨の岸を訪ねた際、「どちらにしましても政界復帰には時間がかかりますよね。東京へお戻りになる迄にはどのみち1、2年…」とサカナリが言った。あの時のムッとした岸の顔をジョージは思い出した。

「そんな事をしたら、忘れられてしまう！　上部にそう申し上げて下さい」

G2に忘れられると言ったのか、日本人に忘れられると言ったのか、何しろ岸はそう言った。

岸信介という男には、戦争の4年半と巣鴨の3年半、計8年間を回想し、己が何をしてきたか、今後をどう生きるのか、己を見つめ、考えることより、弟の栄作、椎名や鮎川、政財界人たちと接触したい気持ちの方が圧倒的に強いことになる。そして、ジョージたちとの密約に気が逸っている。

ウイロビーの言う「ノブスケ・キシ　アズ　ジャパニーズプライムミニスターインフユチャー、パートナーフォーアメリカ…」が、この戦争の指導者としての悩みより、遥かに強く彼の心を支配していることになる。かつて彼が満州へ渡った時のように、次の巨大な目標がもう目の前にあるというのだろうか。

「ほんとうだろうか…」

ジョージは心に呟いた。

この報告に、岸が次の活動期へ入ったと判断したらしいウイロビーは、ジョージに、河辺、有末の力も借りて岸を内偵するよう命じた。

ジョージは、ＣＩＣによる岸への尋問記録から、８年前の１９４１年に、岸が当時最も若い日本商工会議所会頭に就任した財閥藤山コンツェルンの藤山愛一郎と親しくしていたことを知った。

有末は、駐イタリア大使館武官時代、外遊中の藤山と知り合い、以来懇意だという。そこで有末から打診してもらうと、藤山は既にこの正月、田布施の岸に年賀状で「いつでも力になる」と申し入れていた。岸からは「暫くは吉祥寺で東京の娑婆の空気に触れながら戦後に馴れる」むね、一筆返事があったという。有末を通じ、藤山と今後の連絡を取る事になった。

岸の新居となった吉祥寺の旧佐藤栄作邸は、戦災を免れた古い日本家屋だった。

２月中頃、岸がそこに家財道具を運び入れ、暮らし始めたと、河辺が報告してきた。


ある午後、ジョージは吉祥寺へ、私服にソフト帽、オーバーという出で立ちで探索行動に出た。

夕暮れ近く、その家から岸が和服に羽織、マフラー、ソフト帽で姿を現し、井の頭公園へ散歩に出た。

後をつけると、冬枯れの公園内を暫く散策してから西出口を出て右へ折れ、今度は省線のガード下を潜って、吉祥寺駅北側に広がるゴミゴミとした焼けトタンの一帯、飲み屋と食堂が混然と密集する中へ平然と入って行く。

そのほとんどが焼けトタンの軒の低い店ばかりだ。

ジョージが物陰からそれとなく観察していると、岸は屋台で一本ビールを呑んだだけで、誰とも話すわけではなかった。

岸の去った後へ、何処からともなく現れた制服の警官が、店の主人に何事か聴いている。警視庁の思惑とGHQ情報部のそれは全く異る。岸は日本の警察にとって、占領が続く限り追放中のA級戦犯容疑者であり、要注意人物だった。

ふく子の大学の法科の教授が、「既に逆コースが始まった」と言っているという。GSが始めた日本の民主化が、今やG2に取って代わられ、それと共に民主化とは逆の「反動」が顕著に現れたのだろうか。ジョージは今後自分たちが岸を盛り立て、「逆コース」を進めるのだろうか、と思って後ろめたいような気がした。

日本国憲法のGHQ草案に強い影響を及ぼした憲法研究会の主宰者高野岩三郎がNHKの会長に就任した。憲法学者鈴木安蔵も生まれて初めて国立静岡大学に就職出来て教授に迎えられ、憲法普及会理事としてしばしばNHKラジオに登場し、憲法を語っている。

一方で新憲法が広い範囲に普及しつつあるのに、他方で日本は早くも「反動化」し、戦前への道を逆戻りし始めているのだろうか。

それは、ジョージがウイロビーから命じられて関わる岸信介の行方とも深く関係していることかもしれない。時折ジョージは理由の判らぬまま、心が重くなった。それは、ふく子の目は自分をどう見るのだろう?　という思いと関係していた。

時の権力の意向なら何でも聞く日本の文部官僚たちが、逆コースに転じたGHQに強く順応し、国立大学を始め、教育界を民主化とは逆の方向へ向け始めたのだとふく子は言う。

ふく子の大学でも大学当局と学生や教授たちの間に対立が起き、度々学生によるストライキや衝突が起きていた。

旧高級軍人たちは未だ街に姿を現さず、旧軍人と言えば街に溢れる白衣と戦闘帽の傷痍軍人が募金箱を差し出す姿と、ピカピカの軍靴をさらに靴磨きの磨き台に乗せて「シューシャイン！」と叫ぶ戦勝国の進駐軍兵士だけが目立っていた。

高峰秀子の「東京カンカン娘」の唄声が鳴り響き、確かに日本は復興へ一歩を歩み出そうとしている。でも敗戦した日本の復興がなぜ「逆コース」で行われなければならないのか？　ジョージはよく訝しげにふく子に尋ねた。「恐らくおカネでしょ。言う事を聞けばカネをくれるからよ！　アメリカはおカネで日本を支配する」

そうかなァ…ジョージは自問自答を繰り返した。

１９４９年（昭和24年）秋、銀座四丁目から新橋よりに数ブロック行った交詢社ビル７階の一室に、岸は藤山愛一郎の力で個人事務所を持った。

藤山の経営する日東化学の監査役にも就いて、名誉職だが金にはなる。その上、藤山は事務所に女子事務員までつけてやったそうだ。

岸はそこに「箕山社（きざんしゃ）」という看板を掲げ、表向きは営利企業の体裁を取った。河辺が調べると、「箕山」は岸の故郷の山の名だった。

岸はそこで碁を打ったり、訪ねて来る友人達と政治について議論しながら日を過す。公職追放中の身ゆえ政治活動はできない。今も警察の尾行がついていた。

だが、去年の暮までA級戦犯として巣鴨プリズンにいたことを考えれば、それはまるで夢のような「戦後」に違いない。満州に単身赴任して毎夜を芸者と過ごした身とすれば、田舎で妻と「静養」など一時も考えられず、今のような生活が岸の「静養」なのかもしれない。神楽坂に若い頃からの馴染みの芸者もいる。そう有末が言った。

1950年に入って箕山社には、藤山や椎名悦三郎のほか、元「国策研究会」の矢次一夫、かつて「満州太郎」の異名を取った山下太郎、元企画院総裁の安倍源基、元立憲政友会の川島正次郎、社会党の三輪寿壮、衆議院議員の赤木宗徳ら多数の男たちが出入りするようになった。


ウイロビーがジョージのセクションに、「目立たないやり方で」と釘を刺し、いよいよ岸に焦点を絞った指示を出した。

先ず有末が藤山に頼んで岸事務所の女子事務員に因果を含めてもらった。

昼飯どき、岸が箕山社にいた数人と食事に出ようとすると、彼女が言った。

「岸先生、ご存知ですか？　銀座六丁目に出来たお店のチキンドリアが、いま大評判だそうですよ」

岸たちがそのレストラン「銀座ブランカ」へ行ってみると、確かに旨い。すっかり気に入って、岸は一人でも行くようになった。

ある日、ブランカの主人川部美智雄が岸に話しかけてきた。

「岸先生。わたしは、戦争中木更津で米軍の本土上陸に備えて塹壕を掘っとった兵隊なんですが、英語が少し出来るんで去年までＧＨＱのＥＳＳ（経済科学局）、マーカット少将の下で通訳をしてたんです」

「ああ、ＥＳＳにはキャピー・原田とかいう2世がいるネ」

「キャピーをご存知でしたか！」

「巣鴨にいた頃、財閥解体は是か否かと、マーカットの使いでわたしに意見を求めに来た。もちろん否！　そう言ってやった」

「ああ、それはニューズウイークがＧＨＱで内部抗争アリって記事書いた頃じゃないですか？」

「そうそう。あれから面白くなったらしいね」

「マーカット少将も民政局寄りを反省したらしいんです。わたしそのキャピー・原田から腕のいいコックを紹介されましてネ、ＥＳＳを辞めてこの店を始めたってわけです」

岸の頭に、Ｇ２の二人の日系2世将校の言葉が閃いた。

「こちらも英会話の勉強の機会を用意しましょう。それがこのプロミスが実行される最初の兆しです」

これは、あの「兆し」ではないのか？

「君、英語ができるなら、わたしに英会話を教える気はないかね。むろん謝礼はする」

すると、それを待っていたかのように川部が答えた。

「それなら、わたしよりもっといい人がいます！　イギリス人でとてもキレイな英語を話す！」

話は早く、もう翌日には、岸は川部から人懐こい笑顔を浮かべる長身の英国人を紹介された。それがニューズウイーク日本支局長コンプトン・パケナムだった。

父親が英国の駐日武官だったので東京生れ、日本語も達者だ。しかもパケナムは元駐日大使ジョセフ・グルーをよく知っていると言う。まぎれもなく「あの兆し」だ！　G2日系2世将校たちの上部はウイロビー少将だ。ウイロビーは自分が名乗る代りに、グルーの名を使った。二人は密接な関係にある！

「ミスター・キシのことは、グルーから何度も聞いています。日米開戦後のゴルフの一件ですよ。収容所生活が難儀だったらしく、グルーは非常に喜んでいました！」

「グルー氏はいかがなさっておられます？　お元気でしょうか？」

「元気すぎるぐらいですよ！　ACJ、アメリカン・カウンシル・オン・ジャパンというジャパンロビーを立ち上げましてネ、名誉議長です。日本を絶対共産化させない、日本の復興を助けると意気込んでおられます。わたしもACJの一員として活動しているんです！」

もう間違いない！　だが、例の守秘義務がある。野暮なことは言えない。

「岸さんは英会話に興味がおありとか？　宜しければわたしにお手伝いをさせていただけませんか？　わたしの家で週一回、報酬は要りません。その代り、日本で現在起きている政治や社会の出来事についてあなたからレクチャーを受けたい。如何でしょうか？」

「それは、なんですな。願ったりかなったりだ。是非お願いしたいものです！」

トントン拍子に話が進んだ。

彼が去ってから、岸は川部にパケナムとはどういう人物か、と尋ねた。川部も恐らく向こうと通じている。何も遠慮することは無い。

「パケナムさんはですね、マッカーサーに嫌われてます。何しろ『ニューズ・ウイーク』がＧＨＱを槍玉にあげましたからね」

「わたしもマッカーサーは大嫌いだ。彼は日本を民主国家にするとか何とか言ったけど、巣鴨のアメリカ兵は仮にも一国の大臣を務めたわたしを殴った。全くひでえもんだよ！」

「わたしもマッカーサーのやり方、特に民政局のやり方に反対です。ある時、日比谷を歩いていてパケナムから声を掛けられました。マッカーサーが大キライ、で意気投合し、ＡＣＪ日本支部を立ち上げましたよ！」

川部によれば、パケナムは、二年前にＯＳＳを格上げして立ち上げられたＣＩＡとパイプを持つ人だという。

ＣＩＡは米国国家安全保障会議へ情報提供する中央情報局だが、未だ本格的な予算措置が講じられていないという。それに日本では大っぴらに活動ができない。

「マッカーサーが大のＣＩＡ嫌いだからですよ。困ったもんだ！」

と川部は言った。

パケナムはＣＩＡと繋がっている！　これは岸にとって重大な情報だった。Ｇ２に始まる「プロミス」が今、徐々にＣＩＡによる段階へ移行されつつあるのではないか？

岸とパケナムの出会いは川部から、有末経由でジョージ・サカモトに報告されてきた。

パケナムは約束を忠実に実行した。

彼が自宅として使う渋谷区松涛の元華族邸で週に一回午後、岸に英会話を教えるようになったのである。

レッスンの後、ブランカから運ばせた夕食を楽しみながら話は日本の政界・社会だけでなく世界情勢にまで及んだ。

岸とすれば、アメリカCIAによる自分への思想テストの一部だ。それは岸も望むところだ。こっちも向こうの考え方を知る事が出来る。何が一致し、何が自分と合致しないいか。

パケナムからは、GHQとは一味も二味も違うアメリカ保守層の考え方が直接岸に伝えられた。

アメリカはどうやら、日本を反共の砦として、ゆくゆくは日本が自力でアメリカのための砦を構築できるように、と考えているフシがある。だが、あまり自力が強くなり過ぎては真珠湾再び、ということにもなりかねない。当然そこを警戒する。あくまで米国主導のパートナーシップが重要だ。

米国の影響下、経済復興、再武装。これが絶対条件だ。自主性を育て過ぎないように。自分はそこを上手に利用すればよい…。

ジョージは、明敏な岸ならそう考えるに違いない、と思った。

アメリカでは、マーシャル国務長官の後を襲ったディーン・アチソンがトルーマン政権の国務長官に就任し、強力な反共主義者ジョン・フォスター・ダレス上院議員が国務長官顧問、ジョンの弟アレン・ウエルシュ・ダレスがＣＩＡ作戦部長に就任した。

ジョージは考えた。

このような米国の新布陣から、岸は自分がやがて乗り出す日米間の謀略の地図を思い描く。謀略はそもそもＧ２のウイロビーによって始められたが、今やＣＩＡがその本家として動き出しつつある。これこそウイロビーがＣＩＡ立ち上げ当時から描いた絵図だったのではないか。

では、岸の謀略の目的は何か？　権力を取ることか？　政治家である以上、そうだろう。だが、権力を手に入れ、何をするのか。それが不透明だ。

その時、ジョージは衛藤が話してくれた鮎川と衛藤の初対面を思い出した。鮎川は言った。

「稼いだカネを自分で使うようになったら、これほどツマラン人生はない！　貧しい人々のために使う。そしてマネーでサーベル組を黙らせるのだ」

そう鮎川は言った。

鮎川は束の間ではあっても衛藤を惹きつけた。鮎川はそれを持っていた。だが、岸に鮎川のセリフは無い。まるで違う。岸は鮎川を利用しただけだ。岸の夢はやはり、戦後日本の「満州化」ではないのか？　アジアに広がる日米共同資本の広大な「満州化」ではないのか？　あの時は失敗したが、もう一度、さらに大きな満州を…。しかもそれを、つい先程までの敵国からの支援でやる。それが自分の再浮上の道だ！

日本を、戦争して負けたアメリカの力と金を利用して再建する。

歴史とはそういうものだ！　起き上がり小法師！　岸の笑い声が聞こえるような気がした…。

もしかすると、岸はあの戦争によっても何一つ変わってはいない。大敗戦によっても変わらなかった。彼にとって敗戦は敗戦ではなかった。それは日米開戦の初めから想定されていたのかもしれない。

ジョージは息を潜めて岸を見守っていた。むろん情報は刻々とウイロビーのもとへ届けた。

歴史は、ウイロビーの想像力を上回って動いた。

ウイロビーはいくらソ連が後押ししても北朝鮮軍の侵攻はあり得ないと分析し、マッカーサーはウイロビーを信じていた。

１９５０年（昭和25年）６月25日、突如、北朝鮮軍七個師団が韓国との境界38度線を突破し、破竹の勢いで侵攻を開始した。朝鮮戦争の勃発だった。

６月28日、川部が岸を「ブランカ」の奥の自室に招き入れて、声を潜めた。

「岸先生、実はパケナムがね、急いでワシントンへ行かなければならなくなったので、今日の英会話はお休みです。ついては、自分の留守中この話を岸さんに伝え、このメモを読んでいただいて、考えておいてほしいとのことなんです」

川部が岸に渡したメモには、数日前、朝鮮戦争の勃発直前に、パケナム邸で密かに行なわれた日米要人の会議の内容がつづられていた。

それを岸信介がどう見るか。パケナムはそれを知りたいに違いない。岸は、自分がパケナムからアメリカのパートナーとしておまえはどんな意見を言うか、と問われた気がしただろう。

川部の話はこうだ。

パケナムがアメリカへ行く数日前、従って朝鮮戦争勃発の数日前、国務長官顧問ジョン・フォスター・ダレスは、緊張の高まる朝鮮半島情勢を視察に出掛け、李承晩大統領と会い、自らの目で38度線を視察した。

その帰途、６月22日、ダレスは危機感に駆られ、東京へ着くと直ちにマッカーサーに会い、そのあと官邸に出向いて吉田首相と秘密会談をもった。

マッカーサーは頑固にウイロビーの分析を信じていた。

そこでフォスター・ダレスは吉田に、強い口調で東西冷戦下の朝鮮の危うさ、韓国軍の脆さ、日本への影響の急を告げ、日本の再軍備と平和条約締結後も米軍の軍事基地を存続させる事を約束するよう迫った。

だが、吉田はヌラリクラリと態度を明らかにせず、講和条約の前は拒むという態度だった。

ニューズウイーク外信部長ハリー・カーンはこうなることを予め予想していた。そこでダレスの後を追うように東京へ飛んできていた。

吉田ダレス会談の後、カーンは渋谷のパケナム邸で、ジョン・フォスター・ダレスを囲む日米要人による秘密夕食会を主催した。豪華な夕食が川部の手で銀座の「ブランカ」からＭＰに先導された米軍の軍用乗用車で超スピードで渋谷へ運ばれた。

アメリカ側は、カーンの他にパケナム、国務省極東アジア局長ジョン・アリソン。呼ばれた日本側は澤田廉蔵外務省嘱託（元外務次官）、海原治国家警察本部警備部長、大蔵官僚渡辺武（元満州局）、そして松平康昌宗秩寮総裁（天皇側近）だった。

日本側とアメリカ側のこれほどの高位の官僚が非公式に語り合ったことには前例がない。

川部によれば、先ずハリー・カーンが話を切り出したという。

「今夜は、極東問題と日本の役割、吉田さんの基地貸与への曖昧な態度などについて日米から忌憚のない意見の交換をお願いしたい」

渡辺武がメモし、パケナムが川部に託した記録には次のように書かれていた。

ダレス「日本は、目下の国際間の嵐がどんなに激しいかを知らないから、牧歌的な芝生でのんびり陽をあびている」

渡辺「しかし、憲法九条によって自ら守る方法のない日本人には、将来への漠然とした不安感はある。アメリカが日本をアメリカ側に引き付けておこうと思うのなら、ロシアの侵入から必ず保護されるという安心感を与える事が必要であると考える」

ダレス「ロシアの性格はヒトラーその他と違い、じっくりと将棋を指すやり方で行けば、勝算のない戦争はやらない。現在の戦力は5対1でアメリカ絶対優位である。しかし、もし西独および日本がロシアの手に落ちれば、比率はロシアに有利になり、戦争の危険にさらされる」

カーン「日米平和条約締結後も日本に米軍の軍事基地を置くには、そのことをどちらから切り出すべきと思うか？」
渡辺「アメリカおよび日本の世論から考えると、日本からがよいと思う」
カーン「しかし吉田首相は反対のようだ」
ダレス「アメリカとしては、仮に日本の工業全てを破壊して撤退したってよいわけだ。そうなれば日本は完全に平和になる。ただし日本人は飢え死にするかもしれないと言っておく。わたしは日本がロシアに付くか、アメリカに付くかは日本自体で決定すべきだと思う」
川部によれば、この時ダレスは日本へ来てようやく、言いたい事が言えた興奮で頬を紅潮させていた。
カーン「総司令部への日本人の感情は？」
渡辺「初め予想したより寛大で、敵国に援助を与えるところを見て非常に好感を持った。しかし、戦争の期間より占領が長引いて占領されていることをＪＵＳＴＩＦＹする理由が減ってくるに従い、日本から不平が増大してくる」
ダレス「日本にデモクラシーというか、アメリカ的自由が生まれると思うかネ？」
渡辺「もし、日本にアメリカと同じＤＥＭＯＣＲＡＣＹを予想されるなら失望するだろう」
ダレス「そうか。ＤＥＭＯＣＲＡＣＹはＤＩＦＦＥＲＥＮＣＥを前提としているからね」
カーン「共産党を非合法化するという問題はどうか」
澤田「非合法化すべしと考える」

海原「反対である。現在の警察力は無力であり、地下へ潜らせる事はかえって不利だと思う」
渡辺「自分も合法化しておいた方がよいと考える」
パケナム「日本が共産党の革命に以前よりも弱体化しているのは、天皇制が強くなくなったからだ。2・26のように、天皇制があればこそ押さえ込めた。今は革命軍は天皇には目もくれず、総理大臣を捕らえるか殺せば目的を遂げられる」
アリソン「共産党は日本においては、ある程度大衆の支持による活動は断念したと考える」
カーン「天皇に対する国民の感情は変わったか？」
澤田「少しも変わらない」
渡辺「変わらないと思う」
海原「自分は変わったと思う。むしろ親しみを増した」
パケナム「日本の運命の代表者としての天皇に対する感情は、戦前よりかえって深くなったとわたしは思う」

岸は、川部から渡されたメモを読み終わると、こう言った。

「これはなんだな、問題は日本側がトルーマンやダレスへ、何か約束事のような事をしたかどうか。そこが肝心要だな。吉田さんとダレスが不具合に終わった直後だけに、だ」

川部は、そういうことはなかったようだ、と答えた。

「じゃ、元内大臣秘書で天皇側近の松平康昌さんが呼ばれているところがひっかかる。アンチマッカーサーのダレスやカーンたちが、吉田さんを飛び越して直接天皇の意向を聞こうとしたんじゃないか？」

ジョージは少し後、岸がさすがに正鵠を射ていた、と気付くことになる。

暫らくして、岸は東京へ戻ってきたパケナムから「松平ペーパー」の話を聞いた。それはこうだ。朝鮮戦争が勃発した6月25日、天皇側近の松平康昌宗秩寮総裁がパケナム邸を訪れた。ダレスを囲んだ夜に話し合われた内容を松平が天皇に報告したところ、天皇はひどく感じ入った様子で松平にこう言った。その「お言葉」を松平はペーパーに起していた。

「実はこれが、わたくしの報告を聞いた天皇陛下が、ダレス氏にご返事したいと仰せられた内容なのです」

松平はペーパーをパケナムに差し出した。パケナムはその「松平ペーパー」をダレスに渡すため、急遽帰国したのだ。

「天皇は、来日するアメリカの要人と同等レベルの日本人が胸襟を開いて率直に話し合う機会はこれまでなかった。その意味で今回の会議の内容を松平から聞いて大変喜んでいる」

と先ず書かれていた。さらに、

「天皇は、これまでに意見を求められた日本人たちは無責任で日本人を正しく代表してはいないと感じている。それは日本人がパージを恐れて本当のことを言わないことにも起因する。過去、日本人はアメリカ以上に悪意を持った日本人に苦しめられてきた。だが今こそパージの緩和が求められ、有能で先見性のある善意の人々が自分の考えを公式に表明できるようになれば、基地問題をめぐる最近の誤った論争は日本側から自発的に避けるようになるだろう」

とあった。

岸はこれを読んで、自分が川部に尋ねた内容が、まさに急所をついたことを知っただろう。

だが…とジョージは考えた。これはまさに、天皇が自らを語っている。

本当に天皇が松平メモ通りに言ったとしたら、これは驚くべきことだ。何故なら天皇は昭和16年9月6日、近衛内閣の「帝国国策遂行要領決定」の御前会議、12月1日、東條内閣の日米開戦決定御前会議においても、後の朝鮮戦争前夜のこの日と同じように政治的にリアルな判断をしていたことにはならないか？　しかも、メモを取った松平は、この3月に宮中で開戦時に関する天皇の弁明のために日記や独白を「聴き取り」した宮内省高官5名の一人だから、余計にそれを感じたのではないだろうか？という疑問である。

開戦の時は、「有能で先見性のある善意の日本人たちは已れの考えを公式に表明することができなかった」同じく天皇も「パージを恐れ、悪意を持った日本人に苦しめられて」日米開戦に「不同意にもかかわらず裁下した」ことになるではないか！

ジョージは思う。開戦決定の時、岸もまた自分が天皇からそう問われていた、そう今思わなかっただろうか？　「お前はどちら側だったのか？」と。

パージを恐れる側にいたのか？　でもあの時、天皇がパージを恐れ、本当に味方が欲しいと思っていたとしたら、岸は自分も商工大臣として石油に関して明確に戦争は否、の情報を出さなかった責任を天皇から問われていることになる。このような天皇の言葉からすれば、岸はパージする側にいたことになる。「悪意を持った日本人」だったことになるではないか。

でもそれはズルイ！　と岸は天皇に対して思わなかっただろうか？

商工大臣岸は、石油の見通しの全データを示し「戦争は不可能です」という意見を開陳していない。風を読み、潮目に合わせた。政治家として、商工相としてリアルな言葉を失っていた。

それでも、天皇は「裁下せず」を示せる唯一の人だった筈だ、と。統帥権を持つ唯一の人だ、と。天皇は、１９４６年９月６日の近衛内閣の最初の開戦決定御前会議では、「よもの海　みなはらからと思う世に　など波風のたちさわぐ」と明治天皇御製を詠んで抵抗した。だがそれは、いま朝鮮戦争が迫る中でダレスに訴えた声と比べると､リアルな声ではない。比べようもない詠嘆である。祖父の歌で判ってくれ、というような事態ではなかった。自らの国民が世界を相手に戦いに打って出ると決する会議なのだ。

いま、あの時とは異なる空気の日本になり、天皇も自分が「人間」として機能する事が出来るようになったためなのか？　だから天皇も今、こんな政治的にリアルな言葉を吐ける、とでもいうのか？　それでは、あの時の、政治的にリアルに機能できなかった大柱の自らの責任は一体どうなるのか！

ジョージは１９４１年12月、日系2世としてアメリカにいて、日本にはいなかった。だから、その時の日本で生を受けた日本人のように、今そう叫びたかった。

大学で学ぶふく子の話では、東大教授の宮沢俊義という、政府の松本譲治憲法問題調査委員会に所属していた憲法学者が、昭和21年の春突然、憲法上も新憲法を日本の「八月革命である」と言い出したそうだ。「敗戦」という「八月革命」で天皇も「人間」になる事が出来た。だが誰が革命を起こしたのだろう？　全ては敗戦がなければ起きなかった。となれば、敗戦を決定した天皇が「革命家」じゃないか！

ジョージは思う。いま岸は、パケナム、カーン、グルー、そしてフォスター・ダレスやアレン・ダレスなどの方向へ、天皇もまた閃きの先行投資をした、と思ったのではあるまいか？

そして岸は内心意を強くした。自分も天皇と同じ方向を向いている。この路線は、日本の政治家にとってもアメリカにとっても担保された保障なのではないか？　昔から日本では天皇と共にあった方が何事もやりやすい。天皇制は時の権力に利用され、利用もしてきた。

岸はいま、政治を再び動かす方向へ自分が確実に足を踏み入れた、と感じた筈だ。これからはダレス兄弟と共に歩む。政治とは、常に勝ち組に乗ること。負けそうとわかったら乗り換えることだ。東條さんにはその柔軟性がなかった…。

パケナムは岸にこう言った。

「天皇は、頭の固い自由主義者吉田首相を非難している。いよいよ岸さんの出番ですね。私どもは是非お役に立ちたい。なんなりと要求を仰って下さい」

これは、釈放から1年有半、岸がパケナムを通じてアメリカの新国家機関ＣＩＡから具体的な要求を言え、と言われた瞬間だった。やはり早く東京へ帰ってきてよかった！

巣鴨プリズンで、Ｇ2の日系2世情報将校2人に政治家としての未来を米国とのパートナーシップに捧げると誓って以来、3年の時をかけてコトは熟成した！

「では、わたしの要求を申し上げげましょう。先ず米国大使館の方々とご交際を願いたいものですな。色々と意見を交換したい。それともう一つ、米国への紙の輸出枠を一ついただけると幸いです」

岸は小規模だが発展途上にある東方パルプの会長に就任していた。その「輸出枠」を通して資金的「支援」をいただきたい。満州国で学んだ「濾過装置」である。

岸は英語レッスンのパケナム邸で、ニューズウイーク誌のハリー・カーンにも紹介された。

岸はカーンとの会話を、英語の辞引きを手に英語で行った。果たしてカーンは岸のやる気に感動した。

「ミスタ・キシ、あなたとなら日米はきっとうまくいく」

カーンは賛辞を惜しまなかった。

一方、朝鮮半島では韓国軍と韓国駐留の米軍顧問団が、破竹の勢いの北朝鮮軍に圧倒されていた。半島最南端釜山へ追い詰められ、いつ海に追い落とされるかは時間の問題だ。

その時、マッカーサーが捨て身の賭けに出た。ソウル西方20キロの仁川に突如逆転の上陸作戦を敢行した。そして成功したのである。

岸はカーンから、元ＯＳＳ要員で現アメリカ大使館の要人、ＵＳＩＳ（広報文化交流局）情報宣伝担当ビル・ハッチンスンを紹介され、ハッチンスン家の居間で定期的に会うことになった。

そこには国務省極東アジア局長のジョン・アリスンも同席し、日米関係だけでなく世界情勢についても意見を交わした。

岸は自分の政治方針を彼らに説明した。

「わたしがなすべき第一は、軽武装、対米依存の吉田自由党を引っくり返し、経済復興、日米協調を旗印に保守を合同させ、一本化することです。その上で憲法を改正して再軍備し、米国と経済・軍事のパートナーとしての密接な関係を作る事です」

ビル・ハッチンスンは肯いた。

「わたしはジョン・フォスター・ダレス、アレン・ダレスとの強いパイプを持っている。岸さんの方針をこのままダレス兄弟に伝えましょう」

ハッチンスンの身分は表向きはそれほど高位ではないようだが、情報（インテリジェンス）担当者にはその身分は隠れ蓑である場合が多い。それを岸は満州で既に経験済みで、気にしなかった。例えば満州の甘粕正彦である。彼は板垣征四郎大将、東條大将、岸と対等に口をきいた。金をよこせ、とも平然と言った。彼だ、と考えればいい。

日本は朝鮮特需に湧いたが、東西冷戦によって国論も二分され、方向は定まらない。吉田内閣の混乱も続いていた。今だ。それなのに資金援助の話はまだない。こちらから言い出させるのか？

ある時、岸はたまりかねてビル・ハッチンスンに迫った。

「わたしの考えている政治を、この日本で実現するにはですよ、相当な金額の政治資金が必要なんです。アメリカ側に、その裏付けを行う用意が果してあるんですか」

ハッチンスンは驚いたような顔をした。

「ミスターキシ。むろん我々はプロミスを守ります。あなたも我々を裏切らないで頂きたい。尤もそのようなことは起こらないでしょう。もうじきあなたは、日本の政界の頂点で活躍することになります」

岸はホッとして、３年前の日系2世情報将校二人と交わした言葉の数々を噛みしめた。全てがＧＨＱ情報部門の元締めウイロビー少将の考えに端を発している。現在進行している事態は、まさにあの二人が言った通りだ。


ジョージは、河辺、有末とともに「岸に関する報告書」を書き、ウイロビーに提出していた。ところが、１９５１年4月11日、最大の変化が起きた。突如トルーマンがマッカーサー連合国軍最高司令官を解任したのだ。

前年9月の仁川上陸以来、マッカーサーは連合国軍（主体米軍）を東京から指揮し続け、一日たりと半島で夜を過ごした事は無かった。北朝鮮軍を一気に中朝国境に迫いつめた。

マッカーサーは、台湾に退いた蒋介石の国府軍と共に中国へ攻め登る、と本気で主張した。これに対して、北朝鮮は中華人民共和国周恩来首相に参戦を要請した。10月19日には既に中共軍参戦の兆候があった。事実毛沢東の命により中共軍数万が中朝国境を越えていた。にもかかわらず、ウイロビーは楽観的に分析し、中共の参戦を根拠のないこととして否定した。米中に第三次世界大戦の危機が迫った。たまりかねたトルーマンはマッカーサーを更迭し、後任にリッジウェイ大将が着任した。

当然ウイロビーも退役することになり、戦史編纂室と特別セクションも自然消滅することになった。

帰国するウイロビーは、ジョージ・サカモトを呼んで、こう言った。

「君にとっても帰国の機会だ。しかし君は日本人の女性と結婚している。弁護士を目指す優秀な女性だそうじゃないか。もう少し日本に残って岸ウオッチングを続ける気はないか？」

ふく子は4年生を卒業し、今年の司法試験に合格していた。現在自分が目指す、就職すべき法律事務所を探している。ウイロビーはそれも承知の上らしかった。

「岸の報告は米国のわたしに直接送ってくれればいい。わたしも帰国後はＡＣＪと密接に関係し、岸の問題に何らかの形でコミットする」

ジョージは先延ばしにしていた帰国をこの際実行しようと思ったが、長年携わった岸ウオッチングの仕事を中断するのも残念だった。岸とは誰か、彼はこれから何をするのか。目的は何処にあるか、それを見届けたい。

ふく子に相談した。すると彼女はこう言った。

「岸ウオッチングは、恐ろしい気もするけれど、あなたは日本人が誰も知らないことを知る事になる。それを何時か日本人のために明るみに出してくれるなら、続ける事に賛成よ。ただし、これからは私にも打ち明けてほしい。そして私の意見も聴くと約束して」

ジョージはウイロビーに、日本に残ると返事をした。ウイロビーはこう言った。

「この9月には講和条約が締結され、占領は終結し、ＧＨＱ自体が消える。君をアメリカ大使館外交部のアタッシェとして採用させよう。勤務地は大使館だ。情報収集の足場としては河辺を使え。予算は付くようにしておく」

ジョージにとっても岸にとっても、占領下という時代が終わった。

ＧＨＱの消滅で、ジョージは単なるウオッチャーとなった。岸も自分が敗戦のくびきから解き放たれたのを感じた筈だ。今や大きな舞台へ浮上した。既にアメリカ政府上層部と直接交渉できる位置にまでのし上がっていた。

１９５２年4月28日、サンフランシスコ平和条約が発効し、岸の公職追放も解かれた。

岸は東京で「日本再建連盟」を設立した。「自主憲法、自主軍備、自主外交」をスローガンに、会長に就任した。

日本再建、自主憲法、自主軍備。岸はこの言葉を気に入っていた。

敗戦下の制度、戦後レジームを無かったかのようにしたい。過去は水に流し、今度こそ上手くやるんだと言えば良い。日本人は過去に拘るのがキライだ。現世利益《りやく》。自分についてくるに違いない。

岸にとっていま大事なことは、「満州」のように「日本」を作る。「敗戦」を思い出させる新憲法を変え、「反省」して「新生」したかのような自衛隊を「国軍」に変化させ、強化して権力の後ろ盾にする。岸にとって、関東軍のいない満州は考えられなかった。政治家は「軍」を操ってこそ強い。外交も米国の支援を受けるのも自主のうち、自主外交だ。まさに「日本再建」は「満州再建」である。それこそ統制「政治」だ。今の憲法は「自由過ぎて」いけない。

ジョージがふく子に、岸の最近の動きを話すと、ふく子は強く憤慨した。

「木戸孝允、伊藤博文に始まる長州閥の富国強兵から一歩も出てない！　この機会に新憲法を完全実施して、日本を今までの日本と違う新しい国にしようという気概なんてまるでないじゃない！この人には、あの戦争を起こしたやましさが一片もない。人間としておかしいわよ！」

ふく子は実にハッキリしている。ジョージは、衛藤利夫が奉天ヤマトホテルで石原に投げつけた言葉を思い出した。建国の理想がどこにあるのか！

「この人はきっと表向きは自主を掲げても、裏でアメリカに追従するわ。この人にもし、米兵のわたしの妹への犯罪を相談したら、何て言うだろう？　恐らく、アメリカに負けたからそういう事が起きた。勝つためにはどうするか？と言い出すわね。自分たちが勝てば自分たちも米兵と同じことを平気でやる。それが戦争だ！と言ってね。そういう人よ。もう一度満州や台湾や朝鮮を従えて戦争で勝つ力をつけよう、富国強兵、繰り返しだわ。それが岸の野心よ！　ウイロビーには判ったの。だからその野心を利用しようと考えた」

満州に始まる岸の野心には日本の戦争の歴史が見える。それをふく子に話す気はしなかった。岸の「自主憲法」については語ろう。

「ぼくはＧＨＱにいたから知ってる。岸はＧＨＱの強制だ、と否定しているけれど、一見正当な主張のように見えてそうじゃない。実は第九条以外、ほとんどが鈴木安蔵という日本人の憲法学者を中心に憲法研究会が作った草案を下敷きにしてＧＨＱ民政局が作った。第九条は、日本軍国主義への批判と否定だけど、敗戦日本の庶民の正直な心でもある。憲法研究会草案には、明治自由民権運動の土佐が作った憲法草案という原典があって、ＧＨＱはそれを採用した。日本国憲法のベースは自由民権憲法だ。岸はそういう日本国憲法の制定過程を全く知らない」

「そうか！　土佐の植木枝盛の東洋大日本国国憲案は素晴らしいものよ。国家が悪い事をした時は、人民はこれを倒す事ができる！　革命権。岸は大久保や伊藤に続く有司専制の官僚政治家なのね！」

そう叫びながらも、ふく子は少し意外そうな目でジョージを見た。法科も出ない日系2世が意外にも日本の歴史や憲法の事を知っているからだ。

終戦以後、数年にわたって岸をウオッチして来たジョージの目に、岸の「敗戦」は大部分の日本人の「敗戦」とは違うのではないか？　と思えてきた。

それは今度の戦争も敗戦も日本人にとっては過去最大の悲惨であり悲傷なのに、岸にとっては、二度とあってはならない事ではないのではあるまいか？という重大な疑問である。

軍は、権力にとっては使える強力なパワーの一つであって、今後も強い意味を持つ。日本国憲法は制定過程がどうあれ、改正しなければならないものであり、「自主軍備」も矛先をアメリカへ向けない限り、アメリカは一旦は書いた「第九条」の改正に反対しない。その確実な心証を岸は米国人たちから得たのだろう。

A級戦犯だったがケロリとした顔で政治活動を開始した岸の「全く自虐的でない」態度に、箕山社の事務所に出入りする政財界人も椎名悦三郎、藤山愛一郎、三輪寿壮のほかに、社会党の西尾末広、河上丈太郎、浅沼稲次郎など、多岐にわたることになった。岸に新しい時代のリーダー、というより、彼のバックにある何らかのパワーを感じたのか。岸は連日彼らと「日本再建」を論じていた。岸の口癖は「ボクは何時何んどきも革新ですよ」だった。実際、社会党から選挙に出ても良いと平気で口にしているらしい。

「ボクは昭和11年にマルクス主義経済のソ連を研究し、満州国に重工業を立ち上げたんだ。吉田さんのナマクラ自由主義になぞついて行く気はない」

吉田のような、日本の保守の天皇主義リベラルは大嫌い。岸は常に現状を打破する革新右翼を名乗った。

1953年（昭和28）1月、アメリカにアイゼンハワー政権が誕生した。ジョン・フォスター・ダレスが国務長官に指名された。アレン・ダレスはCIA長官に任命された。これを見た岸は商工省、満州国以来の腹心椎名悦三郎に告げた。

「機が熟した…。そろそろ選挙に出る」

だが日本再建連盟の候補が次の選挙で落選したのを見て、自らは弟の栄作に吉田自由党入りを頼んだ。

「まあ段階を踏もう」

１９５３年３月14日、岸は、バカヤロー解散後の吉田自由党から衆院選挙に出て、当選を果たした。大嫌いな吉田から公認を受ける事も、気にする素振りさえ見せなかった。

Ａ級戦犯容疑で逮捕されて８年、巣鴨プリズンを出獄してから４年、岸信介は遂に政界復帰を果たした。


岸が復帰した政界は、吉田を担ぎながらその後継を狙う緒方竹虎、池田勇人、佐藤栄作らが自由党主流派を形成していた。

加えて、一度は選挙に勝ったが公職追放で首相の地位を追われた鳩山一郎を、三木武吉らの自由党反主流派が押し立てていた。これに、ミズーリ号上で無条件降伏に調印した重光葵の改進党が三つ巴で争う。

岸と石橋湛山は自由党反主流に属し、改進党芦田均とともに保守再編を旗印に掲げた。新聞は三人を「新党（を目指す）三人組」と呼んだ。

政治に人を集めるには「カネ」が要る。

1954年1月、戦後復興「計画造船の利子軽減法」をめぐる収賄事件で、自由党幹事長佐藤栄作が東京地検特捜部による逮捕の危機に遭遇した。

特捜部は、元々GHQの指令で出来た部署である。言う事をきかない吉田政権にアメリカが背後から「揺さぶり」をかけた、と噂された。

佐藤は吉田を動かし、犬養健法相に指揮権発動を命令させ、逮捕を免れた。

「政界再編」を旗印とする自由党反主流の総帥・三木武吉は、この機を逃さず鳩山一郎、岸信介らと共に党を割った。そして改進党三木武夫らを加え、新たに「日本民主党」を結成した。

岸は、三木武吉によって民主党幹事長の地位へ躍り出た。

これらの詳細もジョージから直ちにアメリカのウイロビーに報告された。しかしジョージは、この頃からウイロビーが日本や岸への関心を失いつつある気がした。「岸民主党幹事長誕生」の一報にウイロビーが返事をよこさなかったからだ。

岸は着々と事を進めていた。

1954年5月、東京歌舞伎座に現在米政府中枢にあるダレス兄弟へのパイプ役アメリカ大使館のビル・ハッチンスンを招待し、幕間のロビーで藤山愛一郎や日本の有力な政財界人たちを彼に会わせた。米国政府と自分の親密さを公式に披露し、国際政治へのデビューをアピールした。

ハッチンスンは巧みな弁舌で、岸の背後にはジョン・フォスター・ダレス国務長官とアレン・ダレスCIA長官が就いていることを有力者らに知らせた。米国の肯定する「日本における№1は誰か」を彼らに悟らせたのである。

岸は、経済が軌道に乗り始めた政財界有力者たちに向かって宣言した。

「吉田自由党はもう長くはないですヨ。政界再編、保守新党を作ります！」

吉田にはもう命運がなかった。

12月10日、過半数を占める野党が吉田首相不信任を可決する見通しとなり、第3次吉田内閣が総辞職し、第二党民主党鳩山一郎が首相となった。鳩山が公職追放を解かれていたからである。

岸は鳩山民主党でも幹事長となった。

１９５５年（昭和30年）２月の衆議院選挙に岸は腹心椎名悦三郎を民主党から出馬させて当選させ、着々とワキを固めた。

三木武吉は、自分と対立関係にある自由党総務会長大野伴睦と会い、保守統一こそが日本を救う道だと浪花節と愛国の情で口説き落とした。保守合同が、また一歩を進めた。

（二）岸、要求する

１９５５年８月初め、東西冷戦下、揺れ動く日本の状況を把握するため、ジョン・フォスター・ダレス国務長官が来日した。ダレスは、民主党幹事長岸信介に会談を申し入れた。

ダレスは開口一番、言った。

「これ以上日本の保守がモメ続けるのはよくない。一体いつ保守合同は実現するのか。もし貴殿および日本の保守が一致してアジアにおける共産主義者とのアメリカの戦いを助けるなら、今後、長期に渡る米国からの支援を期待してよい。こちらは既にその体制を組んでいる」

岸は答えた。

「歯車は着々とその方向へ進んでおります。必ず強力な保守新党が出来ますヨ。社会党を統一させ、左の勢力をガス抜きさせながら二大政党対立へともって行きます。むろん数では押える。それが永続的、且つ強固な保守を生む秘訣ですヨ。日本がアジアにおける民主主義国家の鏡になります、アメリカにとって最善ですヨ」

釘を刺すことも忘れなかった。

「それにはなんですな、幅広い方面へ相当な政治資金が必要となります」

「それは、左への手当ても必要だということですか?」

ジョン・ダレスが尋ねた。

岸の目が笑う。

「満州でもそうでしたが、金を惜しんでは人の心は通わんものですヨ」

ジョン・ダレスは肯いた。

「では、あなたの方から支援の方法を提案してほしい」

翌日、岸はダレスの随員を務めたアメリカ大使館上級政務官サム・バーガーに、今後は自分との間のメッセンジャボーイとして若手で日本では全く知られていない下級職員を当ててほしい、と伝えた。それが目立たない（謀略の）常識なのだと。

ジョージは大使館のジョージの部屋を訪れたサム・バーガーから直接その話を聴いて、それこそ甘粕が残した教訓だナ、と思った。

ここまでの報告を書き終えたジョージは、ウイロビーと最後に交わした約束から早や4年が経つことに気づいた。

河辺は身体を壊したと言って、この頃は顔も見せない。有末や服部の所在もわからない。従って岸に関する情報網は、かつてとは比べ物にならないほど痩せ細った。

最近はウイロビーも米本国にいない。独裁者フランコ将軍のスペインを助けに出かけたと聞く。前の報告書には返事もこなかった。

全てが別の時代へ移るような気がした。

加えて最近、ジョージが戦後一度も帰国していないことを、あまりに奇異と感じた父の勝正から、もう我慢が出来ないとばかり、強烈な怒りの手紙が届いた。

「一体、お前は何をしている！　親にも言えないような秘密でもあるのか？　お母さんがこの前、お前を見る前に死ぬかもしれない。そう言ったぞ！」

父親の嗅覚に驚いた。ジョージは仕方なく佐伯ふく子との結婚を両親に書き送った。折り返すように、返事が来た。

「そんな芽出度い事があるなら、何故早く知らせん！　ふく子さんを連れてスグ一度帰国しろ」以来、矢の催促だ。父と母も60の還暦を過ぎ、おまけに近頃は母の心臓に異変があるという。すでにふく子は港区の法律事務所に弁護士として就職していたが、ジョージはこの機会に帰国し、一度はアメリカの両親に紹介しなければならない、と心を決めた。


ふく子に話すと、彼女もそれを待っていたらしく、賛成した。

「でもわたし、もしあなたが向こうに残るって言い出しても、アメリカに住んだりはしないわよ。ウチの事務所が神奈川や東京の米軍基地周辺で頻発している米兵の犯罪被害者への相談に関わり出したの。わたしこれを待っていた」

ふく子は今、そもそもの目的を果そうとしていた。ジョージにとって既に、ふく子はなくてはならない存在であり、岸についても日本人の彼女から学んでいる。ジョージはふく子を通して日本を知った。むろんふく子の仕事の重要性も自覚していた。

「もちろん、そのままなんて事は絶対しない」


ジョージは、十五年ぶりに帰国を果たした。

父親は戦後シカゴに帰ってから始めた「シカゴ新報」の社屋を拡大し、西海岸から転住してきた日系人も含めて一万部の購読者を持つようになっていた。

父母や弟妹たちにふく子を会わせると、ふく子はすぐに溶け込んだ。

法律家の彼女は、義父勝正から亡命者大山郁夫教授の「後ろの雁が前の雁を越える」日米比較憲法論や、良い憲法とはそれによって国家を告発し、変えて行くという積極憲法論を聞いて、我が意を得た、と言った。

だが、ふく子と約束した日本への帰国がたちまち迫ってきた。ジョージは母親の身体が心配だった。このままもう暫くアメリカに自分だけでも残ろうか、と勝正に打ち明けた。

だが勝正は、それは嬉しいがふく子さんとの約束は守らなければいけない、と言う。

「お母さんもお前に会えて、そのうえ日本人の嫁の顔を見れたから、とても満足している。おまえたちが何ともいえず打ちとけ合うのを見て安心したらしい。まだお母さんは大丈夫だと思う」

勝正の昔ながらの背筋が一本通ったモノ言いに、改めてジョージは父らしさを感じ、感謝した。本当はジョージに、残って新聞を継いでもらいたいなどとは、例え気持ちはあっても、鹿児島の男は言わないのだ。

ジョージとふく子は、予定した日、家族たち全員の見送りを受けて、シカゴ空港から日本へ帰った。

それからの紆余曲折を何と言えばいいだろう。東京に帰り、アメリカ大使館の一室に出勤したが、むろんウイロビーから返事はない。アメリカの住所からの応答も無い。河辺を訪ねると昏睡状態で入院していた。家族は退院はもう無理でしょうと言った。

朝鮮戦争の予知のみならず、中国共産党軍の介入をあり得ないと否定したウイロビーが、一切の極東アジアにおける足場を自ら捨てたことは明らかだ。彼の「壮大な計画」もすでに米国中枢に引き継がれ、ウイロビーの関与自体も今やジョージ以外の人間の記憶からは完全に消え去っている。

ジョージは自分の仕事が完全に終わったことを悟った。


ある夕、GHQのあった第一生命ビル周辺をブラブラし、歩き疲れて有楽町駅へ向かった。

ガード下には今も靴磨きたちが数人、路上にゴザと座布団を敷いて座っている。日本人は地面に直接座布団は敷かない。畳に見立てたゴザの上に敷く。

それを見て、ふと懐かしい思いがこみ上げ、磨き台の一つに足を乗せた。

自分の前の靴磨き屋を見ると、あのショーボートの老爺の隣りにいた少年ではないか。立派な若者になった。向こうは覚えていないらしく、黙って一生懸命ジョージの靴を磨いている。ジョージは声をかけようとして、やめた。あの時の中尉だよ、とでも言うつもりか？

その時、隣りの台に足を乗せた男がいた。高価らしい白と茶色のコンビネーションの靴にスーツ…チラッと見た瞬間、ジョージは総毛立った。

クライド・マカボイか…？　かつて、1945年の3月、サイパン島の米軍基地のPXで出会った男。

「エクスキューズミー　アーユー・クライド？　クライド・マカボイ？」

向こうは最初は怪訝、次の瞬間驚きの目でジョージを見た。二人は同時に靴磨き台を飛び降り、抱き合っていた。

「また会えた！　何ということだ！　奇跡か」

二人は異口同音にそんな言葉を発していた。

そのあと二人は、頭上を電車が通過するたび耳を聾する轟音で震える線路下の屋台で、夜を徹して呑んだ。

「サイパン島米軍ＰＸバー！　あの日、俺はジョージ・サカモトに会った…だからオレはオキナワで死ななかった！　生き残ったんだ…」

何十回、酔っ払ったマカボイがこの同じ言葉を繰り返しただろう！

１９４４年7月7日に、サイパン島日本軍守備隊が玉砕、全滅した。

その11日後の7月18日は、日本では岸信介の反抗で東條内閣が総辞職した日だ。10月20日、米軍がレイテ島へ上陸を敢行した。

明けて１９４５年2月19日、米軍が硫黄島へ上陸を開始した。

硫黄島が落ちれば、次は沖縄戦だ。沖縄への出撃を待つ海兵隊がサイパン島にいた。クライド・マカボイはその一人だった。すでにサイパンからＢ29が連日連夜日本本土を直接爆撃していて、ＰＸのバーは空軍兵、海兵、陸軍兵でゴッタ返した。そのバーの片隅で、二人は出会った。

「日本人で、アメリカ陸軍の情報将校でもあるあんたが、生き残れるのは勇敢なマッチョじゃない、とオレに言った。硫黄島の日本兵の凄じい抵抗ぶりを聞いて、完全にビビッちまっていたオレに、ジャングルで自分が尋問した日本兵捕虜の話をしてくれたんだ。奴らは狂犬でもなく神がかりでもない、一人一人は善良でお人よしで涙もろい素直な人間だ、とね」

「そんな事を言ったかな…」

「そうさ！　日本はもうスグ負ける、だから絶対に無茶をするな、気長に戦え、そうすりゃ必ず生きて帰れる。あんたはオレに希望を持たせてくれたんだよ！」

「ああ…確か、フザケルナ！　と言われるのを覚悟で、言ったような気もする…」

ジョージはおぼろげな記憶を辿った。必死なマカボイの顔だけは覚えていた。

「沖縄は、結局3カ月かかったが、オレはあんたの言った通り、絶対に無茶せず、向こうが撃ってる時は震える指でタバコを何本も吸って、撃ち尽くすのを待った。それから一分間だけ撃ちまくる。あんたが言った通りにして生き延びたんだ…アメリカ軍30万のうち死傷5万6千9百。その中にオレは入らなかった…」

沖縄の日本人の死者は兵士10万、民間人10万以上。でもジョージは言わなかった。マカボイはユダヤ系アメリカ人だ。

夜明け、二人は数寄屋橋に近い日劇円形劇場の前にあるベンチで、まだ語り合っていた。

マカボイは三日前にワシントンから東京へ着いたばかりだと言う。

「あんたの影響で日本人に興味を持った。それで東京で仕事しようって思った」

帰国してから結婚した妻と、4歳の女の子をこの東京へ連れて来ている、という。

「ところでジョージ、あんた今、何をしてる？　仕事さ、朝鮮に駆り出されないでよかったな。今は陸軍第八軍の情報将校か？」

マカボイが訊いた。

「今の僕は、何と言ったらいいか…表向きは大使館外交部のアタッシェだが…」

「表向き、と言うのは何だ？」

「君だから言おう。実は東京へ進駐して以来、ＧＨＱＧ２に所属して、ある日本人を監視してきた」

「監視…？」

マカボイの目が強く光った。

「そいつは誰だ…」

「それは言えない。でも、その仕事ももう終わりなのさ。実は日本女性と結婚している。だから英会話の先生でもやろうか、と思ってる。生活のためだ」

「なんだ、そりゃ。あんたみたいに優秀な人が、英会話の先生なんてつまらん。でもそうなんだ…」

「うん、そうさ」

「じゃ、ジョージ。いっそ俺を手伝わないか？　日本や日本語に馴れるためもあって、助手を雇う事を許されている」

「何の仕事だ？」

クライドが声をひそめた。

「これこそ、あんただから言おう。日本民主党の幹事長と米国政府のパイプ役なのさ」

ジョージは一遍に酔いが冷めた。

「クライド、そこまで言うのなら…信じられないことだが、僕が監視してきた男の名前もキシだ。民主党の幹事長だ」

「これだな？　日本人の言う〝ご縁〟ってヤツは！　俺たち二人の共通のターゲットが元Ａ級戦

犯の岸とは！」

「全く、怖いような縁だ…」

「なあジョージ、こうなったらもう一度俺を助けないか。実は俺は、請け負ってはみたが、この仕事が不安なんだ。あんたと俺はサイパン以来の戦友だ。情報はＣＩＡのダレス以外、あんたにも即言えない場合も或いはあるかもしれん。でも、あんたに俺は誓う！　最終的には必ず二人で全情報を共有する！　だってあんたとオレは最強の戦友なんだ！」

今から一か月前。アレン・ダレスＣＩＡ長官の前に、まだ若く、経験も浅いＣＩＡ職員が呼び出された。それがクライド・マカボイだ。

除隊後、新聞社に記者として勤めたが、記事をボツにされ、それがキッカケでＣＩＡの公募に応募した。マカボイの考えでは、ＣＩＡだって巨大な新聞社、通信社と言えない事は無い。

長官室へ、一体何の呼び出しかと緊張して入ると、正面にいつか新聞で見ただけのアレン・ダレスがいた。アルフレッド・ウルマー（通称アル・ウルマー）ＣＩＡ極東部長が同席していた。

アレン・ダレスが言った。

「キミに任命するこの仕事は、日本においてわが国が行う歴史的な大事業だ。この仕事の成果は第三次世界大戦の防止と密接に関係する。ある日本の有能な政治家を、米国の利益に誘導し、日本国を主導する政治家、即ち首相にまで育てあげるという大仕事だ。だがあくまでも主人は米国、従うのはその日本人政治家だ。但し君は一瞬たりとも主人顔をしてはならない。この男はすぐにそれを見破る。だが誠心誠意仕事をこなせば、この男は最後までルールを守るだろう。彼のもたらす日本の政治上の情報を即刻正確に直接アル・ウルマーに伝えろ。見返りとして彼に金を渡す。その方法も含め、君は彼の要求に対する忠実なメッセンジャー・ボーイに撤してほしい。その過程で君自身が感じた疑問については彼に率直に尋ねて宜しい。彼の真意を確かめ、必ずアルに報告してくれ。通信手段は電報。いくら長くてもかまわない。わかったか？」

東京のＣＩＡ日本支局長ポール・ブルームに、アレン・ダレス長官から直接の電報が来た。ダレスは、ブルームがスイス・ベルンのＯＳＳ（戦略情報局）にいた頃からの上司だ

「岸信介との連絡要員としてクライド・マカボイ29歳を派遣する。マカボイは18才で海兵隊を志願し、沖縄戦に参加し、帰国してバックネル大学を出た。日本人に興味を持っていて、多少日本語も勉強している。しかし日本は初めてだ。予算は必要なだけ付けるから自由に使わせてやれ。任務は本人によく伝えてある。彼には支局長への報告義務はないが、便宜を図ってやれ」

ブルームは、空路東京へやってきた29才の支局職員を、渋谷区神山町の自宅に迎え入れた。

「ターゲットはジョン・ダレス国務長官とアレン・ダレスＣＩＡ長官が次の日本の首相にしたい男だそうだな。ＯＳＳとＣＩＡの歴史にもこんな企てを成功させた例はない。彼の暗号名はスポンジエース、顔がヘチマに似ている。アメリカ大使館上級政務官のサム・バーガーが彼を君に引き合わせる。わたしには、助力を得たい場合以外は連絡しないでよい。直接米本国と連絡を取れ」

翌日、クライド・マカボイは新橋第一ホテルに出かけた。大使館のサム・バーガーの紹介で初めて岸信介、コード名スポンジエースと会った。

マカボイは英字新聞や日本の新聞で岸の顔写真は見たことがあるが、実物はコード名の「ヘチマ」そのままかもしれない。出ッ歯だ。

「君が日本とアメリカ合衆国の、太平洋を跨ぐ架け橋になるんだね？　ドーゾヨロシク」

岸はニッコリ笑い、まだあまり上手くない英語で冗談を飛ばす余裕さえ見せた。こちらの緊張をほぐそうとしたらしい。マカボイは、岸に好印象を持った。しかしジョージ・サカモトがサイパンのPXで語ったような日本人とはとても思えない。元はエリート官僚らしい。笑顔の奥に尋常ではないものを感じた。それが何かは判らない。かりにも首相を目指す男なのだ。

岸がこの日、CIAに注文したことは、先ず政治資金の受け取り方法だった。岸は日本側のある企業の名前を言った。むろんマカボイの知らない会社だ。

「金の受け渡しは、直接は絶対にノーだ。例えば日米間に貿易取引のある米国商社の口座に紛れ込ませる。日本に着いてからも数段の濾過装置を必要とする。具体的にそのルートができ次第わたしに知らせてくれ。私の方からは、見返りに日本の政治が今どのように動いているか、一週間に一度定期的に、緊急の場合は随時、連絡して君に情報を出す」

場所は帝国ホテルがいい、とバーガーが決めた。

「岸さんは忙しい、定期的に週一で君は帝国ホテルの一室に詰め、岸さんが来ても来なくても待つように。その他必要な時は随時、岸さんから君へ連絡が行く」

ジョージはマカボイに自分の「再就職」のことを、いつかふく子には打ち明ける、と言った。マカボイは非常に困った顔をした。

「オレは女房に自分がＣＩＡとは打ち明けてない。できれば君にもこの事は…」

ジョージは、ふく子との出会い以来の話をした。

「ふく子に秘密は作りたくない。どうしてもと言われれば、この話は無かった事にする。今なら間に合う」

クライドは暫く黙って考えていたが、やがてこう言った。

「オレが、ふく子さんもサイパンの戦友だと思おう。それ以外には、オレの心の整理がつかない」

クライド・マカボイと再会して、ジョージ・サカモトは、かつてより忙しくなった。

最初は、クライドの情報からアメリカと取引のある日本側商社数社を回って濾過装置を設定するのが仕事だった。目的を明さなくてもマージンを発生させれば彼等は「商談」に応じてくれた。ジョージはそれをマカボイに報告し、マカボイはアル・ウルマーに極秘電報で送った。

マカボイは、帝国ホテルの一室で岸と定期的に会い、かつ現在の政治情報をワシントンへ打電した。マカボイはそれらを律義にジョージに打ち明けた。

それは例えば「スポンジ・エースによれば、民主党前総務会長のブキチ・ミキは転移ガンのため余命がありません。ブキチは最後に命がけで自由党と民主党の合同を進めようとしています。そして最後の手段としてハトヤマに内閣総辞職を言わせる予定でいます」といった具合だ。

これによって日本の政界でたったいま動いているナマな状況が、ワシントンでも手に取るようにわかった。それによってアメリカは次の戦略の手を打てた。

ジョージも情報屋だから、マカボイが完全に全てを自分に打ち明けている、とは思わない。それは当然で、こちらにもそれは生じることかもしれない。しかし最終的には、と言った彼の言葉を信じていた。


アル・ウルマーから連絡を受けたアレン・ダレスは、兄のジョン・フォスター・ダレス国務長官に「濾過装置はOK、作動する。予算を出してくれ」と言った。金の運搬には日米間を往復するアメリカの有力企業を使う。マカボイはジョージに、ジョン・ダレスは既にアイゼンハワー大統領にこの件を了承させてある、と言った。今ではCIAは公認で相当な予算を持つまでになった。

ジョンは、弟のアレンにこう言ったそうだ。

「政治家だけではダメだ。日本の文化人対策やマスコミ対策が必要だ。幸いCIAと密接な正力松太郎の読売新聞も朝日・毎日と肩を並べる全国紙に成長しつつある。文化面への直接の支援資金はフォード財団を通せ。研究や文化への寄付行為として行うのが適当だろう」

フォード財団から文部官僚を通じ、日本の大学や企業に多額の「研究開発、科学振興資金」がバラ撒かれることになった。

ジョージはマカボイから、日本の大学の原子力研究機関、企業の原子力関係の研究所一覧を作成してくれ、と求められた。「原子力…？」ジョージはそれを聞いて、ハッとした。

マカボイによれば、ジョン・ダレスはウルマーを通じてこう言ってきた。

「日本人の核アレルギーを治療し、原子力の平和利用は良しとする方向へ導きたい。それには原子力発電を肯定する世論作りが必要だ。原子力発電は経済復興に資する。日本がやれば他のアジア諸国も動く。アメリカの原子力発電技術の市場も広がる。一石二鳥だ」

ジョージにマカボイが、平林たい子、林健太郎など日本の保守系文化人の、これと関係する発言集のようなモノを作れと求めた。

ジョージはアメリカが、世界で唯一の被爆国日本の核アレルギーを払拭する世論作りを行おうとしているに違いない、と気づいた。

以前のジョージの仕事は政治家岸信介による「新しい日米パートナーシップ」を支援する事だった。ところが今やアメリカは、岸を第一の突破口に、世界で初めてアメリカに核爆弾を落とされた日本人へ核の安全教育をしようとしている。

ジョージが秘密裏にウオッチングするＣＩＡ資金は、岸など政治家だけでなく、電力業界、マスコミ、文化講演会など幅広く日本に注入され始めた。アメリカの原子力産業への視察団が羽田を飛び立つ回数が増加し始めた。

事ここに及んで、ジョージはふく子に打ち明ける時だ、と思った。彼女の助言なしに、半分だけ日本人である自分が、これ以上この仕事を続けるべきじゃない。

日系2世ジョージ・サカモトと、今では弁護士になった佐伯ふく子は、あの松本楼の出会い以来、夫婦でなくては、あるいは夫婦ではとても交わせないような多くの議論をしてきた。時には夜を徹する激論もあった。

ジョージは、今やこのかけがえのない人生の戦友であるふく子に、マカボイと組んだ経過と、そこからいま降りかかって来た原子力平和利用の問題を相談した。

日本の政治家の中には既に、原子力発電に飛びつく者がいる。「日本の復興のため」と称し、カネのかからない原子力平和利用である、として賛同の旗を振っている。だがそこにはクリーンと称し、そして将来日本の核武装を可能にする、という思惑があった。それには、世界で初めて核の被害を受けた日本人の核アレルギーを払拭することが前提だ。

先ず、核融合を抑え込む技術的危険や絶対安全の不可能には触れずに、核技術の蓄積と修練を平和利用の名のもとで始めてしまう。日本が大水力発電国であるにもかかわらず、それをやる。彼らはカネになる事は何でもやる。軍産、軍財、産学は常に車の両輪なのだ。そうジョージは、自分の考えを説明した。

ふく子は少し考えていた。

「でもアメリカは、この間まで戦っていた日本に、核武装を許す気があるかしら……?」

「でもGMは日本に原発を輸出したい」

「当面は日本への原発輸出の利益に押されようというのね。押しているのはGMでしょう。資本主義の国と企業は常にそうなる。血を流すのも自分じゃないと思っている」

冷静な感じだ、スグ辞めなさい、ではない。

「それに、岸がいよいよアメリカとハネムーンに入ろうとするのに岸ウオッチングをやめたら、今までの蓄積はどうなるの？　あなたが辞めようとしたら、そこへクライドさんが現れた。日本人のために、わたしはあなたに岸ウオッチングを続けて欲しい…」

ジョージは胸が熱くなった。本当は辞めてほしい。でも、日本人のために…！　だが、次の瞬間のふく子の変化を、何と言えばいいのだろう。ふく子が、まるで機関銃のように叫び出した。

「ジョージ、でもショーボートのあなたでいてちょうだいね！　あのときあなたは、日本人を守ろうとした。でもあれから何をしてきたの？　わたし、何度あなたに尋ねようとしたか判らない。岸という日本人は一体何のために政治をやるの？　岸は太平洋戦争の指導者でしょう？　岸が巣鴨から戦後に持ち込んだものは何？　政治家として成功したいという長州人の野心と、日本をもう一度戦争する国にして欧米を見返すこと？　それならもう沢山！　そこを見極めてほしいの！」

ジョージは下を向いて聴いていた。やがてふく子が我に帰った。

「ごめんなさい、大声を挙げて悪かったわ。あなたにも、この子にも…」

ジョージが顔を挙げた。

「ふく子…？　子どもが…？」

ふく子の頬が涙で濡れている。片手でおなかをさすっていた。

「おなかにこの子がいるって…。今日わかったの…でもあなたが怖い顔してたから、言えなかった。あなたが岸の仕事から切れるためなら、わたし、アメリカへ行くわ。あなたのお父さんお母さんの家で産む。アメリカに住んでもいい！」

思いもかけない言葉だった。

岸によって始まった日米関係は絶望的なものへ発展しようとしていた。そこへふく子とおなかの子どもが、ジョージの生活を変えた。

ジョージはクライド・マカボイに、妻に子が出来たこと、自分は妻とシカゴの両親のもとへ行って子を産み、シカゴで暮らすことにした、と告げた。君の助手はもう出来ない。むろん守秘義務は絶対守る。除隊も申請する。

マカボイはこう応えた。

「あんたと会えて、短い間だったけど一緒に仕事が出来た。本当に嬉しかった。上手くは言えないが…俺はあのサイパンであんたが俺に教えてくれたような日本人を見つけに日本へ来た。だから岸がそういう日本人である事を祈っている…」

クライドは泣いていた。彼も今は岸の何かに気づいたのか…?

何を感じたか、マカボイは最後にこう言って去った。

「ジョージ、いつかはわからんが、お互いが年を取ったら、俺はシカゴにあんたを訪ねることにするよ。その時、あんたがし残した、岸信介の今日から先を、日記かメモにしておいて、読んでもらおうと思う」

こうしてジョージ・サカモトの岸ウオッチングは完全に終了した。

それから7ヶ月、ふく子はシカゴのジョージの両親の家で無事に女の子を産んだ。

ジョージの母が心から喜んだためか、その後の岸の動きをふく子が日本の友人から送られる新聞で知っているためなのか、ふく子は日本へ帰りたいとは一言も言わなかった。

アメリカ在住を決めたふく子は、子育てしながらシカゴのロースクールへ通い、持ち前の向学心を発揮して米国でも弁護士資格を取った。シカゴの日系人や人種差別に苦しむ黒人のための弁護や法律相談の仕事を始め、所謂「国際弁護士」になった。

ジョージは年老いた父勝正を手伝うようになった。

ジョージとマカボイが東京で別れてから30年——。

１９８５年、ＣＩＡを完全退職した後のクライド・マカボイがシカゴにジョージを訪ねてきた。あの約束を果たすためだった。

ジョージは、亡くなった父親を継いで「シカゴ新報」社主となっていた。クライドはジョージとふく子夫婦の家に一晩泊まり、あれ以後を語り、「キシメモ」をジョージに手渡した。

(三) マカボイの岸メモ

１９５５年、ダレス兄弟による岸そのほかへの資金投入など一連の対日工作が行われる一方で、シベリア抑留者の帰還促進のため、鳩山一郎首相は早期日ソ国交回復・平和条約を目指していた。

これに対し、米国アイゼンハワー政権は「鳩山がソ連に接近する」のではないかという「強い懸念」を抱いた。

日ソ交渉成立のため「米国の誤解を解く必要」があると考えた鳩山は、8月末の訪米を決意する。だが鳩山に健康問題が起き、代わって「外相重光葵、幹事長岸信介、農相河野一郎」の3人がアメリカを訪問した。

アイゼンハワーへの日本外交の「説明役」は、外相の重光だった。

ところが、マカボイが帰国後の岸から聞いた話によれば、日米会談の席で重光は「対米依存拒否・日本の自主独立論」を「あまりにも単刀直入」に展開した。しかも外交官であるにもかかわらず英語力が「拙劣」だったため、「ジョン・ダレス不興」且つ「不満」で、会談は「冷たく切迫」した。

そこで実際の説明役は、ダレスとついこの前ハッチンスン邸で会ったばかりの「わたしの英語力」に任された。

「日米協調主体」の岸の説明に「ダレス安心」、「アイクも納得」。岸が「切迫した空気」を「挽回」した…。

折しもその夕、「党内派閥の雄河野、街にてニューズウイークを買い、ホテルに駆け込んできた」が、その「表紙の写真」は「余の顔だった」。

アレン・ダレスがニューズウイークのハリー・カーンに「時の人・岸信介」を載せさせ、「今後の日米関係」はこの男だと、「米国民へお披露目」したのだ。「以来、河野、余に一目」置く。

帰国した岸は、クライド・マカボイから「米国と取引ある日本商社」を通じて「岸関係のパルプ会社口座」に金の振り込みをした、と知らされた。それは「初めて大統領アイク直接承認」の金だった。

10月13日、左右社会党が統一、鈴木茂三郎委員長、浅沼書記長となった。アメリカ流の二大政党並立の民主政治を形だけ真似ただけでなく、岸による保守政党絶対安泰の秘策だった。11月15日、岸持論の自由党と民主党の合同が果たされ、ついに日本初の統一保守党「自由民主党」が誕生した。

自由党鳩山一郎内閣は総辞職し、第23回臨時国会において自由民主党総裁鳩山一郎が首相に選ばれ、「第三次鳩山一郎内閣」が発足した。

岸は「統一保守党・自由民主党初代幹事長」となった。だが政界は波乱含みのまま年が明け、１９５６年（昭和31年）を迎えた。

「4月総裁選」が、保守統一の際の「約束」だ。「旧自由党派は緒方竹虎総裁」を推した。ところが「1月28日、緒方急死」。

岸はその日、「帝国ホテル」でマカボイと会った。岸から「アレン・ダレス宛て重要メッセージ」が発せられた。

「風はわたしに吹いている。わたしの周辺を核になる議員で固めたい。ついてはまとまった額の政治資金が必要。首相になれば、双務的米日新安全保障条約の締結、憲法改正、自衛隊増強、米日経済協力の密接を約束する」

この日、マカボイは岸に「初めての質問」をした。

「自衛隊増強、憲法改正は、沖縄等の米軍事基地を日本から追い出す目的ではないのですか?」

アメリカ側が一番懸念していたことだった。すると岸は、

「それはですよ、絶対にない」と答えた。

「核持ち込み」も日本は「表面上は認められない」が「実質配備（できるよう対処する）」。米国は核は有っても「無い」と言えば良い。対処の仕方は日米で「異なる」。

「日本語は便利」である。しかし（そのように日米が手を取り合う）「前提」は、「日米経済協力の一層の緊密化」と一層の政治資金の「供給」だ。この点、（ダレスさんに）「くれぐれもよろしく」と、岸は「念を押した」。

この日マカボイは、自分が米国の国益に立って、基地問題で未来の日本国首相に影響を及ぼしたと思い、「言い知れぬ満足感」に浸った。


その「夜の便」でクライド・マカボイはワシントンへ飛び、アル・ウルマーとアレン・ダレスに直接岸の要求を伝えた。「ダレス」は答えた。

「岸の方針に全面的に賛同する」

そして、至急「岸派及び岸派に加わる可能性ある自民党議員をリストアップ」せよ、とマカボイに命じた。

その直後、「U―2」型偵察機を日本の自衛隊に売りこむ秘密交渉のため、「ロッキード社役員」が来日した。

前年1955年、ロッキード社のU―2が高度2万5千mの初飛行に成功した。岸は自衛隊に購入計画を進めさせていた。

「来日ロッキード社役員随員」が（岸の関係する）日本商社に（ＣＩＡ資金を）「振り込んだ」。これを（岸の弟の）「佐藤栄作」が「受け取り」岸派結成に走り回った。

国会では、野党社会党鈴木茂三郎党首が緒方竹虎追悼演説を行なった。だがその演説が終わると、議場の「岸信介周囲」に「大勢の自民党議員」が集まった。彼らはその日、「南平台」の岸邸へ流れ、「事実上の岸派結成」となった。以後、自民党に金がモノを言う「派閥が誕生」した。

1956年7月、「三木武吉死去」。

8月10日、「健康不安」の「鳩山一郎」は、「軽井沢」の別荘に「岸信介幹事長、石井光次郎総務会長（旧自由党）、石橋湛山通産相、河野一郎農相」の実力者を呼び、「日ソ国交回復」を遂げ次第自らは「引退」、と「表明」した。

「新聞」は、後継首相は「本名岸、対抗馬石井、穴馬ダークホース石橋湛山」と報道。

「鳩山」は念願の日ソ国交交渉にモスクワへ出掛け、「領土問題棚上げで」日ソ共同宣言に「署名」し、「退陣の花道」と「自称」した。

1956年（昭和31年）末、「日本憲政史上初の総裁選挙」が自由民主党で行われ、「大荒れ」となった。

「岸派」には河野一郎派、佐藤栄作率いる旧吉田派の一部、旧改進党大麻唯男派が加わった。

「第二勢力石橋湛山」は、直系石田博英らと松村謙三派、旧鳩山派の一部。「石井光次郎」は、旧緒方派、池田派を固めた。岸は三木武吉が残した大野伴睦との関係を「確保」するため大野に会いに行った。すると、大野は平然と答えた。

「石橋から5千万」もらって派内をまとめた。これを「石橋に返して乗り換え」るには「1億」要る。

岸は「ムリ」と思い、引き下がった。

それを聞いた「佐藤栄作」が「すぐマカボイに話して金を取れ」と言った。

結果、「30万ドル（1億円）」がロッキード経由で「佐藤」へ。佐藤は「大野に」会った。アメリカも岸への「テコ入れ」に必死だった。

岸派は合計2億の政治資金を動かした。「その半分」がCIA資金ということになる。石橋湛山が1億5千万の選挙資金、石井光次郎8千万であった。

「劣勢」に立った「石橋の金庫番石田博英」は、「石井派の池田勇人」に持ち掛け、選挙前に「二、三位連合の同意」を取り付けた。第一回投票で岸が過半数をとれなかった場合、決選投票では最初の投票で2位だった者の方へ投票する。

12月14日、大手町サンケイホールで「自由民主党第一回総裁選挙」が行なわれた。

結果、「岸223 石橋151 石井137」。

石橋を担いだ「石田博英が狼狽」した。石田は岸と石橋の票差は多くて50と考えていた。それが72もあった。石井支持から30票ほどが岸へいけば、岸が僅差で過半数を制し、勝利してしまう。

「一位岸と二位石橋の決選投票」となった。

決選投票に備え、新聞記者たちが岸のまわりに集りはじめた。その時、「石橋派の三木武夫」は最後まで必死に「票集め」に走り回っていた。

結果、「石橋258 岸251」。

「石橋は7票差で勝利」した。

発表と同時に岸は石橋に握手を求めて歩み寄り、「祝福」した。

マカボイは「テレビ」で観戦していたが、「岸の振る舞いは水際立っていた」。

クライドがジョージに語ったところによれば、これ以後、自民党の総裁選挙では票を金で買うことが当たり前化したという。

栄作と一部の者の他は誰も知らなかったが、岸に注入されたＣＩＡ資金が自民党総裁選の値段を吊り上げたと、クライドは思った。この点はマカボイの心に後々引っ掛かるものとなった。

石橋の「組閣」は「難航」した。

石田博英官房長官はよしとしても、三木武夫幹事長、池田勇人大蔵大臣に「党内」から「強い反発」が上がった。石田と三木は各派閥に「閣僚ポストの空手形」を切って選挙運動をしていた。

結局、23日の認証式は「石橋一人」で「全閣僚兼任」の「異例な事態」となった。

「岸」にも「外相の打診」があった。

マカボイが岸から直接聞いたところによると、栄作は兄に外相就任を「断われ」と言った。

岸は満州以来の腹心「椎名悦三郎に相談」した。石橋には「協力を約した」のだから岸派に「何人よこせ」とは「言わず」外相は「了承」したい。すると椎名が、「一つ条件をつけてはどうか」と言った。

「石井副総理」なら「入閣せず」と。最大派閥の領袖である岸が次席ならともかく「三番手はイヤ」で行く。

「椎名のアドヴァイス」が岸に「思いがけない結果」をもたらした。

「石橋」は新年早々、石田に「全国遊説」をやらされ、旅から帰ると「脳血栓」を起した。

1957年1月31日、「国会」が始まった。石橋は「療養中」、岸が「外相兼任、首相臨時代理」に指名された。

クライド・マカボイはそれを宿舎のラジオで聴き、「我がこと」のように「胸が一杯」になった。

「臨時とはいえ、自分が育てた岸が総理になった」

2月4日、「施政方針演説も岸」だった。クライドの興奮はさらに高まった。

2月22日、精密検査の結果は「石橋長期入院」だった。

2月23日、石橋内閣「総辞職！」。

2月25日、衆院本会議は首班指名選挙の結果、「岸信介内閣総理大臣」を選出した。

この１９５７年2月25日の事を、30年後クライド・マカボイはジョージに念入りに語った。その日は丁度、岸とクライドが定期的に「帝国ホテルで会う日」に当っていた。しかし新聞が国会で岸の首班指名が行なわれると伝えていたし、マカボイは「来れっこない」と思った。それでも、サム・バーガーから最初に命じられた通り、帝国ホテルのいつもの部屋に一応詰めた。テレビは岸が国会の議場で首相に当選する場面を映し出していた。

「岸60才、巣鴨プリズンを出て８年目」に「ついに首相に昇り詰めた！」

クライド・マカボイは独りで躍り上ったという。

だが30年後、ジョージを訪ねたマカボイはこう言った。「ジョージ、俺はそのときあんたの顔を思い浮かべた。これはあんたが始めた事業だ、と思った。それなのに、あんたの顔は暗かった…そのときはまだ、俺にはあんたの顔がなぜ暗いのか、判らなかった…」

傍にはふく子も聴いていて、夫婦はクライドのその言葉に無言でうなずいたという。

マカボイはフロントに電話し、部屋へ食事を運ばせたそうだ。食事をしながらテレビを見た。テレビは、いま皇居で行われている「天皇の認証式」を映し出した。岸がモーニング姿で天皇からうやうやしく詔書を受け取って深く頭を下げている…。

今日はここに泊ってもいい。岸の事は、この後もテレビが何度もやる…マカボイは食事を下げて、上等なソファでウトウトした…。

その時、声がした。

「アイム　ソーリー　タイム　イズ　オーバー　ソウマッチ？」

クライドが目を開くと、よもや来ないと思った岸がそこに立っていた。

さっきテレビで見た「モーニング姿」でニコニコしている。いつもと同じでシークレット・サービスは連れていない。

クライドは「慌てて」飛び上がり、駆け寄った。

「コングラチュレイション！　プライムミニスター　キシ！」

岸が、答えた。

「サンキュー　ミスター・クライド。サンキューベリマッチ！　アイムグラッド　トゥーシーユーナウ！」

記者会見までのほんの少しの間を盗んで君に会いに来た。そう岸は言った。

「わたしはこの結果を君に自分の言葉で報告したかった。ジョン・フォスター・ダレスとアレン・ダレスにも感謝を伝えてほしい。だが、わたしはいま、誰よりも君に感謝している」

岸はクライドにそう言って、クライドの手を強く握った。

マカボイは感動した。皇居が目と鼻の先とはいえ、岸は恐らく異常なほどの忙しさの中を自分に会いに来た。自分に感謝を述べにここまでやって来たのだ。

「ヤッパリ岸はニッポン人だ」

マカボイはまたジョージを思い出した。

「ジョージ、この人も、君がサイパンで話してくれた素直な日本人の一人だ、純粋な心の人だ、と心の中で叫んだネ」

ほぼこの日から、ＣＩＡを含む岸とアメリカのパイプ役は、クライド・マカボイから、この1月に既に新たな駐日大使として赴任していたダグラス・マッカーサー2世へ替った。

岸が一国の首相となった今、ＣＩＡ下級職員と接触することはかえって危険であり、一挙に日米トップクラスの外交レベルへと交代したのである。そして公然と、また秘密裏にも、さらに一層の情報の緊密化がはかられた。


駐日大使ダグラス・マッカサー2世は、ダグラス・マッカーサー元連合国軍最高司令官の父アーサー・マッカーサー・ジュニアの長男アーサー・マッカーサー3世の長男であり、ダグラス・マッカーサー元帥にとっては甥に当たる。

第二次大戦中はヨーロッパでドワイト・アイゼンハワー総司令官の外交顧問だった。

岸首相実現の3カ月後、日本勤務を解かれたクライド・マカボイは、妻子を伴って次の任地であるビルマへ向かった。

マカボイはＣＩＡビルマ支局員となってからも、東京支局を通じて岸に関心を持ち続けた。後任のＣＩＡ東京支局長は後にマカボイに次のように漏らした。

　ダグラス２世新大使は、着任早々の1月30日に群馬県相馬が原駐屯地で発生したジラード事件（弾丸拾いの46歳の日本女性をおびき寄せておいて射殺した）をキッカケに日本が反米化、中立化する事を恐れた。

　そこで彼は、米軍基地の縮小再編や岸の主張する安保条約不平等条項改定案件などへ協力すべきという進言をジョン・ダレス経由、熱心にアイゼンハワー大統領へ進言した。

　岸とマッカーサー2世の間には頻繁に非公式の話し合いが持たれ、それは新安保条約の改定に向けた安全保障上の密約を含むだけでなく、アメリカからの政治資金のことも持ち出された。

「今後もわたしの権力基盤の強化に米国が協力するならば、新安全保障条約は必ず国会で可決されるし、日本国内で高まる左翼勢力の勢いを食い止めることも出来るでしょう。それには、これまでのように断続的なＣＩＡ資金の供給ではなく、永続的財源の形を取ってもらいたい。日本が共産勢力の手に落ちるなら、他のアジア諸国が追随しないことなどあり得ないでしょう」


　エヴァンストンは、二人が日本を発ってから5日目の夕暮れだった。今夜中にシカゴ空港を発たないと、直子との約束の7日目までに成田へ帰れない。飛行機は既に溝田が手配していた。武三はしかし、口を挟まないではいられなかった。

「ジョージ・サカモトさん。そのような岸の要求を知って、どう思われました？　サカモトさんが担当した頃に比べ、岸の立場が逆転したような印象はなかったですか？　わたしはいま、そう感じたのですが、これではまるで岸がアメリカを利用するというか…」

「それだ！　岸は満州におけるアヘン資金に相当するものをアメリカに要求していた。もっと言えば、満州を担保にアメリカ資本を導入して満州国を強化しようとした昔と同じ発想だ。日本を担保に自分自身の政権基盤を強化するとも言えた。今や日本国首相となった岸の東西冷戦を背景とする要求に、新任大使もタジタジだっただろうと思う。しかし、ジョン・ダレス国務長官は大統領に岸の要求を容れるよう力説した。ダレスはこう言ったそうだ。米国は今、大金を支払っても岸に賭けるべきだ。でなければこの賭け全体に失敗する、とネ」

聴いた二人は異口同音に嘆声を洩らした。

岸新首相は、１９５７年６月に入るとすぐ、初訪米の前に先ず東南アジア歴訪の旅に出た。だが、かつて日本軍が荒らしまわった国々を訪れるのは、決して「心からあの戦争を悔い、反省する」ためではなかった。

１９５５年の対ビルマ賠償供与に端を発するＯＤＡ（政府開発援助計画）を足場とし、今後の日本企業の対外進出への先触れである。

戦争責任についてはもう詮索させない。そのためには憲法九条も利用する。かつての武力進出の日本を払拭し、平和日本の本格的な政権、互恵的アジア経済の名主としての日本を売り込み、その上でアメリカへ乗り込む。それがアメリカとの関係づくりにおいても有利だ。何時か自由主義的アジアを率いてアメリカの戦列に加わるジェスチュアとも見えた。

当然アメリカはよろこび、同時に内心畏れるだろう。マカボイは新任地ビルマで、遠くからそれを見て、アジアの人々に「大東亜共栄圏」復活の野望と映らなければよいが、と一人気を揉んだのだと言う。

岸がまだアジア歴訪の頃、ビルマのマカボイにワシントンCIA本部の新極東部長から親展で航空便が届いた。

驚いた事にそれは、六月末ワシントンの迎賓館で行われる予定の「アイゼンハワー大統領による日本国岸信介首相歓迎レセプション」への招待状だった。

『これは君への感謝の印だ、何しろ君はアメリカと日本の間の目に見えぬ掛け橋になったのだから。感謝をこめて』

とCIA新極東部長の添え書きがついていた。多分クライドの日本における業績を知る極めて限られた一人、多分アル・ウルマー元極東部長が、陽の当らぬCIA下級職員にある日一瞬の仏心を起こしたのだ。マカボイは自分がアレン・ダレスと会う際、いつもその傍にアル・ウルマーがいたことを思い出した。

レセプションには家族は同伴できないが、家族3人のファースト・クラスの航空券、ワシントンの高級ホテル一週間分の宿泊券は「クライド・マカボイ　ファミリーズ様」としてあった。

マカボイはあまり気が進まなかったが、妻のローラともうじき6歳になる娘のオードリーがアメリカへの里帰りに舞い上がっているのを見て、仕方なく腰を挙げることにした。生涯二度とこんな招待は来ない。

エヴァンストンでは、武三たちにふく子がタイムリミットを告げた。空港へ直行する予約のタクシーを呼んだという。

ジョージ・サカモトが「この先の出来事は、クライドが書いた『あの日』という文章を持って行きなさい。わしはもう何十回も読んだ。あなたに差しあげる」

そう言って、マカボイ手作りの小冊子を贈ってくれた。タクシーを待つ束の間の時間、ふく子が、こんな事を言った。

「わたしは夫がその昔通ったノースウエスタン大学の図書館をよく利用しました。もちろんもうコールグローブ教授はいませんでしたが、日本の政治関係の図書は凄い数で、岸信介関係も揃っています。そこから、こんな事を知りました。彼の子ども時代の事です。自伝的な文章で、彼が一つだけ過去を恥じて告白したことがありました。小学校の頃、頭は悪くないけれど、家の事情から学校を休みがちな貧しい垢まみれの同級の男子を執拗に苛めたというのです。当時は皆キモノ姿で通学したようですが、その子の帯を奪い、川に捨てたと。その子が別の帯をして登校するとそれもまた奪った。とうとうその子は荒縄で学校へ来た、あれは済まなかった、と。秀才の岸が何故そこまでやったのか。子を持つ母親としてわたしは、長い間考えていました」

二日にわたって岸の話を聴いてきた2人だが、ふく子のこの話に驚いて聴き入った。

「ある時、岸の回想録を読んでいて、わたしは岸の母親に思い至ったのです。岸信介は佐藤家へ婿に来た岸家の次男佐藤秀助と、維新後の県令の佐藤家の娘茂世との間の長男です。ですから最初は佐藤信介だった。二男が佐藤栄作ですね。この佐藤茂世が猛母でした。少しでも勉強を怠けると信介も栄作もお尻に焼け火箸を押しつけられた、と弟との対談で語っています。その火傷の跡が大人になっても残っていて、一時神楽坂の芸者さんたちの間で評判になったとか。長州閥の女性は富国強兵、立身出世の世の中に我が子を立ち遅れさせまいとしたんです。また、子どもを〝あてがい婚〟させるなど当たり前でした。佐藤信介は、父秀助の兄の岸信政に良子という女の子一人しかできなかったので、14歳の実践女学校生徒の岸良子と、十八歳の東大生のときから同じ屋根の下に老女中一人と3人で住まわせられ、岸家を盛り立てることになったのです。事実上の結婚でした。岸の女遊びが始まったのは大学を出て農商工省に入ってスグ。彼の心は既に生い立ちから傷付けられていて、それを考えないと、私は彼を判ることは出来ないと思うのです…」

その時、外でタクシーのクラクションが鳴った。

武三と溝田は、この本が出来たら必ず送らせて頂きますと感謝の言葉を述べ、慌ただしくタクシーに乗り込んだ。

振り返ると、手を振る老ジョージ、妻ふく子、塗りかけの白い柵が夕闇の彼方に消えて行く。

ミシガン湖畔沿いを行く車の窓からは、海のように広い、まっ黒い湖面が見えた。

「歴史はこの黒い水の底に隠れている…俺たちはそのほんの一部を聴いただけだ…」

そう武三は呟いた。溝田の眼も闇に瞬く。

飛行機が飛び立ってすぐ、武三はマカボイの小冊子を読んだ。

１９５７年6月末のその日、ワシントンでは、日米トップ会談の後に共同コミュニケがアイゼンハワー大統領と岸首相から発表され、その後は迎賓館に移って大統領主催の大レセプションだった。生まれて初めてそういう場に臨み、盛装したクライドは緊張していた。レセプションは、いろいろ挨拶があった後に無礼講となったが、広い会場にクライドの知る顔は一人もいない。

覚悟はしてきたが、当然ながら岸も大統領も、クライドが二回だけ言葉をかわしたことのあるアレン・ダレスも、かつての極東部長アル・ウルマーも、遠い彼方に小さく見えるだけだ。10分もたたぬうち、クライドは自分がそこに全く場違いな人間であることに気づいた。家族と旅行ができるからとはいえ、のこのこ太平洋を横断してきた自分自身に怒りさえ覚えた。

仕方なく高級ウイスキーの水割りを何杯かひっかけ、上等な料理をあちこち皿に取ってはみたが、やがてそれにも飽きた。

自分がここに居る必要は全くない。みんな雲の上の連中ばかり、下級職など一人もいなかった。此処にいるお偉いサンたちと自分に共通することは、同じこの空気を吸っているだけだ。終わったら急いで高級ホテルへ帰ろう。家族が待っている。いやここで何があったかと聞かれるのも面倒だ、部屋に帰る前に、せめてホテル最上階の展望ラウンジで一番高級なバーボンでもひっかけてやろう。どうせあそこだって大金持ちばかりだが、ここにいる連中ほどにはお高く止まってはいないだろう…。

そんな独り言を心の中で反芻し、何杯目かのスコッチを口に含んだ。

その時、ふと顔を挙げたクライドは慌てて目を伏せた。それから息を殺し、人々の輪の一つ、つい目と鼻の先の輪の方を見た。そこに岸がいた。いつの間に…！　冷たい汗が背を伝った。

岸は盃を手に、人々に囲まれている。あの皇居での認証式の後、寸暇を割いて帝国ホテルのあの部屋に駆けつけてきた時のように、満面の笑顔で話している。クライドは、全身が硬直し、ピクリとも動けなくなった。自分のような下っ端に、もし岸さんが気づいて話しかけてきたとしたら、周囲は何と思うだろう？　日本の首相が、この見知らぬアメリカ人といかなる関係なのかと怪しむ！

レセプションにはきっと日本の新聞記者も沢山招待されているはずだ。彼らは皆、自分が誰なのか不思議に思う。その中に万が一、東京で自分の顔を見た者でもいたら！

一旦不審と思えば、記者はどこまでも追いかけてくる。もしそれが、自分と岸さんの本当の関係に少しでも気づくキッカケになったら！　アレがバレでもしたら！

岸が自分を通してアメリカのＣＩＡから違法な政治資金をもらい、見返りに日本の政治に関する極秘情報を米国へ漏らしていたと判ったら！　アメリカ合衆国は世界から非難を浴び、一大スキャンダルに発展するだろう！

微動でもしたら、岸のあのギョロリとした目が気づく…自分はあなたを知らない、関係ない、祈りのように口の中で唱え、顔を伏せたまま必死に嵐の通り過ぎるのを待った…。

正面の方角で、歌手がアメリカ国家を歌い出すのが聞こえ、人々の視線が正面を向くらしい…ホッとして顔を挙げた一瞬、二つの目がクライドに突き刺さっていた！

岸信介のあのギョロ目が自分を焦げつくほど見ている。クライドは慌てて引き攣ったように笑った。だがその一瞬後、岸の目は引き上げられ、歌手の方へ転じた。

何事もなかったように、背を向け、去って行く。二度と振り返らなかった。

いつ迎賓館を飛び出したのか判らない。守衛が車を呼んでくれた声らしいのにも背を向け、いくつかの検問を通り抜け、クライド・マカボイは夢中で暗い夜の街路へ走った。疲れ果て、立ち止り、喘ぎながら息を整えた。それからひたすら歩いた。そのとき、気がついた。あれは岸の方が俺を恐れたんだ、と。

俺が恐れたのではない。俺はあの人を気遣った。久しぶりに目を合わせた時、笑いかけようとさえしてしまった。でも、あの人は恐れた！

なぜ…？　そうか！　あの人はアメリカからカネを貰って総理大臣になったんだ。そのことは俺が世界で一番良く知っている。カネの受け渡しから何から何まで、俺は話すとなったら、世界で一番詳しく話せる人間なのだ。

その事をあの人は知っている。もし自分がこのことを誰かに打ち明けたら、あの人の政治生命は吹き飛んでしまう。アメリカの大統領だって判りゃしない。そのくらいあの秘密の約束はデカイ。だから、あの人は向こうを向いた！

アル・ウルマーが、いやアレン・ダレスが、自分をこの会に呼ぶためにファースト・クラスのチケットと休暇をくれたわけが今、ようやくわかった。口止め料なのだ。

俺が今後永遠に口を噤んでくれるように、という。口を割るなよ、という。そのためだ。逆に、俺はその程度としか思われていない人間なんだ！

あの日の一部始終が、今アリアリと甦みがえってきた！　あの日、皇居の首相認証式のあと、寸暇を惜しむ筈の岸信介が帝国ホテルのいつもの部屋へ来た意味が、今こそ判った！

俺は、自分に礼を言いに来てくれたと思って感動した。だが、あれは違う！

俺に共犯者の自覚と暗いプライドを持たせるため、今後の無言を確実にするために来た。恐らくああして総理大臣になったのには、理由がある。過去にも彼は同じようなことをしてきたに違いない。俺などには判らない。「政治」はそういうものだと彼は判った上なのだ。でも政治って、ホントにそういうものなのだろうか？

岸は、俺のような下級者には逆にへり下った態度を示しておく意味をよく知っている人なのだ。それはいつかジョージが話してくれた植民地満州を取り仕切った体験から来る。岸は自分がプリズンに捕われたA級戦犯から一国の首相にまで登り詰めた秘密が、生涯CIAの一下級職員として過ごす俺の内部でいつか怒りに変化する危険から身を守るため、出来る限りの事をしておいたのだ。あの日岸は「手当て」をしに来た。大博打を打ち、今後も賭け続ける人の計算だ。

カネには必ず力が伴う。カネは人を縛るし、歴史は法的な力もカネから発生することを示している。それをよく知るだけに、美しく打算することも出来る人なのだ。それは恐らく、岸が生まれた子ども時代から知らぬ間に身につけたものかもしれない。

他国のタクス・ペイヤー（納税者）が国家に預託した金を極秘に受取って、自分に従う政治家たちに分けて、「契約金」として渡す。そして総理大臣になった。これはスケールの大きい、国際的政治資金の密約だ。それをやってのけた人に刺った、俺は小さなトゲなのだ。

俺はあの人が好きで、忠実なメッセンジャー・ボーイだった。あの人の受け取った金額も場所も全てを知っている。だからトゲだ。あの人は、俺に向けた目を、寸前で背けた。

あの人は、ジョージが俺に語った南太平洋戦線の素直な日本兵ではない。そういう日本兵たちが納めた税金で戦争を仕掛け、敗戦すると戦勝国のタクスペイヤーが納めた金を使っても権力の木を登った。ジョージによればそれは最初はアメリカが仕掛けた。

俺は今、岸が俺に目を背けたことによって自分も米国のタクスペイヤーの一人だったことに気づいた。自分も同胞を裏切ったのだ…。

(四) 逆転

出発から7日目の夜、武三と溝田の二人は、妻直子及び瑞枝との約束ギリギリ、その日の午後十二時過ぎに武三の家へ着いた。まさに辿り着いた。

直子は最後の日に丸印を入れたカレンダーの下で、ＤＫのイスに座ったままテーブルに重ねた両手の甲におでこを付けて眠っていた。傍で瑞枝が寄り添うようにイスで眠っていた。

それからの武三の生活を何と言おう。

7日間が直子の病状に影響したのは間違いなかった。恐れていた徘徊行動が始まり、探し回る日が次第に増えた。暗くなっても見付からない日もあった。

それでも武三は、溝田が録音したワイナーとオードリー・マカボイ、そしてジョージ・サカモトとの長時間インタビューをパソコンに逐語記録の形で取る作業を開始した。

溝田がアルバイトにやらせようと言ったが、断った。これがこれから作る本の基軸になる。他人ではニュアンスを間違えるかもしれない。

それは、直子への介護と二人の生活を維持するための家事労働によってしばしば中断された。遅々として進まなかった。一時間のインタビューの書き取りに最低六時間はかかる。

　直子は要介護に認定され、週に3回ヘルパーが派遣されるようになったが、掃除などはしてもらっても、洗濯、買い物、入浴などはほとんど武三が自分でやるし、世話をする。

とうとう直子が深夜まで見付からないことがあった。その日は春でもとても寒い夜で、武三は交番と警察へ何度も出かけ、パトカーに同乗させてもらい、夜の街を探した。

東京の郊外まで歩いて行き、畑の中で凍死しているのではないか？　首都圏の全警察に捜索願を出した。その間も、もし家に帰ってきた時にいなければ何処かへまた出て行く。家と警察を行ったり来たりした。

翌朝疲れ果てて家でぶっ倒れたように横になっていたら、その時警察から電話があった。直子が淳を埋葬した染井の墓地で発見されたというではないか。なぜ気がつかなかったのか！

「これからお送りします」

警官がパトカーで連れて来てくれた。

墓地へ夜明けにタクシーで乗り付け、金も持っていなかったそうだ。運転手に「巣鴨のお墓へ」と言ったという。武三はタクシー会社に電話し、後日運賃を届けるからと、礼を言った。

二人だけの暮らしと自分の作業の併行はムリと判断した武三は、直子の通院先、松沢病院の主治医に相談した。

医師の紹介で医療的配慮のある千葉のケアハウスを紹介された。

見学に行き、事情を話すと、二人一緒の部屋というのは無い。全て単身者としての処遇が基本なのだ。これから死に向かう生活は、個が基本なのである。夫婦などという単位は、現世で人間が勝手にやり出した行為で、死へ向う時は全て孤独なのだろうか。

では二つ置いて隣りの二部屋を当てがうと言ってくれたが、それにはそれなりの金がかかる。

家庭裁判所に出かけ、精神科の診断書を添えて直子の後見人届をし、都知事の認可を貰った。武三は既に、家を解体し、更地にして売り払う決心をしていた。そのため不動産屋や代書屋と交渉し、売買契約に調印し、ケアハウスに持って行ける家財道具の選定、そして膨大な廃棄物の始末の方法を業者と相談した。

これら全てを完了するまでに三カ月の時間を要した。

直子が集めた食器や陶器を廃棄する業者は、驚いた事に武三が解体することにした家の玄関の敲きにそれら全てを叩きつけて割り、体積を減らした。思い出の皿や食器、茶碗などが無造作に木端微塵にされるのを、武三はただ茫然と見つめるしかなかった。

　武三は疲れ果てた。


　ケアハウスに入居したのは結局2009年の春になった。移転の全てが終わったのは秋だった。本を書くためには、ここの生活が必要なのだ。その一心だった。直子が眠れば、一時間くらいなら自分の判断で直子の部屋にカギを掛け、出かけることもできる。ここまでくれば、と溝田が助手を付けてくれて、そのお蔭で逐語記録をやっと完成させたのはその年の暮れだった。

　いよいよ執筆に入った。だが、直子もケアハウスの生活に少し馴れたと思えた春、武三は自分自身が埋めようもない空白と苛立ちの日々を送るようになった。

　執筆が思うように進まない。あの7日間が直子を悪化させた、いやあれがなくても当然悪化した……この責めぎ合いと後悔が脳髄の奥に沁みついて、払っても払っても立ち去らない。思考も混乱した。同じ事を三度も重複させて書いていていながら気づかない。

　悪戦苦闘が繰り返され、それは2010年に入っても続いていた。


　ケアハウスは5階建てで、最上階が一番元気な老人に割り振られていた。死に近づくほど管理部門のある下の階へ移動する仕組みだ。それはこのハウスの住人全員の運命だし、人間全ての運命で、ここは恵まれている方だ、とも言える。だから文句は言えない。

食事は3食、シャレた食堂で食べる。部屋にはごく簡単だが自炊のできる設備もあり、外食も自由。ただし生活費は全食込みで、食べなかったからといって返金されるわけではない。

大部分の人が毎日をそこで過ごす。だから、なのか？　妻を車に乗せて外食に連れ出し、食堂へ二人が姿を見せなかった日、周囲の入居者たちへ恰好の話題を提供することになった。噂に尾ひれがついて「逃げたんじゃないか」とまで言われた。

次第に外食も自炊も、好きな食材を買いに行く意欲も失った。

夫婦で入っている例は意外にも極めて少く、どちらかが欠けてから入所する人の方が圧倒的に多いらしい。入所後しばらくして気づいた事は、食堂で直子と向かい合っているときフト目を周りに向けると、こっちを見つめる目に出会う。

常に誰かの目が自分たちに注がれている。箸の上げ下ろし、病身の妻の食事への夫の配慮の仕方、あるいは干渉の仕方。何を言ったかという内容に至るまで、一挙手一投足を誰かに見られているような気がした。食事中に「奥さんに食べさせる順序が違う」と注意しにくる老女までいる。

病院と同じで、夕食の時刻が早く、しかも三十分以内に終わらないと片づけが始まる。集団生活優先で、食事の時間にくつろぐなど出来ない生活だ。それに夕食が早いから夜は腹も減る。

ある晩、武三が自室で好物のクサヤの干物を焼いて一杯やり、久しぶりにホッと心が和んでいると、「火事だ！」と通報された。臭いに敏感な高齢の男が一つ置いて隣にいたのである。

生活は安楽のようで、実は三度の食事もゆったりとできない。体《てい》のいい軽刑務所生活で、食事を一日三回消化し、隙間の時間を埋めるだけの毎日だ。しかし自分には、やらなければならない事がある。そのためにここへ入った。その焦燥感が常にある。周囲の人々との溝は深かった。

溝田が時折り励ましに訪れる。それも武三の焦燥感を倍増させた。必死になって毎日机に向かうが、アメリカから帰った頃の、あの灼けつくような意欲が湧かない。

もう直子は武三が机に向かっている意味も全く判らなくなっていた。月に一度丸一日かけて松沢病院に彼女を連れて行き、メモした経過を説明し、診察を受けさせ、薬をもらってくる。その薬を三度三度呑ませなければならない。効くかどうか判らない薬、でも呑まなければ悪化するかもしれない。直子は薬をイヤがった。

2年前までは、武三は首都新聞政治部のデスクとして多忙を極める毎日を送っていた。あの日々の意欲は何処へ行ったのか。自分で自分に首をかしげるような空白の毎日になった。人間、意欲を失うと、これほどまでに変わるのか？　しかも自分はいま、あれほど願っていた本の執筆に必要な時間と、宝物のような分厚い逐語記録に囲まれているのに…。

武三の異変を感じたらしく、溝田も遠慮したのか、やってこなくなった。あのテープの記録も複製され、誰かが自分に代わって本を書いているかもしれない…。溝田に対してそんな疑心暗鬼さえ湧いた。反省した。あれだけ世話になったのに、これは自分が悪い。文句は言えない。直子どころか、武三自身が病者だった。

２００９年から２０１０年、２０１１年へ…武三が書いたものはかなりの枚数にのぼったが、それらは一貫するテーマを失い、ただウロウロと機械的に書き綴ってはその日を暮らしただけだ。

遂に武三はついに書く事をやめた。

生きる時間を延長するためのケアハウスも、武三の命を逆に縮めるだけで役に立たない。そんな気がした。テレビで見る日本の政治は、民主党のダッチロールを繰り返し映し出した。善意顔の若い政治家たちの「予算の仕分け」と称するテレビショー。だがいかにも軽い。誰が、実効性を生むのか。空白を覆い隠すような政治ショーだ。

そんな薄い季節をブチ割るように、２０１１年3月11日、東北大震災の大津波と巨大原発事故が勃発した。

武三は最初強烈な揺れが来たとき、全身で確りと自分にしがみついてきた直子に一瞬痴呆が治ったと感じ、恐怖のなかで喜びさえ感じた。

ようやくにして揺れが収まったとき、自分が涙ぐんでいたことに気がついた。直子を負ぶい、ハウスから１００メートルほど離れた芝生の空き地へ避難したが、その後暫くの間、武三は久しぶりに生きる手応えが全身に蘇えるような気がした。

震災が武三の「空白」を消した。

ケアハウスの人々も同じだった。地震に続く原発大事故から、停電でローソクを灯し、皆んなで労わり合って食事をした。境が取り除かれ、直截な言葉が飛び交った。飾りもウソも無い。

ここからそう遠くない福島の海辺で起きた大震災と、これも世界的規模のメルト・ダウンによる放射能汚染の不安が、人々を驚くほど生き生きとさせ、連帯させ、本当の思いやりを生んだ。それは、マスコミ・テレビ一体となったゲーノー人たちの「頑張ろう東北！」連呼も未だ始まらない、貴重な地獄の一季節だった。武三は素直にケアハウスの人々の善意を信じ、自分も素直に応えることができた。あの深い溝が消えた。

しかし震災から一年、２０１２年の３月を迎える頃には、放射能の垂れ流しは相変わらず続いているのに、表面上は元通りの生活に戻って停電もなく、武三は密かにあの日々を懐かしく思うようにさえなった。

２０１２年9月12日、武三がケアハウスの自分の部屋にいた時、テレビが谷垣総裁の任期終了に伴う自民党総裁選を放映した。アナは興奮した口調でこう言っていた。

「１９５６年、昭和31年の自民党総裁選以来の逆転劇です！」

武三はアッ、と内心叫んだ。2位の安倍晋三が、第一回投票で1位ではあったが過半数に達しない石破を、決選投票で破ったのである。そこに何があったかは判らない…。

「１９５６年の自民党総裁選では1位の岸信介が2、3位連合の石橋湛山に敗れた…ところがその石橋が病に倒れ…岸が首相になった…」

武三がそう呟いて再びテレビ画面へ目をやると、そこに新総裁安倍晋三の笑顔があった。その時、武三の耳に青天の霹靂のように、「あの声」がした。

「父さん、何言ってんだ！　安倍は昭和の妖怪の孫だよ？　いま辞めたってきっと復活するよ！」

淳の声！

その日、武三は覚醒した。

翌朝から、淳に誓ったあの「本」を再び書き始めた。

２０１２年12月16日、第46回衆院選挙で、安倍を総裁に担ぐ自民党は、公明党の選挙協力で衆院４８０議席中圧倒的多数の２９４議席を獲得し、第二次安倍晋三内閣が成立した。

そして翌２０１３年冬、溝田の献身的な努力によって「小説岸信介」は上梓された。

第七章　２０１４年秋・なぜかむしょうに聞かせたい！

２０１４年9月、まだ汗ばむような清水淳の七回忌の日、巣鴨に近い染井墓地で、桜の老樹の下の墓前に一冊の本を置く武三の姿があった。隣りには久しぶりによそ行き姿で外出した直子が居る。

「淳…」

武三は心の中で語りかけた。

「君がぼくと直子のもとを去った日から、いつかこの本を書こうと思っていた。ぼくは今、君がきっと復活するぞと予言した世襲政治家安倍晋三首相を毎日テレビで見ながら、日本という国も日本人も、戦後最大の別れ道に立っている、と思っている。

あの敗戦によって日本人が購なった戦後民主主義、現日本国憲法は、あの敗戦によらなければ生まれなかった。日本の現代史、あの戦争に至った時代を掘り起こし、研究し、教育することによって血肉化されるべきこの憲法が、その掘り起こしも研究も教育も中途ハンパなまま、いま突き崩されかけている。

むろん、この動きに対して日本では今、革新から保守リベラルまでかつてないほどの未組織者たちによる粘り強い抵抗運動が全国各地に生れているけれど、小ヒトラー安倍晋三首相は、岸信介を背後霊に、一部にあたかも戦前の日本を再建する希望の星の如くに言われ、得意絶頂の状態にある。

そういう中でこの本は書かれた。

発端は2007年にアメリカ及び世界27カ国で刊行されたティム・ワイナー著『CIA秘録』だった。君の自死前年の2006年7月18日、アメリカ国務省はCIAと日本の政界の要人たちとの間に秘密の関係があったことを、記者たちの前に公式に声明せざるを得なかった。ティム・ワイナーはこう書いた。

『一九五八年から六八年までの間、アメリカ政府は、日本の政治の方向性に影響を与えようとする四件の秘密計画を承認した、と声明した』

その秘密計画の1、

『アイゼンハワー政権は一九五八年五月の衆議院選挙（第二次岸内閣）の前に、少数の重要な親米保守政治家に対しCIAが一定限度の秘密資金援助と選挙に関するアドヴァイスを提供する事を承認した。援助を受けた日本人候補者には、これらの援助がアメリカの実業家からだと伝えられた』

その秘密計画の2、

『一九五九年にアイゼンハワー政権は、より親米的な責任ある野党が出現する事を希望して、穏健派の左翼勢力を野党から切り離すことを目指した秘密工作の実施をCIAに承認した。…

一九六〇年（岸内閣による安保改定の年）には七万五千ドル─、一九六〇年代初期を通じて同水準で続けられ…六四年の初期には廃止された』

この2つ目の秘密計画は、共同通信から配信され、２００６年7月19日、毎日新聞に掲載されたが、ボクの社は報道しなかった。これが『親米的な責任ある』野党・民主社会党への小額の支援の存在を認めた日本で初めての米政府公文書に関する報道だった。民主社会党は、60年安保闘争寸前に社会党を割って出て結成された二股膏薬的野党だった。

そして秘密計画の3、

『日本社会の重要な要素に働きかけて極左の影響を拒絶させる事を目指す宣伝と社会行動にほぼ等分された、より広範な秘密計画は、ジョンソン政権の全期を通じて継続された。これには控えめな水準の資金─例えば１９６４年には四十五万ドル─が同じ水準で提供された』

年間四十五万ドル、レート1ドル３６０円で2億6千万円。現在の物価が当時の十倍とすれば26億円が、原子力平和利用の安全性ＰＲ等を含む学者・文化人対策などへ「控えめな支援」としてこの国務省声明によって初めて明らかにされた。

大事なことは、この声明で意図的に明かにされなかった4件目の秘密計画こそが安倍の祖父、元首相岸信介へのＣＩＡ政治資金だった事だ。これをワイナーは著書で明らかにした。

君は「週刊文春」を読まないまま亡くなったけれど、君の死の寸前、アメリカへ飛んだ溝田さんたち文春特別取材班は、ワイナーに続けて米国外交史の権威、アリゾナ大学のマイケル・シャラー教授と面会している。

シャラーは、１９９５年から6年間、国務省歴史外交文書諮問委員会の委員だった。国務省機密文書の秘密解除をチェックする役割を持ち、シャラー自身が『ＣＩＡから岸への資金提供を示した文書をこの目で見た』と取材班に証言した。

『そこには○月○日○○において○○万ドルが渡された、といった事が書いてあったと記憶しています。この資金は岸のポケットに入ったのではなく、政治資金です。資金の要請は自民党の仲介者を通して行われたようです。また、これだけの用意があるから情報提供をしてくれと、米国側から要請する場合もあったようです。金額は一度に20万から30万ドル（1ドル３６０円で、7千2百万から1億8百万円。1億円は現在の10億円か）だったと思います』

この証言も、週刊文春２００７年10月4日号にワイナーの著書についてのスクープとともに載った。

戦後ぼくたちは、岸の敷いた安保改定、高度成長経済路線のレールの上を走り続けた。福島原発事故は、その最大の帰結だ。そして今また、その孫が敷く戦争へのレール上を走り出すことを強制されようとしている。

国際情勢が変化した時、或いは安倍首相が要らなくなった時、国務省は4件目も必ず公開するだろう。それまでの間、ぼくたちは4件目について解き明かす『小説』を必要とする。だからぼくは初め、この本の表題を『小説岸信介とＣＩＡ』にしようかと思ったほどだ。

でなくては、アメリカに比べるとジャーナリストに闘いの歴史が薄い日本では、情報公開の袋の口を閉めたり緩めたりする為政者の手加減によって、自分や子孫の生死に関わる事柄へ後れを取ることから逃れられない。気づいた時にはもう批判そのものが法的に禁じられているだろう…という危機感からだ。安倍首相とブレーンはその社会を目指し、今後も矢継ぎ早に施策する。ブレーンに心理的に参加する事によって波に乗る日本人も雨後の筍のように登場するだろう。

岸信介という政治家がアメリカという他国から秘密裏に政治資金を得たというアメリカで公開された情報について、日本人は知りながら明確な判断をしていない。逆に、その事実が明々白々にならないうちに、安倍首相の登場を期に、岸の地位を肯定的に確立しようとして多くの本が書かれた。岸を政治資金規正法違反として裁判所に告訴して却下された日本人がいるとは聞くが、米国国務省が認めながら公式な声明を避けている現状を利用して「本当に、本質的に、それはいけない事なのか？　そんなに不正な事なのか？」という声もある。むろんこれは避けて通れる問題ではない。

ぼくはこう思う。カネを出してもらった以上、出してくれた他国の利益に沿う見返りを求められる。他国の国益に自国の国益を誘導する人々が「愛国心」を声高に言うという奇妙な事態もしばしば経験してきている。岸自身がそうだ。

もっとリアリズムで言えば、法的には禁じられている、だが岸の場合、それは本当にいけない事なのか。かえってアメリカの金を使って首相にのし上がり、日本をここまで戦後復興させ、経済成長させた、だから立派な宰相なのではないか。政治家はそのくらいの芸当をやってこそ大物政治家だ、と言いそうな識者の顔もいくつか目につく。

岸が満州国を去る時、後輩の少壮官僚たちに「濾過装置さえあればいい」と言い残したのは、既に「濾過装置」が彼の身についたモノになっていたからである。それが彼の「満州国体験」だ。濾過してあれば、政治資金を何処から貰おうと、どんな類のカネだろうと、政治の世界ではそれが本質的に「いけない事とは思わない」と言ってのけられる。そういう人だとぼくは思う。

大切な事がある。

有権者である僕たち国民が、岸のような政治家を「悪と徳が混在する現代日本の大物政治家」或いは「絢爛たる悪運」と持ちあげる、そのような視点しか持てない国民で未だにあるならば、あの敗戦を経た今も日本の民主主義には望みが無い。望みは全く無い。

日本人は太平洋戦争を、戦時経済を立案した商工大臣岸信介を代表として「何らかの勝ち目(利益がある」と考え、自ら仕掛けた。そして未曾有の敗戦を体験した後もなお、岸とカネの規模や出所が違っても、何処からか秘密にカネをもらう政治家たちを「大物」或いは「大宰相」と称揚する限り、日本人は今後、彼らが決めた法の下で他国へ戦争に出掛けさせられ、そこで撃ち合い、死んだとしても、それは日本人であるその人一身の、その国民一国の、仕方の無い死ではないのか？

現代では恐らく、銃弾で死ぬ前に原水爆によって全身火脹れで血膿の中で悶え死ぬ。だがそれはその日本人の政治と政治家の選び方がこの本の中に僕が拙い筆で書いた人物を首相にしたように、非常に間違っていたか、限られた範囲からその人を欺されて選ばされただけだ。本質的に間違った選択をしたか、間違った選挙制度のもとで選挙をさせられたか、だけだ。

政治の中身や政治家を選ぶ選挙制度の旧態依然のやり方が、今世紀の高性能武器弾薬、原子爆弾、無人機、弾道ミサイルの選定、決定と併行して行われている。戦争の殺傷能力が極限にまで高められた事態と、その使用を法制化する政治家の選定方法がパラレルなのだ。

政治家の選定が我々の生死、或いは戦場に出る若者にとって自分が殺人者になるか、人間として生きられるかを決定する。しかし、政治家を選ぶぼくたちが、その事を知らずに選ぶとしたら、どうなるだろう。

いま、岸が安倍首相を生む政治的連鎖が益々僕たちの死を惨たらしく、且つ確実なものにしている。従って僕たちにはもう、岸や安倍のような「大宰相」を見つけ出し、これらを投票のリストから一切排除する知恵をもつ以外、消去法以外に、生き残る道は無い、殺人者にならない道はない。

岸を批判することは、安倍を批判することだ。岸をよく知ることは、安倍を裸にすることだ。ブレーンが次々と編み出してくるおためごかしのアメとムチを見破って安倍首相を突くには、岸を突かねばならぬ。岸抜きで叩いても、安倍首相は妖怪の影に隠れて野郎自大な笑いを浮べるだけだ。

安倍首相は、衆院予算委員会の質問中の野党議員を総理大臣席から隣りの麻生財務相と一緒になって笑い転げて野次る卑しさだ。これまでの歴代首相には無い品性である。

人間としても無個性な安倍首相は岸を政治生命とし、岸の手法をそのままに踏襲して首相に再登板した。アメリカ訪問直前に東南アジアを歴訪し、アジアの代表を気取ってアメリカに乗り込む。大東亜共栄圏の昔を思い出させようとする「アジアの盟主」の幻想だ。中国の台頭に、弱体化したアメリカにとっては有難く、且つ迷惑な「圧力」の肩代わりをしてみせる。秘密保護法の制定によって軍産協同体国家の復活を図る。原発輸出・武器輸出解禁は岸の満州国政策の踏襲だ。この8月、経団連は長く中断させていた自民党への政治献金を安倍政権に再開する、と決定した。

安倍首相はアジアの緊張を煽っては創り出し、日米安保条約の双務規定をエスカレートさせて集団的自衛権を独断で閣議決定した。その上に立って、憲法改定国民投票に持ち込むだろう。

9月のこの数日だけでも、「国歌君が代の強制には批判もある」との一行を理由に、東京の公立高でその教科書が一校からも採択されなかった。陰湿な縦社会と化した学校で、採択委員の教員に校長が因果を含める事態が日常化している。戦前と同じ教育統制を復活させてきたからだ。

自治体にも「9条を守れの会」にホールを貸さないなどを当り前化させている。俳句の掲載にも自治体の排除の手が伸びている。

安倍首相の出現以来、戦後デモクラシーの風土が、次々と崩される風潮が蔓延している。これが誰の利益になるのか、だ。

安倍首相は、円安政策と株価高騰による二極化格差社会を創り出し、低所得層青少年が就職として選択せざるを得ない受け皿としての実質徴兵制度に先鞭を付けるだろう。上がりは日本の核武装だ。それが誰の利益になるか、だ。

日本の世襲政治家たちにも、安倍のように世襲を信じた首相は過去にいない。他の世襲政治家には、小泉新次郎を言う迄もなく、もう少し親子に葛藤の余地があり、親子分離、母子分離、祖父分離が見られる。ここが安倍の不健康、不安定の淵源ではないだろうか。

日本人はあの敗戦体験によっても変わらない、変わるべきではないという幻想に立って、戦後レジームからの脱却を唱える。戦争という最大の受苦によって変わらないなら、一体いつ日本人は現代に生まれ変わるのだろう。

岸があの戦争を「反省」しなかったのは、戦後も「戦争」の延長線上にあり、彼の政治が「常在戦場」のための政治であったからだ。戦前、戦中、戦後を同じ線上で生きた。安倍晋三の場合その「批判的な学習」が何もなされていない。

岸は常に戦争を想定していた。だが、今は戦争して、勝って生き残る時代ではない。平和的手法によって生きなければならない。岸は富国強兵の長州が産んだ最強の統制官僚政治家だった。

だがぼくたちはいま､最強の政治家も政治屋も欲していない。そういう政治家と共にあれば､我々自身が死と滅亡へ向うのだ。

岸を幻影として慕う安倍晋三は、沖縄の人々の8割が米軍基地に反対する声を聴いても全く罪障感を持たない資質の持ち主である。米軍普天間基地の県内移設を規模縮小というレトリックだけで強行し、同じように原発設置を、今は後悔している福島の人々や大多数の日本人の抗議を無視して再稼働、その上に原発輸出まで平然とやってのける。権力の完全な濫用である。武器輸出解禁に双手を挙げたのは財界だ。被害者は日本と世界の大多数の金もうけの下手な人々だ。

岸信介もまた、東京大空襲や広島長崎の原爆地獄を経験した日本人と、体験しなかった自分や自分の家族を別ものとして考えた。だから、あの戦争の指導者の一人でありながら全く挫折感を持たなかった。戦いに負けたアメリカから平然とカネをもらい、日本の首相になった。

そういう人物をパワフルと幻想し、ついて行こうとする人はいつの時代にもいる。だが現在は、それでは我々はもう生き延びる事が出来ない。戦争も含めて人間にとって他者との間に起こる「受苦」こそが自分を変える契機だろう。その事に目を開かねばならない。

僕は若い人たちに聞いてみたい。君は戦場に出掛け、自分の手で人を殺せるのか?と。君たちの好きなゲームのように（僕だって、今だにイーストウッドやジョン・フォードの西部劇は好きだ）、実際の殺人をしたいのか？　そんなに狂っているのか?と。それを一緒くたにするのが、安倍政治だろう。

恐らく、人を殺すには先ず、殺さなければ殺される（殺人を正当化する）状況を為政者は作るだろう。一方で中国と緊張を高めることによって自らの軍備を拡張し、それによって相手の軍事大国化を促進させ、他方では恐らく悪評高い徴兵制などではなく、若者の三分の二が大学を出ても貧しい格差社会を完成させ、募兵に応じざるを得ない状況を用意する。その前提として君たちは、外交上も好戦的な、戦場への出兵を決める政治家を選ばなければならないように操作されるだろう。そのために選挙権が十八才に引き下げられたことを知っているか？　投票した以上、戦場へ行け、なのだ。僕はもう一度尋ねたい。君は本当に、現実に人を殺したいのか？

もう一つ問いたい。核戦争の時代に、わたしたちを戦争に誘い込まない政治家、政治をやれる人間とは、どんな人物だろう？　××政経塾出身者だろうか？

絶対にＮＯ！　最後の世界大戦となるべきこの前の戦争の「受苦」に打ち砕かれた人でなければならない。福島の大津波・原発事故で「受苦」された方々、それを引き継ぐ資質の持ち主でなければならない。

いま僕は何故か、宮沢賢治が遺言として残した「雨ニモ負ケズ」を思い浮かべている。あれには、よく読めば「政治家」が浮かび上がってくる。

『雨にも　負けず
　風にも負けず
　雪にも　夏の暑さにも負けぬ
　丈夫な　身体を持ち
　欲は無く
　決して怒らず
　いつも静かに笑っている
　一日に　玄米四合と
　味噌と　少しの野菜を食べ
　あらゆることを
　自分を勘定に入れずに
　よく見　聞きし　わかり
　そして忘れず』

ねえ淳、そう思わないか。僕たち日本人は、明治以来世界の列強と肩を並べるために他国の資源を奪おうと、戦争に明け暮れてきた。だが今、改めて日本人の求める政治、政治家の原点を語る最終局面に来ている。でなくては僕たちは生き残れない。

もう少し、あの詩を続けよう。

『野原の　松の林のかげの
小さな　茅葺の小屋にいて
東に　病気の子どもあれば
行って　看病してやり
西に　疲れた母あれば
行って　その稲の束を　負い
南に　死にそうな人あれば
行って　怖がらなくてもいいといい
北に　けんかや訴訟があれば
つまらないからヤメロといい
日照りのときは　なみだをながし
寒さの夏は　おろおろ歩き
みんなに　でくのぼーと呼ばれ
褒められもせず
苦にもされず
そういう者に
わたしはなりたい』

淳。僕はいま、首相安倍の勃興で元祖最強の政治家とあげつらわれるかもしれない岸信介への旅の終わりに、なぜか無性にこれを君に聞かせたい」

武三は最後の言葉だけ、声にして合掌した。

隣で直子が意外なほどの強い声でオーム返しした。

「なぜかむしょうにこれを君にきかせたい！」

線香の煙が静かに揺れた。

――完

あとがき

あれは２００７年5月23日、６年前から吉村昭「破獄」をわたしと脚本化の作業をしていた映画監督熊井啓さんが、映画化目前で急死された。併行して私は単独で、満州を舞台の戯曲を進行させ、熊井さんに送っていた。彼は削るだけで直さない、加えない。半分の分量になった時「出来たかナ…」と労いの言葉をかけて下さって、熊井邸でビールを御馳走になったのが死の2カ月前。「こういうモノが今ないんだ」と民芸他へ持ち回ってくれたのですが、実現しませんでした。この戯曲がこの小説のもとです。

最近の映画は、モスクワグランプリの「わたしの男」を観ても途中で出たくなりました。これこそ「自虐」の極みじゃないでしょうか。でも、この夏、大昔の深作欣二監督「軍旗はためく下で」を池袋文芸座で見て、胸が躍りました。熊井さんの「日本列島」の主人公秋山（宇野重吉）のカッコ良さに今もＤＶＤで痺れます。わたしの「間口」は狭く、特に最近の日本映画を受け付けません。

昭和21年に小学校一年生、戦後民主主義の最初から育ちました。戦後という時代を、新劇俳優だった父が警察で拷問を受けた戦前・戦中よりはずっと良いと思っています。むろん、戦後も自分を含めて人間の不条理には事欠きませんが、だからこそ民主主義がルールです。

そのルールを手前勝手なエセ民主主義で平然と無視する岸の孫の態度がたまらなくいいと、投影的に自己同一視する人まで出てきています。私は昭和天皇には尋ねたいことが山ほどありますが、昭和天皇の方が、まだ、こんな日本人よりは遥かにあの戦争への反省を残していると考えるようになりました。しかし、やはり、あれだけの事をしたのです。天皇制の問題は測り知れません。なお、今回この小説の出版に当っては、社会評論社の板垣誠一郎さんに乱文の校正その他並々ならぬお世話をいただいたと思います。厚く御礼申し上げます。

2014年9月3日

参考・引用文献

毛利敏彦「明治六年政変の研究」（中公新書）
衛藤利夫「奉天三十年」（岩波新書）
吉松安弘「東條英機　暗殺の夏」（新潮文庫）
太田尚樹「満州裏史」（講談社）
鳥居民「昭和二十年」第一部（草思社）
佐治芳彦「石原莞爾」（日本文芸社）
佐野眞一「阿片王・満州の夜と霧」（新潮文庫）
小林英夫「満州と自民党」（新潮新書）
鮎川義介「五もくめし」（ダイヤモンド社）「私の履歴書」（日本経済新聞社）
「鮎川義介追悼録」（鮎川義介先生追想録編纂刊行会）
山口新聞「鮎川義介伝」
中日新聞社会部「自由への逃走」
小野寺百合子「バルト海のほとりにて」（共同通信社）
熊井啓・新津岳人・平石耕一脚本「映画・自由への道」準備稿（制作委）
岩間敏「戦争と石油」５（ＪＯＧＭＥＣ石油・天然ガス資源情報）
―世界最初の戦略石油備蓄―
橋本徹馬「日米開戦裏面史」（紫雲荘）

週刊文春　2007・10・4号
文藝春秋　2008・3月号（別宮暖朗）
山室信一　朝日新聞2014・1・10記事「満州化する日本」
ティム・ワイナー「CIA秘録」文藝春秋社
春名幹男「秘密のファイル・CIAの対日工作　上下」（共同通信社）
田中隆吉「太平洋戦争の敗因を衝く」（長崎出版）
C・ウイロビー「新版ウイロビー回想録」（山川出版）
河辺虎四郎「河辺虎四郎回想録」（毎日新聞社）
天木直人「さらば外務省！」（講談社文庫）
孫崎亨「日米同盟の正体」（講談社）「アメリカに潰された政治家たち」（小学館）
原彬久編「岸信介証言録」（毎日新聞社）
福田和也「悪と徳と　岸信介と未完の日本」（産経新聞）
工藤美代子「絢爛たる悪運・岸信介伝」（幻冬舎）
原秀成「日本国憲法制定の系譜」I（日本評論社）
飯島昇蔵・川岸令和編「憲法と政治思想の対話」・梅森直之「亡命者の日本国憲法」（新評論）
黒川みどり「共同性の復権（大山郁夫研究）」（信山社）
吉村昭「プリズンの満月」（新潮文庫）
松本健一「畏るべき昭和天皇」（毎日新聞社）
塩沢忠男「日本国憲法はアメリカから押しつけられた…と言われているけれど？」

〈著者紹介〉　池田太郎（いけだ・たろう）
会社員、教員を経て脚本を書く。シナリオ作家協会コンクール入選で市川久夫氏と出会う。小松川女子高生殺し李珍宇を描いた「夢の街の殺人者」第9回城戸賞受賞で熊井啓監督と出会う。菊地寛ドラマ賞候補。日本シナリオ作家協会会員。
＜映画脚本＞　ロマンポルノ３本。熊井啓監督「ひかりごけ」共同脚本熊井啓。斉藤耕一監督「おにぎり」共同脚本斉藤耕一。大澤豊監督「日本の青空」。山田火砂子監督「大地の詩・留岡幸助物語」共同脚本長坂秀佳。吉村昭原作・共同脚本熊井啓「破獄」（監督急逝のため未映画化）
＜テレビ脚本＞　テレ朝・フジ「鬼平犯科帳シリーズ」。ＴＢＳ「火の玉婦長物語」。フジ「死刑台のロ－プウエー」。ＴＢＳ「リトルステップ」。テレ朝「親の目子の目」。KTS40周年記念「南州翁異聞・おいどんは丸腰平和使節で韓国へ行く」。
＜舞台＞　劇団櫂・斉藤耕一シリーズ「拝啓ヒッチコック様」「川越コットンクラブ」。劇団櫂「世紀末同窓会」。シアターＸ提携公演「光る島・長谷川平蔵と人足寄場物語。池田生二独り芝居「辻立ち路通・芭蕉異聞」。葛飾刻斎独り芝居「わが山月記」。ほか
＜著書＞「こんとん君立ちなさい・タロウ先生の特殊教育漂流」（有斐閣新書）。「ディスコミュニケーションを生きる」（子どもの未来社）。ほか

小説・岸信介常在戦場

2014年11月10日　初版第1刷発行

著　者　池田太郎

装　丁　吉永昌生

発行人　松田健二

発行所　（株）社会評論社

東京都文京区本郷2-3-10　TEL 03（3814）3861

印刷・製本所　倉敷印刷（株）